O
CLUBE
DO CONTO
Erótico

Lisa Beth Kovetz

O CLUBE DO CONTO
Erótico

Tradução
Sibele Menegazzi

Copyright © 2006 *by* Lisa Beth Kovetz

Título original: *The Tuesday Erotica Club*

Capa e ilustração: Rodrigo Rodrigues
Foto da autora: Gary Breckheimer

Editoração: DFL

2008
Impresso no Brasil
Printed in Brazil

Cip-Brasil. Catalogação na fonte
Sindicato Nacional dos Editores de Livros. RJ

K89c	Kovetz, L. B. (Lisa Beth)
	O clube do conto erótico/Lisa Beth Kovetz; tradução Sibele Menegazzi. – Rio de Janeiro: Bertrand Brasil, 2008.
	294p.
	Tradução de: The Tuesday erotica club
	ISBN 978-85-286-1334-6
	1. Romance americano. I. Menegazzi, Sibele. II. Título.
	CDD – 813
08-2002	CDU – 821.111 (73)-3

Todos os direitos reservados pela:
EDITORA BERTRAND BRASIL LTDA.
Rua Argentina, 171 – 1º andar – São Cristóvão
20921-380 – Rio de Janeiro – RJ
Tel.: (0xx21) 2585-2070 – Fax: (0xx21) 2585-2087

Não é permitida a reprodução total ou parcial desta obra, por quaisquer
meios, sem a prévia autorização por escrito da Editora.

Atendemos pelo Reembolso Postal.

Para Jonah e Aubrey

E também para as amigas que têm me ajudado a seguir adiante ao longo dos anos: Beverly Crane, Jennifer Gunzburg, Tina K. Smith, Star-Shemah Bobatoon, Margot Avery, Lara Schwartz, Sandi Richter, Cookie Wells, Nataly Sagol, Margo Newman, Pascale Halm, Deborah Hunter-Karlsen, Antonella Ventura Hartel e Michael Rosen.

E agradeço a Adam Chromy por ter me escolhido, no canil de filhotes de escritores esperançosos, e por ter vendido o livro à editora perfeita. E um agradecimento especial a Hillel Black, da Editora Sourcebooks, que poliu a história até transformá-la em um texto profissional.

1. Mogno

—...*E* ENTÃO, DE NOVO *e de novo, de encontro à fina cristaleira de mogno, e então ele pressionou a carne morna de suas nádegas, que na verdade é só um nome chique para bunda, contra o vidro frio, né, e daí aquilo fez ela sentir esses, tipo, arrepios, pelas costas, né, por causa do frio, sabe, e daí também na parte da frente, mas aí era a língua quente dele que, tipo assim, fazia cócegas no pescoço dela e, tipo, nos peitos, né, bem, e daí ela escutou esse tilintar das estatuazinhas de cerâmica, né, e de todas aquelas tralhas nas prateleiras que tinham sido da ex-mulher dele, né, e daí ele começou a...*

Lux Fitzpatrick parou de ler de repente. Ergueu os olhos para a porta que se abria. Os lábios grossos e vermelhos continuaram abertos, esperando que a palavra seguinte se derramasse de sua boca. As maçãs do rosto eram altas e a pele resplandeceria de juventude e vitalidade caso não estivesse escondida por uma grossa camada de maquiagem barata. A longa e bela cabeleira lutava contra a tintura malfeita e o exagero no laquê. Nos olhos pesavam listras de sombra em cores normalmente usadas para pintar encanamentos. As longas pernas de Lux estavam envoltas por meias xadrezes roxas e a curta saia laranja mal cobria as nádegas redondas. Seios taça D iam empinados numa blusa decotada de cor berrante. Olhando assim, meio de longe, o visual de Lux poderia ser descrito, resumidamente, como "cítrico".

Seu senso de vergonha era tão subdesenvolvido quanto o de moda; portanto, quando a porta da sala de conferências se abriu, Lux não parou de ler sua obra de literatura erótica por constrangimento, mas simplesmente porque estava interessada em ver quem estaria entrando.

As outras duas mulheres presentes não eram tão ousadas quanto Lux. Tomadas pelo medo de serem pegas fazendo coisa errada, agarraram seu saquinho com o almoço e tentaram parecer calmas. Aimee enfiou seu próprio texto erótico embaixo de um relatório, enquanto Brooke deslizou o dela sob as nádegas. Então, ambas giraram a cabeça como uma única e aterrorizada corça para ver quem estava abrindo a porta da sala de conferências.

A Ilma. Sra. Margot Hillsboro riu ao entrar na sala e ver as mulheres olhando assustadas para ela.

— Desculpem — disse Margot. — Por estar atrasada, quero dizer.

— Atrasada para quê? — Aimee perguntou, puxando um cacho espiralado de seu cabelo negro.

— Oh, para a sua reunião. Seu clube. Seu tal grupo de redação das terças-feiras.

Um suspiro de alívio. Era uma delas.

— O clube é só por convite? — continuou Margot. — Eu tinha a impressão de que era um clube literário aberto a qualquer pessoa do escritório que fosse, bem, alfabetizada.

A suposição de Margot estava errada. O clube mais recente organizado no grande escritório jurídico em que trabalhavam pertencia exclusivamente a Aimee.

Quando Aimee descobrira que estava grávida, soube que precisava de algo que a distraísse do medo crescente de que o bebê fosse mudar sua vida de forma tão drástica que acabaria perdendo a si mesma por completo. Aimee queria companhia. Queria criatividade. Então, escolhera a dedo quarenta de suas colegas de trabalho mais próximas e as convidara para almoçar sanduíches todas as terças-feiras na sala de conferências e compartilhar suas reflexões literárias.

Aimee foi a primeira a se apresentar, lendo um conto que havia escrito na faculdade sobre um passarinho que resgatara da boca de seu gato só para vê-lo morrer em sua cozinha. Ela riu com as amigas sobre o uso que tinha feito de uma metáfora particularmente pesada e chorou secretamente ao perceber que aquilo que havia parecido, na época, ser seu maravilhoso e nascente talento literário, na verdade não era. No primeiro mês dos encontros, todo mundo tinha pelo menos um velho poema ou conto que compartilhar, mas lá pelo segundo mês ficou claro que a única maneira de que o grupo de escritoras de terça-feira de Aimee sobrevivesse seria se seus membros começassem a escrever coisas novas. Coisas interessantes. Metade das mulheres caiu fora.

As restantes puseram a cabeça para trabalhar na criação de algo fascinante que pudessem ler em voz alta para as amigas, mas o tempo era curto e suas reclamações, por demais parecidas. Até mesmo Aimee começou a ficar entediada com todos os haicais floreados sobre blablablá e com as epístolas ao extremo tédio e à injustiça de se completar um curso superior em artes só para descobrir que aluguel e alimentação são formas infalíveis de representar dinheiro. Quando o grupo de escritoras das terças-feiras parecia estar a ponto de se desfazer, Aimee sugeriu que passassem as sessões seguintes concentradas em literatura erótica. Quando Lux batizou o empreendimento de *O Clube do Conto Erótico*, cinco dos membros restantes imediatamente pularam fora. Sete disseram que viriam e três — Lux, Aimee e Brooke — realmente compareceram. A chegada repentina e inesperada de Margot Hillsboro elevou o número para quatro.

— Quer dizer — disse Margot ao fechar a porta e escolher um bom assento à mesa da sala de conferências —, presumi que seu grupo de escritoras estava aberto a qualquer pessoa.

Se Margot estava constrangida, não o demonstrava. Aimee gostou daquilo.

—Você veio para ouvir? Ou escreveu alguma coisa?

— Oh, escrevi uma coisa. Uma coisa erótica. E definitivamente quero ler — disse Margot com uma voz tranqüila e clara que fazia suas idéias parecerem extremamente importantes. Uma voz que lhe havia sido muito útil na faculdade de Direito e que, nas reuniões, soava acima dos barítonos piegas de seus colegas contendentes do sexo masculino. "Você está equivocado", ela diria, audaciosamente, em tom melodioso. E eles haviam levado os conselhos de Margot em conta o suficiente para promovê-la a advogada sênior do Escritório de Advocacia Warwick & Warwick Cia. Ltda.

Aos cinqüenta anos, Margot estava em boa forma, era forte e usava vestidos caros dois números menores que os vestidinhos baratos de algo-dão que usara ao freqüentar o colégio numa cidadezinha produtora de milho do Meio-Oeste. Assim como Lux, Margot tingia o cabelo e usava laquê. Ambas usavam base, pó compacto e rímel; no entanto, os efeitos finais eram completamente distintos. Talvez fosse a qualidade dos cosmé-ticos a que cada uma tinha acesso. Margot pagava milhares de dólares ao ano para que seu cabelo fosse tingido no tom exato que surgia natural-mente na cabeça de Lux. Exagerando para compensar seu sentimento de invisibilidade, Lux baixava a cabeça sobre a pia da cozinha e despejava sobre ela um frasco de gororoba de US$7,95 que deixava tanto a pia quanto seu belo cabelo cor de janela parecendo uma brilhante moeda de cobre. Ou talvez fosse a quantidade de produtos usados que fazia com que as mulheres parecessem tão diferentes. Margot usava laquê para manter seus cachos delicadamente no lugar, ao passo que Lux havia inadvertidamente criado um penteado capaz de protegê-la de um trau-matismo craniano em caso de colisão frontal.

Assim como Lux, Margot Hillsboro não tinha sido convidada para o clube literário de Aimee. Margot era advogada, e Aimee, assistente jurí-dica. Portanto, Margot flutuava acima do círculo de amizades de Aimee. Lux Fitzpatrick, como secretária, não havia sido convidada por estar abaixo do interesse de Aimee. Tudo em Lux incomodava Aimee, come-çando pelo nome.

Lux Kerchew Fitzpatrick deveria ter se chamado Ellen Nancy, em homenagem à mãe e à avó paterna, respectivamente, mas o Sr. Fitzpatrick estava bastante chapado na noite em que sua única filha nasceu, então a registrou com o nome de "Lux", por gostar de como a palavra rolava em sua boca, e "Kerchew", pronunciado como um espirro, porque o fazia rir. Não levou em conta o fato de que "Lux" podia rimar com coisas bastante chatas e que, um dia, poderia ser um problema para uma garotinha tão linda. A mãe não tinha ficado muito feliz com o nome, mas mudá-lo significava uma ida até a cidade, algo constantemente planejado, mas nunca levado a cabo. Quando Lux saiu das fraldas, o nome já havia pegado e não tinha mais jeito de mudar.

Uma vez, num passeio da escola quando ela estava com quatorze anos, Lux conheceu um cavalheiro mais velho que lhe disse que seu nome significava "luz" em latim. Ela ficou muito contente com a informação, até que esse mesmo cavalheiro começou a aparecer na escola alegando ser seu marido. Rapidamente o recapturaram e devolveram à ala de onde havia fugido. Sozinha, Lux não sabia como confirmar se ele estava mentindo ou dizendo a verdade a respeito de seu nome. As pessoas que a amavam lhe disseram para esquecer o assunto, que os nomes não eram assim tão importantes. O acontecimento plantou uma semente fascinante de pensamento em seu íntimo. A idéia de que as palavras tinham significado permaneceu dormente em Lux, esperando por uma réstia de luz que a fizesse germinar.

— Eu vou entrar para o seu, você sabe, seu troço literário — Lux havia anunciado uma terça-feira, no almoço. Quando ela se aboletou na cabeceira da mesa da sala de conferências, sua minissaia roxa subiu, revelando um desfiado no alto da meia listrada em azul e fúcsia, remendado afobadamente com uma gota de esmalte incolor para que não corresse perna abaixo.

Ah, não vai não, Aimee queria dizer. Pode desgrudar essa saia de camurça barata e justíssima da cadeira e marchar de volta para o seu posto de secretária agora mesmo. Essa hora de almoço é minha.

Se tivesse dito essas palavras em voz alta, talvez tivessem feito com que o lábio inferior de Lux tremesse, talvez tivessem feito com que ela saísse furtivamente da sala, às lágrimas. Ou talvez não. Lux poderia ter mandado Aimee se foder e continuado em sua cadeira, mas Aimee jamais saberia, porque não tivera a coragem nem a força de confrontar Lux e expulsá-la de seu clube.

E assim foi que Lux, com seus textos escritos à mão e rabiscados, textos que de verdade traziam escritos todos os "tipo" e "né" que faziam parte de seu jeito de falar, tornou-se um membro do clube de escritoras de Aimee. Após a primeira apresentação literária de Lux (algo sobre um gato morto que havia sido atropelado pela moto de seu namorado), uma nova regra foi enviada para todas, exceto para Lux, pelo e-mail da firma dizendo: "É proibido rir nas leituras, independentemente de quão idiota possa parecer o que Lux escreva." Quando o clube se viu reduzido a apenas três membros, Aimee poderia ter ficado agradecida pela participação obstinada de Lux, ainda que só para fazer número. Mas não ficou. A proximidade com a brutal juventude e ignorância de Lux se tornava mais irritante a cada semana.

Margot Hillsboro soube do clube de Aimee através das fofocas do escritório e, rapidamente, esqueceu-se do assunto, até que viu as mulheres entrando em fila na sala de conferências, carregando seus textos e emergindo uma hora depois com abraços e algumas lágrimas. Eu queria um pouquinho disto, pensou Margot. Eu sei escrever, disse a si mesma. Construí uma carreira bastante bem-sucedida colocando minhas idéias e meus argumentos no papel. Certamente sou capaz de escrever algo interessante e novo. Margot quebrou a cabeça, procurando por alguma linha que pudesse puxar para revelar seu grande gênio às mulheres do clube de escritoras. Se ela ao menos pudesse imaginar alguma história profundamente trágica e pessoal, também poderia receber parte do calor e simpatia que se derramavam da sala de conferências toda terça-feira à tarde. Ela ainda esperava que a história viesse até ela quando o clube de escritoras de terça-feira de Aimee tomou o rumo erótico.

Subitamente inspirada, a fantasia completa verteu de sua caneta e Margot só teve que transcrevê-la. Então, texto em mãos, ela caminhou corajosamente — Margot só sabia caminhar corajosamente — para a sala de conferências, interrompeu a leitura de Lux, sentou-se e entrou para o grupo sem ter sido realmente convidada.

— Você vai depois de mim, que eu estou quase acabando — Lux disse e mergulhou novamente o nariz em seu texto sujo e borrado.

— Sim, se estiver tudo bem para todas — respondeu Margot educadamente.

— *E daí, bem, quando ele goza, faz esse barulho alegre, tipo um grunhido* — Lux continuou lendo seu texto.

— Um barulho alegre, tipo um grunhido — disse Brooke, revirando a frase em sua boca, julgando tanto o valor literário quanto o físico. Lux a olhou com desconfiança e, então, prosseguiu:

— *E daí que o barulho é alto, né, e então que ele, quer dizer, o barulho dele gozando, é como se fizesse o quarto inteiro tremer. E a garota, né, ela está tipo assim adorando o barulho que ele está fazendo, né, porque ela sabe que os vizinhos podem escutar, né, rá-rá! E daí termina. Fim.*

Lux dobrou sua história ao meio e prontamente se sentou.

— Desculpe. É só isso? — Brooke perguntou, balançando a cabeça como se não tivesse entendido.

— É isso — disse Lux. — Terminou, foi o que eu disse: "Fim." Está ficando surda, por acaso?

— É isso mesmo. Esse é o fim. Alguém mais tem alguma coisa que gostaria de ler? Margot, você está pronta para começar? — disse Aimee rapidamente, pronta para seguir adiante, afastando-se de Lux e de suas chagas purulentas.

— Você escreveu mesmo *rá-rá!* na sua história? Ou foi uma parte editorial da apresentação? — Margot perguntou educadamente.

Lux girou de um lado a outro com a cadeira e olhou para Margot, tentando concluir se havia grosseria intencional na pergunta. Margot sorria levemente, seu rosto era franco e, após um momento, Lux decidiu que a barra estava limpa.

— Eu escrevi o *rá-rá* — admitiu.

— Pronto, satisfeita? — Aimee pressionou. — Muito obrigada, Lux. Alguém mais vai querer ler?

— Só um minuto. Acho que perdi alguma coisa do seu texto — Brooke disse para Lux.

—Tipo o quê? — perguntou Lux, tentando não parecer tão defensiva quanto se sentia. Ela havia forçado sua entrada nessa sala por uma razão. Se continuasse revidando toda vez que achasse estar sendo atacada, não conseguiria aquilo que queria dessas mulheres.

— *Ela* não gozou — disse Brooke.

— Ela não goza.

— Por que não?

— Porque não.

A mulher mais velha olhou com compaixão para Lux, tão linda, tão burra.

— Sua personagem é frígida? — perguntou Brooke, o perfeito chanel louro ondulando suavemente ao balançar a cabeça com descrença.

— Claro que não! Só não faz parte da história. Tipo não pertence à *visão* do autor, entendeu?

Lux começou a dobrar novamente seu texto. Quando se transformou num minúsculo pacotinho que já não podia mais ser dobrado, ela o enfiou na bolsa laranja ornada de franjas.

— Tudo bem — disse Brooke. — Mas acho que a garota também deveria gozar na sua história. Só estou dizendo que melhoraria a história. Em primeiro lugar, existem todas as implicações feministas e, além disso, ficaria mais equilibrado. Quer dizer, se você levar em conta a estrutura do texto.

— Ela não goza — insistiu Lux.

— Por que não?

— Porque há coisas na relação sexual que são mais importantes que o sexo — respondeu Lux. E aquilo era tudo o que ela tinha a dizer sobre o assunto.

Brooke olhou para Lux durante um longo tempo. Sorveu longamente aquilo que Lux dissera e deixou que lhe passeasse pela boca, saboreando a idéia e analisando a mulher que a havia expressado. Brooke tinha sido uma debutante em Nova York, em Palm Beach e, por motivos que não podia compreender, em Genebra, na Suíça. Todos aqueles vestidos brancos a entediavam. Brooke adorava cor. A mãe de Brooke a considerava uma fracassada por ter escolhido uma carreira como pintora, em vez de uma boa proposta de casamento.

Lux se contorceu sob o olhar de Brooke. Ela não gostava de ser observada daquela forma. Embora houvesse algo de agradável naquilo, também havia um elemento assustador. Ela queria dizer "foda" ou fazer algo estúpido para que Brooke pensasse que ela era menos do que realmente era, para fazê-la parar de olhar. Lux se afastou da mesa e rabiscou uma série de anotações em seu caderno que diziam:

estrutura do texto — *Que porra é essa?*
Brooke é sapatão?
Não escrever mais nada de rá-rá! — *por quê?*

As orelhas de Lux iam ficando vermelhas enquanto ela escrevia. Seria raiva? Vergonha? Aimee esperava que aquilo não explodisse na mesa da sala de conferências.

Foi por isso, disse Aimee a si mesma, que não convidei nenhuma secretária para o clube. Elas não sabem lidar com as emoções. Não têm senso de humor nem de ironia. Aimee precisava de emoções profundas e inteligentes e de interação pessoal para viver, mas desde que estivessem a uma distância segura. Segurança e distância, para ela, eram a contribuição da arte para tornar a dor mais bela. Naquele momento, ela achou que o melhor era afastar o foco de Lux e seguir adiante.

— Margot, você parece estar morrendo de vontade de compartilhar suas idéias com o grupo. Quer fazer isso agora, antes que exploda?

— Na verdade, sim. Meu nome é Margot Hillsboro. Trabalho principalmente com direito empresarial e às vezes com contratual, embora tenha começado a lidar com patrimonial também.

— Meu nome é Brooke, sou uma das supervisoras de editoração e processamento de texto.

— Tá bom, tá bom, já sabemos quem é quem — disse Aimee, mudando de assunto. Ela se tornara assistente jurídica depois de admitir para si mesma que nunca ganharia o suficiente como fotógrafa. Brooke, uma velha amiga da faculdade de Artes, ajudou-a a conseguir o emprego no Escritório Warwick. Como supervisora, Brooke ocupava uma mesa grande à frente de todas as minúsculas mesas dos digitadores e solucionava os problemas que eles pudessem ter com os programas de computação, com os advogados ou com seus cronogramas de trabalho.

Como assistente jurídica, o trabalho de Aimee era bastante parecido ao de um advogado iniciante, exceto pelo fato de receber apenas uma fração do salário e quase não ter possibilidade de crescimento profissional. Brooke trabalhava meio período para complementar seu fundo fiduciário. Isso lhe permitia aceitar convites de última hora para festas em lugares distantes como Bali ou Romênia. Aimee trabalhava em tempo integral para que pudesse comer e pagar o aluguel.

— Certo. Bem, preparei isto hoje de manhã, antes de ir para a academia. É só uma fantasia que venho tendo repetidas vezes — disse Margot. Ela sacou seu texto e leu a primeira oração perfeitamente digitada:

— *Havia alguma coisa nos móveis dele que a fazia querer tirar a roupa.*

De todos os membros do embrionário Clube do Conto Erótico, Margot era a que ganhava mais, levando para casa um cheque de pouco menos de um quarto de milhão de dólares por ano, com uma carga horária semanal de sessenta a oitenta horas. Ela não tinha nenhum dependente e era viciada em fazer compras. Beirando a menopausa, percebera que havia um penhasco no final de sua *autobahn* e uma queda gigantesca. O que faria quando não tivesse mais que trabalhar? Não era sócia na firma Warwick & Warwick, não tinha direito a porção alguma daquele negócio que ajudara a construir e, portanto, não era dona nem tinha o controle de cem por cento de sua vida. Em algum momento do ainda remoto futuro, eles lhe pediriam que não fosse mais trabalhar.

— Você vai fazer a mesma coisa que faz nos fins de semana — sua mãe havia aconselhado. —Vai parar de trabalhar e a vida vai ser um eterno fim de semana.

Margot trabalhara na maioria dos fins de semana de sua vida. Em seu tempo livre, procurava roupas para usar no trabalho. Mesmo nas férias ou em viagens rápidas com algum amante, sua pasta estava sempre presente, cheia de distrações necessárias nas quais podia mergulhar quando as coisas ficassem chatas ou decepcionantes. A pasta era uma bolsa mágica de onde ela obtinha respeito, senso de personalidade e de propósito, bem como um apartamento de quatro mil dólares por mês, um guarda-roupa de arrasar, viagens interessantes e um excelente lifting facial. Conhecia seus amantes através de sua pasta. (Advogados adversários eram extremamente deliciosos, uma vez que o contrato estivesse fechado.) Os meses intermitentes em que o sangue não corria entre suas pernas a lembravam de que todas as coisas, um dia, se desaceleram. Era um pensamento que emoldurava uma nova série de anotações em sua lista de coisas para fazer, em letras muito maiores que as demais, e que dizia:

Arrumar um hobby/amante.
Tentar ficar quieta na cadeira.
Arrumar amigas ~~melhores~~.

A fantasiazinha sexual irritante que tinha ficado congelada em replay na sua cabeça, aquela que estava bloqueando todos os outros pensamentos e que surgia nos momentos mais inoportunos, transformou-se em sua primeira tentativa de arrumar novas amigas. Ela concluiu que escrever sobre a fantasia mataria dois coelhos com uma cajadada só. Uma sessãozinha literária particular com as novas amigas iria certamente exorcizar essa fantasia de uma vez. Aí é que ela estava enganada.

— *Ficava num canto de sua cozinha* — Margot começou a ler — *uma cristaleira de mogno grande, elegante, Luís XIV, de um maravilhoso trabalho artesanal, repleta de cristais Baccarat e porcelanas Limoges.*

Lux largou sua lixa de unhas.

— *Ela a havia visto em várias oportunidades, tarde da noite, em que os jantares tinham dado lugar a drinques e brincadeiras animadas. E enquanto eles discutiam os lucros do último trimestre ou o jogo de bridge, ela se via freqüente-*

mente distraída por sua própria mente, que divagava até aquela grande peça de mobília e se perguntava qual seria a sensação de sua bunda nua pressionada de encontro a ela.

Olhares confusos percorriam a sala onde só deveria haver um silêncio interessado. Será que sua obsessão erótica por móveis era estranha demais para elas? Ela ainda nem tinha chegado à parte estranha, a parte em que de fato içava suas nádegas até a borda saliente para que Trevor fizesse amor com ela. Será que não acreditavam que sua bunda velha pudesse caber na borda de uma cristaleira? Ou simplesmente era demais para elas? Se eram assim tão pudicas, por que então haviam formado um clube erótico? Margot dobrou suas fichas cuidadosamente digitadas no colo. Ergueu os olhos e viu que Lux a encarava.

— Tudo bem? — perguntou Margot. — Não quero ofender ninguém.

— Está ótimo — disse Brooke. — Continue lendo.

Margot olhou em volta da sala. Todos os olhos estavam sobre ela. Estavam esperando, até mesmo ansiosas para ouvir o resto de sua história. Margot mandou bala:

— *A cozinha dele era uma maravilha arquitetônica e ele, um chef de mão-cheia. Uma noite, depois de cear patê de* foie gras *com champanhe, ela atirou a cautela aos quatro ventos e o sutiã no chão, ao caminhar pelos ladrilhos, nua, para seus braços expectantes.*

Ao ouvir o desenrolar do conto erótico de Margot em cima de uma antiguidade precariamente equilibrada, Lux se perguntou se Margot teria alguma vez estado no apartamento de Trevor.

2. A Barriga

A BARRIGA ATRAPALHAVA MAIS a cada dia. Aimee, sete meses de gravidez, segurou aberta a porta de seu loft no centro da cidade com o joelho, enquanto equilibrava duas sacolas de compras em um braço e, ao mesmo tempo, tentava tirar a chave da fechadura. Não queria sair de jeito nenhum. E nem estava fazendo muito calor. Não havia motivo para que a chave amasse tanto a fechadura a ponto de não querer se separar dela. Aimee deu um puxão com força. E um chacoalhão. E xingou. E gritou o nome dele.

— Amor, venha me ajudar — implorou. A fotografia dele, numa ampliação enorme e de qualidade profissional, respondeu dizendo "Ele não está. Amor". Por fim, ela colocou as sacolas do supermercado no chão e com as duas mãos removeu lentamente a chave da fechadura. Então se jogou na cama e chorou.

Nem quando os soluços cessaram ela conseguiu se acomodar. Deitar de bruços fazia a acidez subir ao esôfago até queimar o fundo da garganta. Quando deitou de costas, as lágrimas escorreram para dentro das orelhas, e o muco nasal voltou para a garganta até se encontrar com o ácido do esôfago. O ranho deveria anular o ácido, ela disse a si mesma, mas só fez afogá-la. Deitar de um lado amassava não-sei-que nervo, ao passo que deitar do outro lado fazia os pés adormecerem. No final, ela se sentou numa cadeira de espaldar reto na mesa da cozinha, apoiou a cabeça sobre os braços e chorou. Ninguém a interrompeu. Foram a fome e a curiosidade que finalmente lhe secaram as lágrimas. Por que ele não estava em casa naquela noite?

Nenhum bilhete na geladeira. Nenhum e-mail no computador dela. Só havia uma mensagem em seu lado da secretária eletrônica e não era dele. No lado dele havia quinze mensagens. Será que deveria espionar? Haveria alguma mensagem cheia de risadinhas que pudesse penetrar em seu temor de descobrir que ele era infiel? Aimee soltou o cacho de cabelo negro que havia enrolado no dedo e, então, apertou o botão do lado dele da secretária eletrônica.

Bip. Uma mensagem dizendo que um trabalho havia sido cancelado. Outro tinha sido adiado. Olhe no jornal. Tem uma crítica sobre sua última exposição na Filadélfia. Você poderia voltar a Tóquio no mês que vem? Paga cinco mil por semana. O conserto na sua lente de zoom está pronto. Pode vir buscar. Não vou estar em casa hoje à noite, amor. Vou trabalhar até mais tarde.

— Idiota — ela disse em voz alta. —Você deixou a mensagem para mim no seu lado da secretária, seu tonto. Como queria que eu escutasse?

E, não obstante, ela escutara. Talvez ele pudesse ser descuidado porque sabia que ela exploraria conscienciosamente todos os lugares possíveis até encontrar uma explicação para sua ausência. Ausências.

Aimee afastou o cabelo dos olhos e abraçou de encontro ao corpo os seios que haviam, repentinamente, aumentado à taça D. Já não era mais só a barriga que crescia. O cabelo também tinha explodido numa fúria de crescimento, jorrando cachos sobre seus olhos poucas semanas depois de tê-lo cortado. E aqueles peitos. Aimee tinha ficado contente quando seu sutiã de taça A ficara apertado. Havia sido magra e achatada quase a vida toda. Até que era legal ter seios taça B. Então, uma manhã em que estava trabalhando, achou que estava tendo um ataque de asma ou algo parecido. Sentada à sua mesa, revisava um contrato para um advogado quando, de súbito, simplesmente não podia respirar. Era como se houvesse uma tira de borracha apertando seu peito, sufocando-a. Ela temeu pela vida de seu bebê e correu para o médico.

O taxista a olhou, aterrorizado, quando Aimee ofegou as palavras "pronto-socorro" pela divisão de acrílico que a separava do motorista e acelerou tudo o que podia. A enfermeira a levou correndo à sala de exame. Aimee tirou a blusa e o residente notou imediatamente os cortes profundos atravessando suas costas e ombros. Tão logo ele cortou suas amarras tamanho 42, taça B, Aimee ofegou e pôde inspirar novamente, enchendo os pulmões por completo pela primeira vez no dia.

—Você ingeriu muito sal hoje? — perguntou o residente.

— *Pastrami* — ela ofegou.

—Vai te deixar inchada. O corpo inteiro.

Aimee olhou para o sutiã de renda arruinado em suas mãos.

— Primeiro bebê?

— É.

Mas não a primeira gravidez. Tinha havido um aborto espontâneo. E o aborto provocado. Abortos provocados. Ainda não, ainda não, ele dissera. Preciso de três, não, quatro, não, cinco anos, e aí sim estarei preparado, dissera a ela. Ela concordara com ele, ao mesmo tempo que ocasionalmente se esquecia de tomar a pílula. E daí ela entrava em pânico porque ele entrava em pânico e concordava que, naquele momento, um bebê arruinaria a vida deles. Depois de sete anos, ela e seu corpo já tinham se cansado daquilo.

—Vou parar de tomar a pílula — disse a ele e, então, repetiu, para ter certeza de que ele havia escutado. Ele disse que tudo bem, e eles não discutiram mais o assunto.

Ele deduziu que após uma década de hormônios artificiais Aimee precisaria de pelo menos dois meses para voltar a ser fértil. Ela achou que estaria mais para uns quatro meses. Ambos estavam errados. O corpo de Aimee estava pronto em duas semanas.

A menstruação veio feito um relógio suíço nos primeiros três meses da gravidez. Escassa, porém vermelha e certeira. Então, Aimee deixou passar mais um mês para ver se aquela primeira falha da menstruação era apenas devido ao estresse. Após três varetas de teste de gravidez positivo jogadas no incinerador, ela precisava de mais tempo para encontrar forças e contar para ele. Quando finalmente o fez, ele surtou, e então ela surtou também; o médico, porém, continuou bastante firme. De jeito nenhum ia abortar um feto de cinco meses.

Aimee exultou e ele se zangou:

— Nossa carreira! — gritou para ela. — O que isso irá fazer com a nossa carreira?

Mas já fazia muito tempo que Aimee não tinha uma carreira. Possuía um emprego e um hobby caro no qual era extremamente habilidosa. Viu-se aos quarenta anos e sem a menor vontade de sacrificar sua última chance de ser mãe por causa de um fiapo de carreira em fotografia.

Quando lhe contou sua decisão, ele desmoronou e chorou de soluçar. Houve um momento de tristeza e culpa, que se transformou em profundo desgosto quando seus soluços ficaram exagerados demais, dramáticos demais, manipuladores demais.

— O que você foi fazer! — ele gritou e deu uma de crocodilo para cima dela. As lágrimas jorravam enquanto ele apoiava a cabeça num ângulo dramático no batente da porta do quarto e a observava fazer a mala. Ela fechou com força a mala e caminhou para o elevador. Aimeudeus, aimeudeus, aimeudeus, ela ia dizendo para si mesma ao descer no elevador. Para onde é que eu vou? O que vou fazer? Como vou viver? Scarlett O'Hara ecoava em sua cabeça ao passar pelo quarto, terceiro, segundo andar. Seu coração batia descompassado, não de medo, mas com a sensação de ter escapado dele por pouco. Ficou no saguão do prédio se perguntando aonde poderia ir para fugir da implacável decepção que ele sentia pela alegria que crescia dentro dela.

Num quartinho do Chelsea Hotel, Aimee ficou nua em frente a um espelho mal iluminado e se maravilhou com sua barriga. E então o duende do medo e da solidão espiou por trás das bordas chanfradas. Conseguiria se manter como mãe solteira? Era forte o suficiente para fazer isso sozinha? No meio de seu extenso e doloroso ataque de pânico, ele descobriu onde ela estava e implorou para que voltasse para ele, com bebê e tudo. O telefonema dele deu um fim no duende. Era só uma questão de falta de sincronia.

—Também sinto sua falta — ela admitiu.

— Não posso viver sem você. Você é tudo para mim. Se quer ter esse bebê, tudo bem. Eu te amo. Por favor, volte para casa, Aimee.

Ele fechou a conta dela no hotel, pagou a fatura e carregou a mala até o táxi. Quando voltaram para o loft, ele abriu a porta e a carregou para dentro. Guardou a mala no espaço entre a mesinha-de-cabeceira e a parede. Beijou-a no rosto. E então, desapareceu.

Não de forma repentina. Aos poucos, começou a trabalhar mais, aceitar mais trabalhos fora da cidade, viajar para Tóquio com tamanha freqüência que chegou a cogitar a compra de um apartamento por lá. Ele disse que essa coisa da paternidade iminente o estava forçando a levar sua carreira mais a sério. Agora eles precisavam ter segurança. E dinheiro. Depois de anos criticando asperamente os amigos e colegas que se vendiam para a fotografia comercial, ele mergulhou de cabeça na lagoa do dinheiro, deparando-se com águas surpreendentemente agradáveis e um tanto inebriantes. Um fotógrafo tinha que aceitar trabalhos enquanto estava na moda, ele disse a ela numa das vezes em que submergiu. Tudo poderia acabar amanhã, e então, o que seria deles?

Aimee se deteve frente às enormes janelas do loft, resquícios da época em que seu lar havia sido um espaço industrial, e olhou para a cidade abaixo. Diretamente atrás dela, os trabalhos de ambos estavam pendurados na parede: as únicas duas fotografias que haviam sobrado de seu último ano de faculdade em Chicago, quando tinham participado de uma exposição conjunta com os demais colegas de classe. A grande era dele, e a menor, dela.

Ele tinha idéias grandes. Ela também, mas ele tinha apresentado suas grandes idéias em ampliações de um metro e meio por dois. Ela ajudara a pagar pelo papel, ajudara a processar as imensas impressões. O trabalho dela era igualmente bom, mas ela o apresentara em papel com trinta centímetros de largura por 35 de altura. Ela havia conseguido um A no curso, e ele, um agente.

Ela parou em frente à única fotografia dele que não tinha sido vendida, uma vagina de um metro e meio de largura por dois de altura ape-

24 *Lisa Beth Kovetz*

nas levemente oculta pelo dedo que nela se inseria. Um perspicaz patrono das artes teria que observar a peça durante um ou dois minutos antes que o ângulo e a escala o permitissem reconhecer as partes da anatomia humana que interagiam na fotografia. Haviam sido feitas algumas ofertas respeitáveis, mas ele se recusara a vendê-la, dizendo a quem quer que perguntasse que Aimee era a modelo e que ele jamais poderia vender a xoxota dela.

Quando a foto fora tirada, Aimee vestia um jeans rasgado e uma camiseta. Estava parada bem à esquerda da xoxota em questão, segurando o refletor que lançava a luz perfeita no objeto da fotografia. Como alguém podia acreditar que aquela vagina, com seus pêlos pubianos claros que mal se encaracolavam, pudesse ser de Aimee, ela não sabia. Era claramente uma vagina anglo-saxã. Todos os folículos pilosos de Aimee produziam feixes de mola de intensidades variáveis. Aimee tinha muitos atributos, mas não constava nenhuma vagina anglo-saxã entre eles.

O que foi que eu fiz com a gente, Aimee pensou ao caminhar pelo loft, olhando as fotografias, parando em frente ao seu próprio nu, a mesma modelo, fotografada no mesmo estúdio, mas com uma abordagem mais holística em termos de imagem. E, obviamente, não tinha um metro e meio por dois de tamanho. Eu era boa, ela pensou. Tão boa quanto ele. Por que eu desisti? Olhando fixamente para as paredes, ela soube por quê.

Aimee jamais poderia competir com uma vagina de um metro e meio por dois. Jamais conseguiria ser audaz em seu trabalho. Jamais se obrigaria a gastar os milhares de dólares que ele havia tomado emprestado para produzir quinze imensos nus. Ela não tinha sido capaz de pegar uma quantia tão grande para seus próprios fins. E se eu fracassar?, ela perguntava antes mesmo de tentar. A idéia de fracasso a deixava nauseada. A incapacidade de consumir e digerir o risco dizimava sua criatividade.

Ele, por outro lado, era capaz de se alimentar de risco e cagar fracasso por todos os lados. Não teve problema algum em pedir emprestado a ela, aos pais dele e aos dela o dinheiro necessário para produzir aquelas quinze magníficas fotografias. Em pé diante da imagem que havia catapultado a carreira dele, a verdade a atingiu como um soco no peito. Ele colocava o trabalho em primeiro lugar. Que se danasse o resto e todo aquele fingimento de ser um ser humano bom e responsável. Ele não era educado. Era ousado e irresponsável.

Ele tinha uma carreira, enquanto ela possuía um emprego.

Eu poderia mudar isso, Aimee pensou. Poderia ser destemida. Poderia correr riscos. Ela se sentou à mesa da cozinha e fez as contas, uma ação objetiva que a condenou logo de cara. Mesmo com o custo de uma babá ela pensou que provavelmente conseguiria tirar um ano de folga do trabalho, desde que vivesse frugalmente e pegasse algum dinheiro emprestado com sua mãe. Em um ano, ela pensou, certamente conseguiria produzir alguma coisa para começar a trilhar o caminho rumo a essa vida que sempre presumi que estaria esperando por mim assim que saísse da faculdade. A vida na qual eu estaria no comando, em que decidiria o que fazer com meu dia. Ela sabia, de observá-lo, que existia um mundo no qual as pessoas não se matavam de trabalhar das nove às cinco (ou das dez às seis e meia, no caso de Aimee), um mundo no qual as pessoas eram donas de si mesmas. Só preciso produzir alguma coisa incrível, que todo mundo queira, alguma coisa linda que eu consiga vender.

O ar escapou do plano de Aimee assim que fatores específicos o atingiram, abrindo pequenos rombos no delicado tecido de sua fantasia. Se eu sair do mercado de trabalho, jamais conseguirei retornar. Se deixar meu plano de saúde aos quarenta anos, pode ser que não consiga encontrar algum outro plano que me dê cobertura depois. Já não sou mais uma das gazelas velozes à frente da manada. Sou a mais lenta, que serve de isca para os tigres, e preciso de defesas melhores que uma idéia impraticável de como poderia recuperar minha vida. Mudança significa um salto no escuro, e Aimee exigia provas de que o chão ainda existia antes de se levantar da cama. Era um erro fatal.

Sentiu vontade de arrancar aquela enorme vagina loura da parede.

Ela costumava se refugiar na câmara escura de revelação toda vez que esse tipo de tristeza a dominava e revelava fotos até sentir que estava pelo menos engatinhando rumo à vida que havia desejado. Agora mesmo ainda tinha quatro ou cinco filmes que precisavam ser revelados. Eles estavam chamando para que ela se lembrasse deles, os separasse e transformasse em fotografias que todos pudessem ver e discutir. Dê-nos vida, imploravam, mas ela os ignorou. Produtos químicos de revelação não fazem bem para a barriga, portanto Aimee continuou andando pelo apartamento.

Quando ele me disse olá, eu deveria ter saído correndo. Naqueles primeiros dias, no entanto, os olhos dele eram como holofotes que a faziam sentir-se especial. Ele a havia trazido para seu círculo de narcisismo onde tudo era doce e delicioso: como uma sobremesa viciante, altamente calórica, sem nenhum valor nutricional. Ela deveria ter lido o conteúdo nutricional na embalagem e fugido enquanto era tempo.

A primeira pista tinha sido o anel de noivado de diamante que ele não tinha condições de comprar. Ele lhe disse que ela não queria um, que ela era séria demais para esse tipo de bobagem, símbolos burgueses da conquista feminina. Ela não queria realmente a jóia, mas aqueles movimentos de cortejo tinham sua razão de ser. Se ele não é capaz de alterar sua vida antes do casamento, certamente não terá espaço para você depois de casados. E a mudança é uma parte essencial do compromisso que é o casamento. A cerimônia de casamento se resumiu a algumas horas alegres no cartório. Então, voltaram correndo para a câmara escura para terminar as fotografias para a exposição dele. Naquela noite, quando ele a apresentou como sua nova esposa, ela não viu que o casamento deles havia sido reduzido a uma conversa interessante com um dono de galeria.

— Ah, lógico, agora tudo está claro — Aimee disse a si mesma em voz alta ao observar a cidade de suas amplas janelas. Naquela noite, no entanto, ela se lembrava de ter ficado bastante emocionada em ser apresentada ao patrono fulano de tal. Esperava que ele se lembrasse da jovem noiva na hora em que ela tivesse sua própria exposição.

— Por um tempo foi uma vida boa — Aimee comentou para a cidade abaixo. Armados de juventude e paixão, até mesmo a pobreza havia parecido elemento de uma grande lenda boêmia. A arte seguiu adiante.

Fotos foram vendidas. Aniversários passaram, comemorados com uma rodada de vinho barato em copos descartáveis. Então, pendurando fotografias para uma exposição numa galeria, Aimee tinha caído da escada e quebrado o pulso.

Deveria ter sido algo simples, mas a galeria não tinha seguro para aquele tipo de coisa. Aimee não tinha seguro de espécie alguma. Uma semana depois, com os dedos inchados parecendo batatinhas, Aimee desabafou a história para seus pais. Sua mãe se despachou imediatamente para a cidade como uma ursa descendo a montanha para salvar o filhote. Duas semanas e dez mil dólares depois, o pulso foi novamente quebrado, e a mão pôde ser curada. Aimee também havia sido quebrada. Mas ele continuava forçando a barra, insistindo que aquela vida era ótima. Ela sugeriu algumas concessões que poderiam fazer. Ele disse que eram impossíveis.

Se em vez de amar o trabalho tivesse sido a bebida, o futebol ou o pôquer, ela teria, desde o começo, visto aquilo como o que realmente era. Sentada em seu apartamento, sozinha, ela disse a si mesma que deveria ter insistido num anel de noivado enorme. Ele jamais o teria comprado e, então, eu teria visto quantas coisas eram mais importantes do que eu.

Com isso, Aimee empurrou todos os pensamentos para um canto de sua mente, apagou as luzes e foi para a cama. Ficou deitada lá, no escuro, esperando pelo sono. Esperou e esperou. Depois de algum tempo, começou a fazer aquilo que sempre a relaxava. Acariciou-se e se contorceu, mas, essa noite, aquilo simplesmente não estava funcionando. Estava começando a ficar com câimbra na mão. No apartamento silenciosamente vazio, o telefone tocou.

— Oi, querida. O que você está fazendo? — sua mãe perguntou.

Bem, mãe, eu estava me masturbando, mas daí percebi que o que realmente queria era comer lasanha.

Aimee bocejou e tentou formular uma resposta honesta que não assustasse a mãe:

— Estava tentando relaxar, mas estou morrendo de fome. Estou pensando em pedir uma lasanha.

— Oh, que delícia — sua mãe exultou. — Não quero atrapalhar seu jantar.

— Pois é, acho que vou me levantar e comer — disse Aimee. Tentou parecer otimista e tranqüila, já que sua tristeza faria a mãe ficar preocupada, o que a levaria a fazer a mala e tomar um trem para a cidade.

— Pode me ligar a hora que quiser, meu bem. O papai dorme feito um morto, então pode telefonar no meio da noite que não tem problema.

— Ei, eu estou bem. Um pouco cansada e terrivelmente faminta, mas estou bem.

— Bem, peça a lasanha, então. Na próxima vez que for te visitar, levarei uma feita em casa.

— Eu te amo, mãe.

— Claro que sim. E eu amo você.

Aimee desligou e regressou a seu dilema original. Ela queria se masturbar ou comer lasanha? Era o tipo de garota que quase sempre preferia sexo a massa. Agora, as apostas eram todas desfavoráveis ao que se referia a desejo. Ela não sabia se era um sentimento real ou mera alteração hormonal; não tinha certeza se ele a havia abandonado ou se estava tentando ser responsável da única maneira que sabia. Ergueu a calça, saiu da cama e telefonou para a delicatessen ali perto.

O dinheiro sempre havia sido um problema. Às vezes, era o único problema que discutiam. Depois do incidente do pulso, ela voltou a estudar e se tornou assistente jurídica. Ele disse a ela que não devia fazer aquilo. Que eles iam dar um jeito.

— Não quero dar um jeito — ela disse a ele. — Quero viver. Quero ter um plano de saúde.

— Você vai sentir falta da liberdade.

— A liberdade custa caro demais — disse a ele. — Custa os olhos da cara.

— Que nada! — Ele riu. — Só custa a sua mão!

Ela também riu, compartilhando por um instante a excelência de seu humor negro. Naquela noite, foram a uma inauguração, tomaram café à meia-noite e fizeram amor ao amanhecer. Ela se atrasou para o

O *Clube do Conto Erótico* **29**

primeiro dia de aula, mas não para o segundo nem para qualquer outra aula depois daquela. Formou-se com mérito e arrumou um emprego que exigia que chegasse ao trabalho de manhã, todas as manhãs, enquanto ele continuava levando um tipo de vida que o convidava a passar a noite fora. Ele chegava em casa algumas horas antes de ela ter que estar no trabalho, se jogava na cama e a despertava.

— Oh, você está acordada? — ele perguntava.

— Agora sim — ela resmungava.

— O suficiente para fazer amor?

— Não.

— Li em algum lugar que sexo durante a gravidez é algo supostamente incrível.

— Não às sete da manhã.

— Nossa, são sete horas?

Pessoas que costumam não saber que horas são deveriam morrer. Se não fazem isso para alardear sua liberdade, então estão jogando uma responsabilidade básica em cima dos outros. De qualquer modo, Aimee acreditava que deveria ser passível de pena de morte.

Aimee se levantou, tomou um copo de leite e se perguntou se a azia algum dia a deixaria em paz. Mandou ver um sanduíche de manteiga de amendoim com geléia enquanto esperava pela entrega da lasanha — sem sal, por favor.

A delicatessen costumava ser um luxo, cara demais para ser freqüentada de forma regular. Ultimamente, porém, cheques vultosos no nome dele chegavam de lugares distantes em envelopes adornados por selos coloridos. Ela os depositava numa conta conjunta e sacava dinheiro para pagar o aluguel e as demais despesas. Virou uma fiel cliente da delicatessen, pedindo comida três ou quatro noites por semana.

Aimee mediu de cima a baixo o entregador bonitão, mas parou ao perceber que ele havia ficado bastante constrangido e lhe deu uma boa gorjeta por ter se lembrado de que, apesar de ter pedido soda, ela na verdade queria água com gás.

No filme *O Bebê de Rosemary*, Rosemary não tinha se achado louca ao devorar fígado cru no meio da madrugada, de pé na frente da geladeira. Pensando naquela cena, Aimee consumiu sua massa em pé mesmo, desejando ter pedido uma porção de fígado frito para acompanhar. Bebericando a água com gás e rezando para que a barriga se acalmasse com as calorias que havia ingerido, Aimee se sentou no sofá para pensar longamente sobre sua vida. Logo caiu no sono.

Na manhã seguinte, Aimee despertou em sua própria cama, de pijama. Havia uma flor fresca num vaso sobre a mesinha-de-cabeceira a seu lado, um copo de água com gás, algumas bolachas de água e sal e um bilhetinho dizendo eu te amo. Ele havia estado lá, mas já havia ido embora.

Ela se sentou e vomitou no baldinho que ficava ali exatamente para aquele fim. Então, com cuidado, tomou um gole de água e mordiscou uma bolacha esperando que se mantivesse no estômago o suficiente para ela chegar até o chuveiro. Olhou pela janela e procurou pela alegria que tanto desejava. Estava lá, sob um manto úmido de perda e de constante indigestão. Em três meses ela teria um bebê, e ele não era sequer capaz de ter a cortesia de estragar tudo pessoalmente.

3. Pés e Bundas

— ELA CONTORCEU OS DEDOS DOS PÉS, e línguas mornas lamberam suas panturrilhas. Um gole de uísque geladíssimo deslizou por sua garganta e ela sentiu os músculos relaxarem, abrindo pela primeira vez em dias seu tibialis posterior.

— Jesus! Ela escreveu sobre o traseiro dela? — Lux exclamou.

Aimee sentiu-se queimar, e a sala ficou em silêncio.

— Não. Não escrevi sobre o meu traseiro. — Aimee tentou não sibilar.

— É que parece que você está falando sobre o seu traseiro.

— Mas não estou.

— Não tem nada de mal em escrever sobre o seu traseiro — Brooke sentiu necessidade de dizer.

— O *meu* traseiro é uma via exclusivamente de mão única — Lux informou a todas.

Aimee esperou. Aquilo não era o que ela queria. Talvez devesse encerrar o clube e encontrar algum tipo de consolo num grupo de apoio específico para grávidas. Havia montes de grupos na internet. Não estou preparada para falar sobre fraldas e hemorróidas, Aimee disse a si mesma. Quero ficar no mundo adulto o máximo que puder.

— Para mim, funciona — declarou Brooke, referindo-se a sexo anal.

Margot olhou fixamente para Brooke. Parecia-lhe incongruente que Brooke, com sua linda aparência anglo-saxã protestante, blusa branca e saia plissada, pronunciasse um voto a favor do sexo anal. Margot não conseguia imaginar aquilo porque as tatuagens de Brooke estavam todas em lugares que não apareciam quando ela estava vestida. Se Margot visse Brooke nua, iria entender.

— Mas, Brooke, não há próstata — Margot argumentou. — As mulheres não têm a glândula prostática, então não há nada gostoso para acariciar lá dentro.

— Para mim, funciona — Brooke insistiu. — O que não rola, para mim, é pinto gigante.

Então, as opiniões começaram a ser disparadas. Margot era da opinião de que quanto maior, melhor, enquanto Brooke e Lux quase pularam da cadeira para expressar suas opiniões acerca das dimensões perfeitas de um pênis.

— Eu não... EI! — Aimee gritou acima do barulho. — Não escrevi sobre o meu traseiro. O *tibialis* posterior é um músculo do pé.

— Argh! — exclamou Lux.

— Mas, olha só, chupar os dedos do pé pode ser uma experiência incrível — disse Brooke.

— Não — Lux se opôs —, não pode não.

— Se os dedos estiverem limpos e o pé for bonito. Quer dizer, é uma maneira de dizer para o seu amante: "Tudo em você é delicioso e quero tudo dentro do meu corpo." — Brooke riu.

— Meio como engolir, em vez de cuspir — contribuiu Margot.

— Exatamente!

— Vocês são nojentas — disse Lux.

— Meu texto, essa semana... — Aimee recomeçou, mas foi atropelada pelo choque de Margot com as preferências de Brooke.

— Não acredito que você não goste de pinto grande — Margot disse a Brooke.

— Dá muito trabalho.

— Quanto maior, melhor. Vinte e cinco, trinta centímetros. Eu quero tudo — disse Margot, rindo.

Brooke retirou uma régua de seu estojo de arte sobre a mesa.

—Vinte e cinco ou trinta centímetros? — disse Brooke, segurando a ponta da régua sob seu osso púbico e erguendo-a para cima. Trinta centímetros chegava a seu plexo solar.

— Oh! — disse Margot. — Trinta centímetros é tudo isso?

— É. Portanto, vamos concordar que trinta centímetros é pura ficção. Vinte e cinco já seria um caralho pornográfico de quebrar as costelas. Vinte e dois ficaria bem acima do meu umbigo, e mesmo com vinte o cara penetraria minha bexiga, e eu passaria a semana seguinte com infecção urinária. Médicos, antibióticos, não preciso de tanta confusão.

— Dá aqui essa régua — Margot pediu. Brooke a entregou, e Margot ficou absorta em medir a distância entre a entrada de sua vagina e o começo das costelas. Ninguém estava ouvindo Aimee.

— Será que eu poderia, por favor, terminar minha história? — perguntou Aimee, bufando. Todos os olhares se voltaram para ela, mas, assim que começou a ler, Lux explodiu com um pensamento que não podia conter:

— Uma vez, minha mãe me contou que havia terminado com seu primeiro marido porque o pênis dele era pequeno demais, e eu disse: "Bem, tipo assim, talvez o pênis dele fosse do tamanho certo e a sua vagina, grande demais."

Silêncio. E então:

— O que ela disse? — perguntou Brooke.

— Quem?

— Sua mãe — disse Margot.

— Nada. Quer dizer, você está perguntando se ela ficou furiosa? Porque ela não ficou. Quer dizer, ela nunca foi, tipo, de competir em tamanho de vagina, então só disse alguma coisa tipo: "Claro, Lux, talvez tenha sido esse o problema." Ou, talvez, disse: "Claro, Lux, você poderia passar o sal?", ou algum comentário igualmente vazio.

A história paralela de Lux sobre as dimensões relativas da vagina de sua mãe pairou no ar como a fumaça de um baseado, deixando todas um pouco estupefatas e perdidas.

— Então — disse Lux porque ninguém mais parecia capaz de falar —, acho que Aimee queria ler uma coisa que escreveu sobre o traseiro dela, certo?

— Não! — exclamou Aimee. — Meu texto não é sobre meu traseiro! É sobre chegar em casa, tomar uma dose de uísque e mergulhar os pés numa bacia de água quente.

— Pensei que essas histórias devessem ser sexuais — interrompeu Lux, incapaz de ficar quieta por muito tempo.

— Estamos escrevendo histórias eróticas — Aimee disse, fumegando —, o que inclui qualquer material sensual. Não apenas sexual. Não pornográfico.

— Embora, bem, na verdade — propôs Brooke —, na verdade eu definiria o texto que escrevi esta semana como mais para o pornográfico. Se for causar algum problema, eu preferiria me abster dessa rodada.

Lux silenciosamente formulou a palavra "nádegas" para Margot, no outro lado da mesa. As sobrancelhas de Margot se ergueram e ela se surpreendeu com uma sensação vertiginosa dentro de si. Sentou-se um pouco mais reta em sua cadeira.

— Eu gostaria de ouvir sua história de traseiro, Brooke — Margot disse.

Aimee suspirou. Aimee e Brooke haviam sido amigas durante mais de vinte anos, e ela já sabia tudo que havia para saber sobre a bunda tatuada de Brooke. Na época em que viviam em Chicago, em que eram livres e tinham 23 anos, Brooke e Aimee dividiam um apartamento e, ocasionalmente, um amante. Aimee havia passado noites demais sentada, nua, na poltrona estofada ao lado da cama, sentindo-se excluída, vendo Brooke se contorcer de prazer com o amante que, supostamente, deveriam curtir juntas.

— Aimee! — Brooke havia insistido. —Você tem que experimentar.

— Por quê?

—Vai mudar sua vida.Você vai repensar totalmente tudo que sabe sobre sexo. Mas não com Dave.

— Por que não com Dave? — perguntou Aimee. Ele era seu namorado na época e parecia a escolha perfeita.

— Porque, literal e figurativamente, Dave é um brucutu. Você precisa de alguém sensível.

Elas tinham se decidido por um cara que Aimee conhecia e de que gostava, que ficou maravilhado com o convite das garotas para adentrar o reto de Aimee. Ele foi doce e gentil. Para facilitar o acontecimento, trouxe uma excelente garrafa de vinho tinto e um tubo enorme de lubrificante à base de água. Fez tudo certinho e, no entanto, foi uma das sensações mais espantosas e desagradáveis que Aimee já havia experimentado.

Brooke disse que ela apenas tinha escolhido o cara errado para fazêlo. Aimee parou de fazer *ménage à trois* com Brooke. Simplesmente não podia competir com aquele reto disposto e ávido.

— Não quero ouvir nenhuma história sobre o traseiro de Brooke — anunciou Lux. Aimee tampouco queria, mas talvez pudesse usar aquilo para obrigar Lux a sair do grupo.

— Não vamos censurar o texto de Brooke. Garanto que você não vai gostar de ouvi-lo. Sinta-se à vontade para sair da reunião, se acha que vai ficar incomodada.

Lux se sentou e fechou a boca.

— Posso ler agora? — perguntou Brooke.

— Na verdade, eu ainda não terminei minha história — Aimee começou a dizer, só para ser interrompida por Lux:

— Então, Brooke, quão pornográfico é o seu texto? Levemente pornográfico? — perguntou Lux.

— Não, Lux, é uma história absolutamente pornográfica, com direito a penetração anal e tudo. Se você não gosta, não precisa escutar — Brooke a informou em tom mordaz, o qual não teve qualquer efeito sobre a determinação de Lux de entender a total dimensão da história de Brooke antes de ouvi-la.

— Na sua história, alguém, tipo, é maldoso com outra pessoa? — Lux perguntou.

36 *Lisa Beth Kovetz*

— Não.

— Alguém é violentado? Ou fisicamente machucado? — Lux perguntou.

— Não.

— Alguém tem que fazer, você sabe, alguma coisa contra a vontade? — Lux perguntou.

— Que perguntas interessantes — disse Margot.

— Não tenho nada contra as partes sexuais — disse Lux, na defensiva —, mas não gosto de ouvir sobre gente que fere os sentimentos ou o corpo dos outros, entendeu? Principalmente quando os sentimentos da garota são feridos só para que o garoto se sinta bem consigo mesmo.

Houve silêncio na sala enquanto todas pensavam em Lux por um momento. Ela possuía idéias interessantes e definidas de como queria que sua pornografia se desenrolasse.

— É só uma historinha sobre mim, seduzindo o carteiro — Brooke garantiu.

— Ah, então tudo bem — disse Lux, à guisa de convite.

Brooke desdobrou seu papel e começou a ler.

Aimee suspirou, perdendo mais uma vez para a excitação provocada pelo traseiro de Brooke. Ela deveria ter dito algo, mas aí as coisas poderiam ter ficado desagradáveis, e os três parágrafos restantes de seu escalda-pés regado a uísque não valiam a pena.

Quando Brooke começou a ler, Lux puxou seu caderno cheio de palavras que a interessavam. Palavras sobre as quais queria saber mais.

— *Enrique tocou minha campainha* — começou Brooke. — *Vesti um roupão e corri até a porta. "Quem é?", perguntei, tentando não parecer tão lasciva quanto me sentia. "Carteiro", ele disse. "E trouxe um pacote para você."*

Lux riu e anotou a palavra "lasciva" em seu caderno.

— *Com o roupão no chão cobrindo somente meus tornozelos, abri a porta só um pouquinho, apenas o suficiente para que ele visse o que o esperava lá dentro. "Tenho que assinar por este pacote?", perguntei. "Oh, sim", ele disse. "Você estaria interessado em entregá-lo pela porta de trás?" Os olhos de Enrique quase sal-*

taram das órbitas e eu soube que ele era virgem naquele tipo de convite. Abri a porta, e ele deslizou para dentro da minha casa.

Lux ofegou, mas não por causa do que estava a ponto de entrar pela porta de trás de Brooke. Brooke teria continuado a ler a história, mas Aimee rapidamente deu-lhe um tapa na parte de trás da cabeça.

— Margot — Trevor disse ao abrir a porta de vidro e enfiar a bela cabeça na sala de conferências. O cabelo era grisalho e o rosto, marcado por linhas, mas seu espírito era alegre e jovial.

Margot sentiu o costumeiro e prazeroso frio na barriga ao vê-lo. Um mantra ecoou em sua cabeça, lembrando-a de que "ele é tão lindo, tão sexy, tão legal". Embora "legal" tivesse sido o adjetivo fatal em paixões anteriores, Margot, aos cinqüenta anos de idade, ansiava por alguém "legal".

— Você deveria ter terminado todos os contratos de produção do catálogo de Natal da Peabody — Trevor informou. — Crescentia Peabody está sentada no meu escritório neste minuto, esperando para assinar. O que vocês estão fazendo aqui dentro?

— Reunião do clube literário — disse Lux com um sorriso radiante.

—Verdade? Não sabia que havia um clube literário. O que vocês estão lendo? Estão abertos a novos membros?

— É só para meninas — disse Aimee.

—Você não iria gostar — Brooke advertiu. — Nós só lemos coisas de menina.

— Eu gosto de coisas de menina — disse Trevor com um sorriso.

— Mas não está convidado — Lux o informou.

— É justo. —Trevor riu enquanto segurava a porta aberta para que Margot saísse correndo para a sua reunião. Mas Margot não se levantou da mesa.

— Os contratos estão todos na minha mesa, Trevor — Margot disse, tentando parecer calma. —Vou para lá daqui a um minuto.

— Daqui a um minuto vai ser tarde demais. Preciso de você agora. A Sra. Peabody é um pouco, bem, "rígida" seria uma forma educada de dizer. Vamos assinar logo isso e encerrar o assunto antes que ela comece a achar defeito.

Margot olhou para as amigas e suspirou. Abandonou a reunião do grupo de escritoras, saiu correndo da sala de conferências, voou até seu escritório, agarrou os contratos e correu de volta ao escritório de Trevor. Movia-se com uma velocidade surpreendente para uma mulher de cinqüenta anos, restringida por uma saia-lápis e sapatos de salto agulha.

Se eu conseguir fazer com que assinem rápido este contrato, pensou Margot, talvez consiga pegar o rabinho da história de Brooke.

Ohhhh! Pegar o rabinho! Excelente trocadilho, disse a si mesma, parada do lado de fora do escritório de Trevor, e, então, se recompôs. Contratos à mão, Margot expulsou a imagem de Brooke e Enrique de sua cabeça, endireitou a blusa e entrou no escritório de Trevor.

Crescentia Peabody e sua assistente pessoal, Barbara, pareciam tranqüilas donas de casa de Connecticut, bebendo chá e papeando com Trevor.

— Ah! Aí está ela — Trevor disse, um pouco alto demais, à entrada de Margot.

— Quentinho do forno! — disse Margot alegremente, balançando os contratos no ar. — Os contratos para o seu clitóris de Natal.

As clientes a encararam, as bocas pintadas com o mesmo batom rosa formando um pequeno "O" de surpresa.

— Catálogo, Margot — disse Trevor.

— O quê?

— Catálogo de Natal.

— Não foi o que eu falei?

— Não, acredito que você disse "clitóris" — disse Barbara.

— Oh, graças a Deus — disse Crescentia —, eu também ouvi "clitóris", mas pensei, por um segundo, que estava ouvindo errado; mas se vocês dois também ouviram, bem, na verdade, fico aliviada. Quer dizer, não foi só eu.

— Oh. Bem — disse Margot em sua voz clara e tranqüila. — Minhas desculpas. Quis dizer catálogo, não... a outra palavra. Podemos continuar, então?

4. Casas

LUX VOLTOU PARA A SUA MESA após a reunião do Clube do Conto Erótico e encontrou um e-mail de seu advogado referente aos cinqüenta por cento que tinha de uma casa particular no Queens. Sua tia, uma prostituta (ou, como sua mãe se referia à cunhada, com seu sotaque de Jersey, uma "pul-ta"), havia se associado a uma colega de profissão e comprado aquela casa muitos anos atrás, quando o preço dos imóveis era muito mais baixo. As duas mulheres haviam, discretamente, usado a propriedade de forma ilegal durante mais de vinte anos. Quando se aposentaram, passaram a alugá-la a outras pul-tas.

Lux, sabendo perfeitamente bem de onde vinham os diamantes, havia amado sua tia, a pul-ta. Como Lux era o único membro da família que visitava a mulher no hospital, herdou os cinqüenta por cento da tia na propriedade e o aluguel rotativo que obtinham da casa. O dinheiro do aluguel era entregue em mãos, dentro de um envelope branco, no escritório de seu advogado no primeiro dia de cada mês. Metade ia para a conta bancária de Lux. Nos últimos anos, aquela conta havia crescido a mais de trinta mil dólares. Lux nunca viu o envelope branco nem o dinheiro em si, geralmente apresentado em pilhas de notas surradas de vinte dólares, desbotadas pelo manuseio constante, contadas cuidadosamente e viradas todas para o mesmo lado.

Lux leu rapidamente o e-mail de seu advogado e tomou uma decisão imediata. A outra prostituta estava à beira da morte e lhe venderia alegremente sua metade da casa por vinte mil se ela providenciasse aquela quantia de forma rápida, discreta e em dinheiro. Lux estaria interessada?

"Claro", Lux digitou no computador. "Ela aceitaria cheque?"

"Não. Tem que ser em dinheiro", o advogado escreveu. "Você pode arrumar o dinheiro até quinta-feira?"

"Sim! Diga a ela que eu agradeço."

"Tomamos uns drinques mais tarde?", o advogado escrevera. "Para comemorar sua aquisição imobiliária?"

"Hoje à noite, não", escreveu Lux. "Estou ocupada."

Lux sorriu, imaginando a melhor e geralmente única amiga de sua tia pegando os vinte mil dólares em dinheiro e partindo rumo a uma última rodada em Las Vegas antes de acertar as contas com o mundo. Era bondade da parte dela dar a casa para Lux, e ela se esforçaria em retribuir com alguma coisa boa antes que a velha senhora partisse para Vegas e o mais além.

Embora a casa fosse agora completamente sua, Lux não poderia morar lá. Sua mãe ia ter um ataque se soubesse que a tia Pul-ta dera a casa para ela, e outro ataque, bastante diferente, se soubesse que Lux tinha tanto dinheiro à disposição. Agora que a casa era cem por cento sua, Lux planejava limpá-la e talvez vendê-la. Ou talvez a alugasse por mês, em vez de por hora. Talvez até contasse à mãe a respeito.

A tia Pul-ta achava que a mãe de Lux tinha tendência a bajular pessoas poderosas e um interesse perverso em controlar o poder dos outros, em vez de reivindicar e conseguir tanto poder para si mesma. A tia Pul-ta não usava esses termos, exatamente. Ela disse a Lux que sua mãe tinha uma "personalidade boquete".

— Sim, claro — tia Pul-ta dissera a Lux, mais jovem. — Quando o pau está na sua boca, você é dona do universo, mas o que acontece quando você o tirar dali? E você vai ter que tirar, se quiser pedir alguma coisa. Quer dizer, alguma coisa para si mesma. E isso, minha menina, é o que geralmente se chama de "dá ou desce".

Lux, devido à insistência da tia Pul-ta, havia sido cuidadosa em não cultivar uma personalidade boquete. Se queria alguma coisa, conseguia sozinha.

Lux saiu da escola secundária de interior incapaz de escrever corretamente, compreender raciocínios complexos ou formular sozinha uma sentença. No entanto, havia comparecido fielmente às aulas, o que a posicionara como uma das melhores de sua turma. Seus pais esperavam que ela rapidamente entrasse para o negócio de fazer criança, mas Lux tinha acesso a bons métodos anticoncepcionais e não gostava de nenhum dos fodêncios que queriam babar em seu rosto. Juntou dinheiro para fazer um curso que, na verdade, não passava de quatro anos de colégio resumidos em dois, só que sem os alunos antipáticos e destrutivos que haviam feito com que ninguém mais conseguisse aprender nada. Lux se saíra bem o suficiente para obter um certificado técnico. Aquilo possibilitou que fosse trabalhar em Manhattan como secretária. Ficara maravilhada com o pagamento, arrumara um apartamento pequeno que pudesse dividir com amigos e comprou toneladas de roupas. Quando herdou a casa da tia e o aluguel rotativo proveniente dela, viu uma luz no final do túnel.

— Claro, claro, você poderia fazer isso. É uma boa idéia — o advogado septuagenário da tia dissera, com sua respiração ruidosa. — Fique morando na casa da sua mãe. Não compre nada que não seja necessário. Economize todo o dinheiro que ganhar. Compre um apartamento. Comece a alugá-lo e dobrará sua renda. Será dona de seu próprio negócio. E então você pode se casar comigo, eu me aposento e vamos ter um monte de filhos. Ah! Rá-rá-rá!

Eles riram, beberam e planejaram o brilhante futuro de Lux. Agora ela dava duro no trabalho e guardava todo o dinheiro, mas não tinha voltado a morar na casa da mãe.

— Trev — perguntou Lux, enquanto comiam ovos com suco de laranja. — Quando eu falo, repito muitos "e daí"?

— Nunca reparei — Trevor respondeu, espreguiçando-se e coçando seu peito largo, musculoso e ligeiramente grisalho. — Tem alguma coisa aí sobre mim?

Lux fechou o caderno com força. A cozinha do apartamento de três quartos com aluguel restrito de Trevor precisava de uma nova pintura. Lux nunca havia pensado naquele tipo de coisa antes. Ele disse que o apartamento não lhe custava quase nada porque seus pais tinham vivido ali até o pai falecer e o Alzheimer da mãe ficar intenso demais. Ele tinha conseguido manter o contrato de aluguel, mas devido ao valor baixo era praticamente impossível conseguir que o locador fizesse qualquer melhoria. Lux estava pensando em como pagar um aluguel irrisório num apartamento espaçoso podia fazer com que seu salário parecesse maior do que realmente era, quando seus olhos recaíram sobre a cristaleira de mogno.

— Trevor, aquele móvel no canto da sala de estar, que tem as coisas de vidro e a porcelana da sua mulher.

— O armário? Aquele em que a gente... na semana passada, depois do jogo de basquete?

Ele levantou os olhos para olhá-la por cima da xícara de café para assegurar-se de que ela estava sorrindo. Ela sorria de orelha a orelha.

— É, foi divertido.

— O que é que tem? — ele perguntou.

— Como é o nome daquelas coisas que tem dentro?

— A porcelana é Limoges e o cristal é Baccarat.

— Sério? Você o tem há muito tempo?

— Era da minha bisavó.

— Mas não é um móvel particularmente raro, é?

— Na verdade, acho que é sim.

— Oh.

Uma ruga de preocupação marcou o rosto de sua coelhinha, deixando-o profundamente preocupado. Será que ela iria deixá-lo por causa do móvel da sua avó? Lux era jovem, bonita e cheia de vida. Ela precisava dele de uma maneira que a ex-mulher e os filhos crescidos nunca tinham precisado. Ela se impressionava com seu conhecimento limitado do mundo além dos cinco bairros da cidade de Nova York, com sua disposição de tentar fazer as palavras cruzadas do jornal de domingo e sua habilidade de escrever corretamente palavras polissilábicas. Ele havia estado em lugares distantes, como a Europa; na verdade, tinha morado em Londres durante a maior parte de seu primeiro ano de faculdade. Alugava um apartamento em Manhattan e havia pago os estudos de dois filhos, do primário até o final da faculdade.

Trevor era bastante bem-apessoado e ainda forte. Ela não era doida por cabelo grisalho, mas, até agora, ele não havia batido nela. Ela adorava o fato de que ele nunca a fazia enfrentar testes desagradáveis para provar amor e devoção. Nunca lhe pedira para tomar o trem A de Far Rockaway até o Harlem usando uma saia bem curta e sem calcinha. Aos olhos de Lux, isso transformava Trevor no gorila macho alfa de dorso prateado, no melhor namorado que já tivera. Trevor não acreditava que conseguiria viver sem aquele reflexo de si mesmo devolvido pelos olhos verde-escuros dela.

O fato de ela ser secretária de um dos sócios de sua firma alinhavava o relacionamento deles com um toque de preocupação. Ele insistia para que mantivessem o romance em segredo. Estabelecera uma lista de regras para ela. A mais importante era nunca falar sobre o relacionamento deles no escritório, nem mesmo para fazer planos para o jantar. Nunca chegar ou sair do escritório ao mesmo tempo. Nunca saírem juntos depois do trabalho com as pessoas do escritório. E nunca, jamais, levar o relacionamento para o trabalho. Lux concordou e o estratagema tornava tudo ainda mais excitante para ele. Sentia como se estivesse trapaceando, mas só um pouquinho. Lux não se importava. Ele era um segredo que valia a pena guardar.

— Aquela... ah... Margot do trabalho já esteve alguma vez neste apartamento? — Lux perguntou a Trevor, tentando parecer indiferente quanto à pergunta.

— Margot? Hillsboro?

— Sim.

— Centenas de vezes.

— É mesmo?

Lux sentiu uma explosão de desejo. Ela precisava tê-lo naquele momento. Ela o beijou e abriu o cinto do roupão felpudo que ele usava.

— Nós vamos chegar atrasados.

— Eu sei — ela disse.

— Eu posso chegar atrasado, mas você tem que estar lá às nove.

— Não vai ter problema — ela disse.

— Se fizermos isso, terei que cancelar meu jogo de tênis e vir para casa depois do trabalho para tirar uma soneca — ele disse. — E nós temos entradas para o teatro hoje à noite.

— Prometo que vai ser melhor que tênis — ela disse, deslizando o robe de cetim cor-de-rosa pelos ombros e ficando nua à sua frente.

Shazam!

Ela adorava o fato de que sua simples nudez fosse suficiente para que ele se animasse. Nada de ter que dançar pela sala nem prometer posições complicadas. No instante em que Trevor via Lux nua, tinha uma ereção. Toda vez. Era algo maravilhoso para os dois. Ela se sentia importante, e ele tirava dez anos de suas costas.

Marcas de chupão eram para adolescentes, mas Lux ainda queria marcar Trevor como sua propriedade, para protegê-lo contra aquela Margot Hillsboro e sua fantasia ortograficamente correta de fazer sexo sobre o móvel de Trevor. Primeiro, houve o preâmbulo com o melhor sexo oral de que Trevor podia se lembrar, como um aspirador de veludo sugando a cabeça de seu pênis cada vez mais para cima, fazendo-o sentir-se tão forte e importante. A isso rapidamente se seguiu um delicioso esfrega-esfrega e, então, uma penetração tão profunda e prazerosa que a idéia de que aquilo terminasse fez os olhos dele se encherem de lágrimas. Quando ele não podia se segurar por nem mais um minuto, Trevor, que havia morado em apartamento durante toda a sua vida, urrou ao gozar e os vizinhos que se danassem. O relógio marcava 8h45 quando ela rolou de cima dele. Correu para tomar uma ducha rápida, deixando-o no chão da cozinha inundado em suor, sêmen e felicidade.

— Minha carteira, minha carteira — Trevor indicou sua carteira quando Lux voltou, vestida para o trabalho. Enquanto ele permanecia no chão, gesticulando fracamente para a carteira que estava no bolso da calça no outro lado do cômodo, alguma coisa no fundo de Lux se azedou e horrorizou com o gesto. Ela lhe deu a carteira com as mãos trêmulas e, então, deu-lhe as costas enquanto ele se esforçava para apoiar-se num cotovelo e retirar um pouco de dinheiro.

— O que foi? — ele perguntou.

— Tenho que ir — ela respondeu.

— Eu sei. Mas olha só, tome um táxi, querida, você já está bastante atrasada.

Lux olhou para a mão lânguida que se estendia, insistindo para que ela pegasse os vinte dólares para o táxi.

— Não precisa. Tenho que ir.

Lux voou porta afora com uma sensação incômoda, suja. Trevor sabia que havia feito alguma coisa que a insultara, mas não conseguia imaginar como seu lembrete para que ela tomasse um táxi pudesse ser mal interpretado. Ele não queria que ela se atrasasse para o trabalho. Não queria que ela ficasse triste nem que tivesse qualquer tipo de problema. Era louco por ela.

Lux despencou no escritório com dez minutos de atraso. Eles perceberam. Um olhar desaprovador foi seguido por um ligeiro sermão a respeito de vadiar nas horas de trabalho.

— Eu não estava vadiando — disse Lux, sabendo que as coisas ficariam ainda piores se ela se defendesse.

Deveria ter dado uma de joão-sem-braço, sorrido e ficado quieta. Porém, a palavra "vadiar" se aplica melhor a uma criança distraída ou a alguém que não consegue se concentrar nos objetivos imediatos, enquanto Lux, definitivamente, não havia passado a manhã vadiando. É claro que a verdade — "Eu estava trepando loucamente com Trevor no chão da cozinha, assim ele ficaria cansado demais para olhar para outras mulheres" — tampouco era apropriada.

Enquanto o sermão entrava por um ouvido e saía pelo outro, ela pensou em como havia saído correndo do apartamento de Trevor, com o coração aos pulos, sentindo que sua vida já não lhe pertencia. Se o relógio desse nove horas e Lux não estivesse em sua mesa, o Sr. Warwick se comportava como se ela estivesse roubando da firma. O olhar dele, como se Lux não passasse de uma sujeira grudada na sola de seu sapato, formou um nó de raiva em algum ponto entre o estômago e o peito de Lux. Tenho que escapar deste domínio, Lux disse a si mesma. Tenho que ser dona do meu próprio nariz. Vou ganhar um monte de dinheiro e comprar minha alforria disso tudo.

O sermão prosseguia. Lux era uma secretária razoável. Não sabia escrever direito e não tinha noção de gramática, é verdade, mas era muito mais barata que o perfeito robô humano que havia se aposentado com uma ótima pensão, depois de trinta anos de serviço. Lux provavelmente arrumaria outro emprego ou seria despedida antes de ser efetivada. De olho na economia, o Sr. Warwick havia saltado para o século XXI e aprendido a escrever seus próprios e-mails. Todos os documentos importantes eram mandados para Brooke, no setor de editoração e processamento de texto. Tanto o processamento de texto quanto a editoração eram cobrados do cliente; o salário de secretária, não. Lux organizava seus arquivos, sua agenda, atendia ao telefone e, ocasionalmente, buscava coisas para ele, como almoço, roupas na lavanderia ou entradas para o teatro. Pagava bastante bem, comparado ao que Lux havia, originalmente, esperado ganhar, e, nesse instante, guardar dinheiro constituía a chave do reino. Conforme o sermão foi diminuindo, Lux se acomodou em sua mesa e ligou seu computador.

"Posso te levar para fazer compras na hora do almoço?", veio a mensagem instantânea de Trevor.

"Hoje não posso, meu bem. Que tal no sábado?"

Hoje, na hora do almoço, Lux tinha que ir ao banco, sacar vinte mil dólares e levá-los pessoalmente a seu advogado. Quando lhe entregasse o dinheiro, ele lhe presentearia com a escritura definitiva da casa no Queens. Lux escreveu uma listinha de tudo que faria na casa depois da transação desta tarde. Ficou assim:

1. **Se livrar das meninas.**
2. **Reformar.**
3. **Vender.**

A coisa poderia ficar preta com as meninas, portanto ela teria que dizer-lhes que a casa seria pintada — algo de que precisava urgentemente. Depois da pintura, o conserto do encanamento e do telhado as manteria longe da casa. Lux programaria os serviços para que fossem realizados bem devagar, dando às garotas bastante tempo para encontrar outros lugares, melhores, onde pudessem manter seus negócios. Lux mandaria refazer o jardim e levar todos aqueles velhos móveis vagabundos para a lixeira. Daí, sem um tostão no banco, Lux venderia a casa. Baseando-se em sua análise obsessiva das seções imobiliárias dos jornais, calculava poder ganhar uma bolada com a venda. Recebendo à vista, aquela casa poderia se transformar num apartamento decente em Manhattan com hipoteca baixa e manutenção barata, comparado à renda que poderia gerar. Lux estava prestes a adquirir seu primeiro bem relevante.

Estou progredindo da escravidão à liberdade neste exato instante, pensou Lux.

Depois do auê por ter chegado atrasada, não havia nada a fazer no escritório, naquela manhã. Se fosse dona da própria vida, Lux poderia abaixar a cabeça sobre a mesa e tirar um cochilo, o que não fez. Apesar de não ter nada para fazer, Lux devia parecer ocupada. Pegou um caderno e começou a escrever:

Fazer amor com ele no chão da cozinha tinha sido, tipo assim, uma coisa boa. Era uma sensação, tipo a garota sentia como se estivesse acorrentada, né, e daí ela tinha rompido todas as correntes, né, e daí ela voou pelo ar, né, e se inflou como um, como um balão enorme, né, e daí...

Lux parou de escrever e mastigou a ponta do lápis enquanto relia seu texto.

— Que idiotice — Lux disse em voz alta e, então, olhou em volta para assegurar-se de que ninguém a tinha escutado. Riscou todos os *né* e *tipo* e leu novamente. Ainda idiota. O sexo com Trevor naquela manhã não tinha sido como balões voando ou correntes se rompendo. Ele era simplesmente o melhor homem que ela já tivera na vida.

Ele era o melhor homem que ela já tivera na vida, Lux escreveu numa folha em branco do caderno. O.k., eu acredito nisso, disse a si mesma. Agora, por que isso é verdade? Vamos lá, garota, faça uma lista.

Ele era forte e era gentil, Lux acrescentou ao parágrafo, *e ele via todas as coisas que eram boas, e as que eram ruins nela, com a mesma intensidade, e desde a primeira vez que ela o tocou, né, ela soube que estava certa, né, e que era para sempre. Com ele não havia medo. E suas velhas amigas ririam dela, né, porque ele era um cara velho, mas eu não ligo. Gosto dele de verdade e de tudo aquilo que ele pode me ensinar.*

Lux arrancou rapidamente a folha do caderno, levantou de sua mesa e marchou direto para o escritório de seu chefe.

— O que está fazendo? — perguntou o Sr. Warwick.

— Retalhadora.

Lux colocou seu primeiro texto verdadeiro na retalhadora de papéis do Sr. Warwick e se sentiu imensamente aliviada em vê-lo sair do outro lado da máquina em forma de serpentina de carnaval.

Pior do que rir dela, suas velhas amigas a tinham parabenizado ao descobrir que ela havia arranjado uma cama num apartamento de Manhattan com um velho que a enchia de presentes.

— Oh, meu amor, você arrumou um velho rico para te sustentar — sua amiga Jonella havia gralhado suficientemente alto para acordar o bebê em seus braços.

— Fazendo boquete para pagar o aluguel! — Rira Carlos, que um dia fora seu verdadeiro amor e que, agora, era o pai do bebê de Jonella.

— Vão se foder vocês dois — disse Lux, rindo com eles. — Não é nada disso.

— Tá trepando com ele?

— Tô.

— Trepando mesmo, bem gostoso?

— Acho que sim.

— Tá morando na casa dele?

O Clube do Conto Erótico   **49**

— Na maior parte do tempo.

— Tá pagando aluguel pra ele?

— Não.

— Ele te dá presentes?

— Dá.

— Então é exatamente isso.

A mãe de Lux tinha falado um monte de coisas a respeito de Trevor:

— Agarra ele, menina, agarra bem agarrado, o mais forte que puder — a mãe de Lux tinha sussurrado para ela, incitando-a a conseguir algum tipo de compromisso por parte de Trevor, algo que se sustentasse num tribunal.

— Fique grávida logo — a mãe sibilou.

— Não é nada disso, mãe — insistiu Lux.

A mãe de Lux sorriu como se as duas tivessem um segredo, um segredo que resultava na mãe dizendo a ela "Você não vale nada, mas teve a sorte de arrumar um idiota que é melhor que você". Lux tentou contrabalançar a opinião da mãe com o que a tia Pul-ta iria dizer:

Curta o máximo que puder, até que não te dê mais prazer.

— Ei, Lux! Você está aqui hoje ou ainda está na sua casa? — seu chefe perguntou, parado em frente a sua mesa e segurando um calhamaço de papéis.

— Aqui — Lux trinou. Fechou o caderno com um golpe e escondeu seus pensamentos.

— Preciso que arquive isso. Primeiro, separe as faturas e coloque-as em ordem alfabética para a contabilidade; depois tire uma cópia e mande colocar nos arquivos do cliente. Quando terminar, venha falar comigo. Até lá terei terminado minhas correspondências e gostaria que você as imprimisse e enviasse pelo correio, exceto as que vão por FedEx, que têm uma anotação no endereço. Ah, e algumas irão por fax, você só tem que me perguntar quais são. Lux?

— Sim, entendi. Arquivar, depois as correspondências, daí FedEx e depois fax. Sem nenhum problema.

— E faça reserva para o almoço, para seis pessoas, o.k.?

— Feito.

— Não te falei onde nem a que horas.

— O.k., onde e a que horas?

— Amanhã, à uma da tarde, em algum lugar que tenha sushi. Entendeu?

— Entendi.

— Você pode repetir para eu ter certeza de que entendeu?

— Amanhã, à uma, em algum lugar que tenha sushi.

— Ótimo. Obrigado. Venha falar comigo depois que terminar de arquivar.

— Certo.

Como o alívio de uma dor, a sensação se espalha pelo corpo dele e para dentro do meu.

Lux disse a frase uma e outra vez para si mesma enquanto colocava as faturas em ordem alfabética e pensou em como o orgasmo de Trevor havia despertado um último espasmo de prazer nela. A frase deu voltas em sua cabeça, e Lux vasculhou sua mesa à procura de seu caderno. Não conseguiu encontrá-lo suficientemente rápido e terminou pegando um Post-it e anotando a frase no adesivo amarelo para que pudesse ler novamente e pensar nela um pouco mais, a distância. Quando estava passando o Post-it para o caderno, teve um impulso repentino de telefonar para Aimee.

— Aimee — Lux disse ao telefone. — Posso... humm...

De repente, pareceu tão idiota. Aimee a detestava.

— Quem está falando? — Aimee perguntou no outro lado da linha logo antes de Lux desligar.

Lux apanhou seu caderno, deixou de lado sua tarefa de arquivar em ordem alfabética e foi dar uma caminhada que, por acaso, a fazia passar em frente à mesa de Aimee.

— Oiiiiiiii — ela disse com a mão no batente da porta de Aimee, tentando agir como se sua existência fosse algo completamente acidental.

— O que é? — Aimee perguntou.

O Clube do Conto Erótico 51

— Acho que queria te agradecer por me deixar entrar para o seu clube literário.

— Clube de escritoras.

— Que seja.

— Em um clube literário as pessoas lêem textos publicados. Um clube de escritores reúne vários escritores para ler textos uns dos outros.

— Certo.

— E...?

— E eu estou gostando muito.

— Fico muito feliz — disse Aimee sem erguer os olhos dos papéis em sua mesa.

Não havia mais nada a dizer. Lux queria sacar seu caderno e mostrar para Aimee sua frase, sua primeira frase boa. Uma frase que havia escrito sozinha. Uma frase que a havia deixado contente porque continha algo de verdadeiro e, apesar disso, não a envergonhava. Escrevi uma frase boa, Lux pensou e sentiu vontade de dizer: "Você acredita? Porque eu nunca pensei que seria capaz, mas aí está, uma boa frase e, tudo bem, é uma frase curta, mas é minha primeira frase de verdade e quero mostrá-la a alguém que entenda alguma coisa de frases."

— Está precisando de alguma coisa? — Aimee perguntou, inconsciente daquilo que fervilhava dentro de Lux. Só o que via era uma mulher irritantemente jovem de sapatos azuis de salto alto e meias roxas berrantes, pulando de um pé para outro na porta do seu escritório.

— Não, só queria dizer, ah, obrigada, acho.

— Certo. Tenho que fazer uma ligação — Aimee disse numa tentativa de expressar "dê o fora do meu escritório". Lux entendeu perfeitamente a mensagem e retrocedeu, afastando-se da porta de Aimee. Voltou rapidamente para a sua mesa para terminar de arquivar, enviar os fax e fazer reserva para o almoço alheio. Sushi, ela lembrou a si mesma. Ele quer comer sushi.

5. Fofocas

AIMEE E BROOKE SEMPRE SE VESTIAM de negro. De vez em quando, acrescentavam um pouco de branco ou, em dias festivos, uma bolsa vermelha ou um par de luvas para dar um acabamento à produção. E assim era que, quando as duas se sentavam juntas no sofá branco de Aimee, era difícil dizer onde terminava Aimee e começava Brooke. Margot, sentada de frente para elas, usava um terninho Chanel pêssego e brincos de pérola bastante modestos. Por baixo de sua bata negra, Aimee havia ultrapassado suas taças DD e estava usando um sutiã de algodão branco absurdamente grande que se desabotoava acima de cada seio para descobrir o mamilo: um sutiã de amamentação. Brooke usava um par de braceletes ocos de prata cinzelada que soavam como risadinhas de adolescentes quando se chocavam. Naquele momento, tanto os braceletes de Brooke quanto elas três estavam às gargalhadas.

— ... e daí, né, tipo assim, daí ele disse, né, tipo então tá.

Brooke estava quase caindo da cadeira com o hilário que era aquilo tudo.

— Ela nem mesmo tem um nome! Tem uma marca!

— Oh, Aimee, ela tem que sair — disse Margot, também rindo.

— Não! — gritou Brooke. — Ela é impagável! Temos que mantê-la no grupo.

— Tenho certeza de que ela vai sair — Aimee disse, tentando controlar o riso não por pena de Lux, mas porque lhe doía a barriga.

— Devemos continuar com a escrita erótica ou tentamos algo diferente? — Margot perguntou, contente em fazer parte do grupo e, no entanto, ligeiramente incomodada. Margot não tinha tido amizade com meninas desde a sétima série. Ela tinha medo das meninas.

"Fui a Abelha Rainha da minha panelinha da sétima série", Margot contara a seu primeiro terapeuta, "e ajudei a humilhar e desmerecer uma menininha ranhenta chamada Juliet, que decaiu tanto que acabou saindo da escola. Não que seja uma tragédia. Quer dizer, essa menina, Juliet, gostava de usar meias três-quartos e saia pregueada, de qualquer jeito. Foi matriculada no colégio católico e ficou bem. No entanto, sem ninguém com quem implicar, as garotas mais populares se viraram contra mim de um modo tão repentino quanto um incêndio fora de controle. Oh, como se voltaram contra mim! Contra mim! Sua líder!"

Como ele não tinha nada em seu passado com que comparar aquilo, o terapeuta de Margot permaneceu sentado em silêncio em sua poltrona tentando imaginar como deveria ser ter que engolir seu próprio método de desmoralização alheia. A culpa de Margot, aliada à dor, havia destruído para sempre o gostinho de ter "amigas". Ela não confiava nas meninas e não confiava em si mesma.

— Ah, não, vamos continuar com a escrita erótica — disse Brooke.

— Vamos tentar poesia. Isso deve espantar Lux de uma vez — disse Aimee.

— Poesia? — Margot tiritou. — Isso espantaria a mim!

— E se passarmos algumas sessões escrevendo sobre algo de que ela não entenda absolutamente nada?

— Bailes de debutantes? — sugeriu Brooke.

— Você é a única de nós que já esteve num baile de debutantes. — Aimee gargalhou.

— O mais perto que cheguei de uma apresentação em público foi quando me pegaram transando na varanda de casa — admitiu Margot.

Mais risadas maldosas fizeram o abdômen de Aimee sacudir e um pouquinho de xixi vazou em sua calcinha.

54   *Lisa Beth Kovetz*

— Não, parem! Chega de rir! Vocês estão me matando!

Aimee lutou para se levantar do sofá e foi caminhando como uma pata choca até seu quarto para trocar de calcinha, culpando Lux por tê-la feito molhar a calça.

— O que você está fazendo aí dentro? — gritou Margot.

— Não é da sua conta — Aimee gritou de volta. Era deprimente escolher uma calcinha. Antes da gravidez, Aimee preferia o tipo fio dental por motivos que iam muito além de não marcar sob a roupa. Agora, sua enorme coleção de indecentes calcinhas de renda jazia, mal-amada, no fundo da gaveta, soterrada pelas recém-compradas peças de náilon com forro de algodão, que eram fáceis de lavar, mas que pareciam o tipo de coisa que sua avó recomendaria, devido ao conforto e à durabilidade.

A janela de seu quarto estava aberta. Alguém, em algum lugar daquela cidade, estava fazendo algo asqueroso que exalava um cheiro desconhecido e horrível através da janela do quarto e diretamente para o nariz de Aimee.

— Argh! Argh! — Um gorgolejo subiu pela garganta de Aimee enquanto ela voava para o vaso sanitário. No caminho do banheiro, começou a vomitar. Seguindo adiante, Aimee pisoteava o vômito que escapava de sua boca. Tinha que escolher: parar de correr e vomitar no chão ou seguir correndo para o banheiro num esforço para que uma porcentagem do vômito caísse na privada, com o resto caindo em suas roupas. Nenhuma das alternativas era aceitável, mas era só o que tinha. Aimee parou e vomitou no chão.

— Ei! — Brooke gritou do sofá. — Você está bem?

— Ótima.

— Pela voz, não parece.

— Mas estou.

Aimee pegou um monte de papel higiênico no banheiro e limpou o vômito. Havia muito e, no fim, ela teve que usar uma toalha. Aimee embrulhou o conteúdo de seu estômago ultradelicado numa toalha branca felpuda. Apertou os dentes e preferiu jogar a toalha que um dia fora tão linda na lata do lixo a arriscar-se a vomitar de novo quando a lavasse.

Ele deveria estar aqui para limpar meu vômito e lavar as toalhas, Aimee pensou, mas aquele pensamento levava a outros, mais perigosos. Aquele tipo de pensamento tinha que desaparecer de sua cabeça ou *ela* é que acabaria perdendo a cabeça de vez. Tudo aquilo era um sintoma de como sua vida havia terminado no instante em que ficara grávida.

Aimee escovou os dentes e vestiu uma calcinha de vovozinha limpa. Sua gravidez estava se desenvolvendo como um cruzamento entre um furacão terrível e destruidor e um cálculo renal, mas, no final, ela teria um bebê e aquilo fazia tudo ficar suportável.

— Aimee, este apartamento é maravilhoso — Margot estava dizendo quando Aimee voltou para a sala de estar.

— Obrigada.

— Quanto você paga? — Margot perguntou.

Esse tipo de pergunta seria considerado grosseiro em qualquer lugar do mundo, exceto naquela cidade, onde moradias acessíveis eram um problema até mesmo para alguém rico como Margot.

— Quatro mil dólares.

— Por hipoteca e manutenção?

— Aluguel.

— Você pode comprá-lo?

— Quando custava um preço razoável, nós não tínhamos o dinheiro.

— Uau, bem, eu também. Tenho um ótimo, de dois quartos, que deveria ter comprado no começo dos anos 90. Eu tinha o dinheiro, mas na época não parecia valer a pena.

— Olha, obrigada pela cerveja — Brooke disse, apanhando seu casaco e a bolsa —, mas tenho que tomar um ônibus.

— Você deveria se mudar para a cidade — disse Aimee.

— Sim, deveria — disse Brooke de uma forma reservada que não revelava quão preguiçosa Brooke tinha ficado ou como ela não poderia ter imaginado que a vida que havia sido tão doida na cidade quando ela tinha vinte anos terminaria tão tranqüilamente num bairro residencial aos quarenta.

— Margot, que tal um cineminha? — Aimee perguntou.

— Sou rato de academia durante pelo menos duas horas, noite sim, noite não — respondeu Margot. — Me mantém sã e magra. Mas, se você puder esperar até as dez, topo assistir a qualquer coisa. Sou uma messalina do entretenimento, topo qualquer filme, a qualquer hora, em qualquer lugar.

— Para mim, dez horas é um pouco tarde para sair de casa. Tenho caído dura por volta das onze, toda noite — Aimee admitiu.

— Fica para a próxima, então — disse Margot. — Que tipo de filme você gosta?

— Ficção científica, aventuras de ação — disse Aimee e as outras mulheres riram do absurdo da resposta.

O papo continuou conforme as mulheres caminharam até a porta e chamaram o elevador. Houve abraços rápidos e promessas de irem juntas ao teatro. Descendo pelo elevador, Margot e Brooke discutiram a idéia de organizar um chá-de-bebê para Aimee. Margot achou que um almoço num restaurante local seria agradável e adequado.

— Como é o marido dela? — Margot perguntou a Brooke ao chegarem à rua.

— É um cara legal. Obcecado com o trabalho. Bonitão, alto. Costumava beber demais, mas parou. Na verdade, não o vejo desde, nossa, um tempão. Trabalha muito tirando fotos de bandas de rock em Tóquio.

— Ele é fotógrafo?

— Não, Margot, é assaltante especializado em roubo de fotos. Dã! Claro que é fotógrafo.

Brooke deu um empurrãozinho no ombro de Margot. Elas riram, se abraçaram e prometeram uma à outra mais noites de risada e cerveja. Margot se afastou caminhando e sentindo-se bem com suas novas amigas.

★ ★ ★

Sozinha em seu apartamento, Aimee ligou para o celular dele. Tocou e tocou.

— Escuta aqui, não precisa vir para casa, tá? — Aimee disse em voz alta ao telefone que chamava. — Por que desligar na minha cara desse jeito? Só me diga que tudo acabou e eu me mudo de casa e... oh!

A ligação foi atendida e pediu a ela que deixasse um recado.

— ... ah, oi. Sou eu, amor. Chegou um monte de cheques ontem. Eu os depositei. Aquela conta está se enchendo. Talvez, quando você vier para casa, nós devêssemos limpá-la e comprar uma ilha. E, ah, eu te amo. Tchau.

Era, claramente, uma noite de *O Senhor dos Anéis*. Havia um cinema pequeno ao qual Aimee podia ir caminhando e tomar um táxi na volta. Estava exibindo uma maratona de *O Senhor dos Anéis*, as três partes em seqüência, 24 horas por dia, há quase dois anos. Aimee e o marido haviam começado a ir no verão passado só para fugir do calor. Agora que estava sozinha, Aimee ia com uma freqüência exagerada, escapando sempre que possível para a Terra Média.

O que mais gostava era dos inimigos, por serem tão obviamente maus. O que havia de ruim na vida de Aimee era como um tumor cancerígeno que não podia ser destruído sem matar também um pouco dela mesma. Ela amava a glória das batalhas, a forma como os atores se empenhavam tão completamente em esmagar e destruir o mal, até que partes relevantes do corpo acabassem separadas do todo. Tão mais fácil atacar e destruir do que salvar ou mudar. Assim, ela ia repetidas vezes e se sentava no cinema escuro pela emoção indireta de ver o bem inquestionável destruir o inegável mal. Adorava o heroísmo dos personagens e também os atores, excelentes e gatésimos. Só lamentava que, na trilogia inteira, o Frodo fosse o único a tirar a camisa.

Estou viciada, Aimee disse a si mesma, como sempre, ao percorrer o caminho tão familiar rumo ao bairro mais agitado onde ficava o cinema. Não sei por que me fixei tanto nessas histórias heróicas de menino, posto que a única pessoa que sempre veio ao meu resgate quando precisei foi a minha mãe. Passando em frente a um bar, Aimee relanceou um olhar pela janela de vidro laminado. Sentiu-se nauseada à vista de dois alegres clientes dentro do bar se agarrando feito um casal de adolescentes.

A mulher, aos olhos repentinamente pudicos de Aimee, estava praticamente lambendo o rosto do cara. Aimee lhe lançou um olhar de censura e voltou à rabugice de seu crítico interno: eu deveria ser louvada pela sociedade da qual faço parte como uma criadora de vida, e não ter que ir ao cinema sozinha. Deveria estar em casa, catalogando alguma coisa, lendo um dos jornais de arte que chegam a... Jesus! Oh, meu Deus! O que *era* aquilo?

Aimee girou nos saltos e voltou à janela de vidro do bar. Ela reconheceria aquelas meias roxas e os sapatos azuis em qualquer lugar. Subiu os olhos pelos corpos entrelaçados, separando mentalmente as partes entre "dele" e "dela" e, efetivamente, cabelos avermelhados tingidos em casa se moviam no alto, enredando-se na cabeleira grisalha de um pobre velhote lúbrico. Quando será que ela vai parar para respirar?, pensou Aimee. Garotas de vinte e poucos anos devem precisar de menos oxigênio que as mulheres normais. Provavelmente fazem um estoque de ar extra em seus peitos empinados, como um camelo que armazena água na... Jesus! Aquele é o Trevor?

Ela olhou mais de perto. Não podia ser Trevor. Aimee deu um passo à frente. Havia trabalhado com Trevor em vários sumários judiciais problemáticos. Ele era discreto e um tanto sem graça, na opinião de Aimee. Os pombinhos estavam fazendo uma pausa para respirar e tomar um gole de suas bebidas. Aimee se inclinou adiante. O cabelo do cara estava desarrumado como se ele tivesse acabado de levantar da cama. O Trevor que Aimee conhecia sempre estava bem alinhado e pronto para o trabalho. Os lábios deste cara pareciam um pouco esfolados e inchados pela fricção de tamanha quantidade de cuspe e batom. Quando o homem olhou e sorriu para a garota que provavelmente era Lux, Aimee teve que admitir: definitivamente, era Trevor.

— Argh! — Aimee disse alto. — Trevor e Lux? Que nojo!

Aimee deu a volta e caminhou apressadamente até o cinema. Comprou a entrada e correu para o banheiro, onde lavou o rosto como alguém cujos olhos estão pegando fogo. Tentou expulsar os problemas de Lux de sua mente. Não era da sua conta se a garota queria estragar a própria vida. Aimee assegurou-se de esvaziar até a última gota de líquido de sua pobre e limitada bexiga, espremida no espaço cada vez menor entre o útero crescente e sua coluna.

Sentada no vaso sanitário, Aimee riu de Lux. Trevor tinha pelo menos cinqüenta anos, sem falar que era um joão-ninguém que jamais chegaria a ser sócio.

— Menina burra — Aimee disse em voz alta ao limpar-se e se perguntar se eles teriam transado.

Aimee saiu do banheiro e sentiu o forte jato que vinha do excelente ar-condicionado do cinema. O ar frio estava saturado pelo cheiro de cachorro-quente barato e de pipoca amanteigada. Ela oscilou por um momento na porta do banheiro. Precisava desesperadamente de um ópio da cultura popular, algo que apagasse aquele dia, mas, de repente, não conseguia se obrigar a entrar no belo saguão do cinema. Já comprei a entrada, disse a si mesma. Só tenho que atravessar o saguão. Depois do saguão, estarei em queda livre e terei conseguido escapar da minha vida até ter que ir trabalhar amanhã às dez. Eu já tenho a porra da entrada! Se ao menos conseguir atravessar o saguão, não terei que pensar em mais nada até amanhã de manhã. Conseguiria matar um tempão.

Aimee disse a si mesma que era só o cheiro, ao girar à direita e voar em direção às grandes portas de vidro que davam para a rua. O cheiro dos cachorros-quentes era demais. Eu não ia conseguir me concentrar. Preciso ir para casa imediatamente. A aventura na Terra Média havia terminado para Aimee, pelo menos por aquela noite.

O queixo de Aimee estava tremendo, contraindo-se com as lágrimas que ela queria segurar até que estivesse de volta em seu apartamento. Ela engoliu as lágrimas todas e fez o possível para não cambalear ao correr do cinema.

Pagou demais ao taxista e voou para dentro do seu prédio de apartamentos, onde se sentou no sofá e admitiu para si mesma que seu marido havia ido embora. Aquilo caiu sobre ela como uma pedra.

Queria levantar e fazer alguma coisa. Isso sempre a fazia se sentir melhor. Queria escrever alguma coisa trágica e catártica sobre sua atual situação, mas então teria que ler na frente de Lux. Seu grupo de escritoras tinha sido arruinado por uma idiota ruiva, perua e peituda, de vinte e poucos anos. Teriam que abandonar a orientação erótica imediatamente. Como Aimee poderia ouvir Lux falar sobre qualquer coisa sensual, imaginando-a agarrada ao velho e pelancudo Trevor?

Que diabo Lux via nele? Ele era velho e não era rico. E Lux então! Era uma anta! Não era exatamente um troféu, com aquelas roupas berrantes e nível social baixo. Estava totalmente errado.

Aimee pegou a sacola com suas coisas de tricô e tentou se concentrar. Era tão agradável na loja de artigos para tricô, rodeada pelo som de outras agulhas trabalhando e pela conversa encantadora, mas, na vida real de Aimee, fazer tricô era simplesmente impossível. No entanto, ela precisava fazer alguma coisa. Já que todos os acessos ao conforto e à criatividade estavam temporariamente fechados para ela, Aimee apanhou o telefone e começou a fazer uma coisa errada.

— Ei, Brooke, é a Aimee. Você está aí? Me ligue de volta assim que possível! Você não vai acreditar quem eu vi num bar aqui perto. E se beijando! Você está aí, Brooke? Tô em casa. Me ligue assim que chegar.

Aimee desligou o telefone e ficou sentada, quieta, por um momento, perguntando-se se Margot Hillsboro estaria interessada em fofocar a respeito da vida sexual de Lux.

6. Belleview*

B EM CEDO NO DOMINGO DE MANHÃ, LUX se arrancou da cama de Trevor e saiu sozinha de seu apartamento. Ele havia planejado levá-la para fazer compras naquela manhã, mas primeiro ela tinha uma incumbência chata da qual não podia fugir. E não queria, em nenhuma circunstância, que Trevor fosse com ela, então escapuliu antes que ele acordasse. Pulou os degraus da frente do prédio onde ficava o apartamento de Trevor. Sua primeira parada foi na padaria, no final da rua, e, depois, seguiu para a estação de metrô.

Lux percorreu o longo corredor procurando pelo número que a enfermeira lhe dera. Transferiu a caixa com o bolo de um braço ao outro e ficou preocupada que ele fosse chorar porque não era de chocolate. Tentou não olhar para dentro dos quartos ao passar por eles. Tanta fragilidade humana envolta em batas hospitalares azuis, complementada pela gentileza de visitantes animadores, despertou histórias em sua cabeça que ela não sabia como digerir.

Entrou no quarto 203 e, como a enfermeira dissera, encontrou-o no leito C. Ele estava sentado, conversando animadamente com seu vizinho do leito B. Quando Lux entrou, fechou a cortina verde ao redor da cama.

★ O Grupo Empresarial Belleview dedica-se à construção e à administração de propriedades imobiliárias (casas e centros comerciais). (N.T.)

— É bolo? — ele perguntou antes de dizer olá.

— É, papai — disse Lux —, daquele que você gosta.

— De chocolate branco e preto?

— Não, papai, de cenoura. Você adora bolo de cenoura.

Ele se recostou no travesseiro e pensou um pouco a respeito daquilo, tentando se lembrar de quando havia adorado bolo de cenoura. Não pôde encontrar qualquer referência àquele fato em seu cérebro; mas, também, havia tantos buracos nele que aquele tipo de informação podia muito bem ter escorregado por um deles.

Quando jovem, ele havia desejado ser qualquer coisa, exceto bombeiro. Infelizmente, seu pai insistira que todos os moradores da casa Fitzpatrick do sexo masculino fossem bombeiros quando crescessem. Seu coração não estava realmente naquele trabalho. Uma tarde, sua negligência e sua mente sonhadora e desatenta o fizeram ficar preso sob a viga errada, na hora errada. Ele sobrevivera ao desmoronamento do prédio, mas uma fratura na espinha o deixou permanentemente inválido e sob a prescrição de analgésicos fortes.

Em certos aspectos, ele era um absoluto sucesso. Estava vivo e caminhava, a despeito da lesão. Era animado, apesar das inúmeras cirurgias sofridas, da dor constante e da mobilidade limitada. Havia sobrevivido a um pai sádico e controlador. Sendo um homem gentil, havia rompido o ciclo de violência de pai para filho que manchara várias gerações de seus antepassados. A aposentadoria por invalidez, combinada à venda ilegal de algumas de suas receitas médicas mais interessantes, havia proporcionado casa e comida à sua família de seis pessoas. Ele amava e se importava de verdade com seus filhos. Quando o professor da primeira série de Lux discretamente sugeriu, numa reunião de pais e mestres, que Lux podia ser retardada, o Sr. Fitzpatrick insistiu firmemente para que todo mundo parasse de fumar maconha perto de sua amada filha, pelo menos nos dias de aula.

De certa forma, ele era um ótimo pai. Era gentil e geralmente estava em casa. Adorava brincar e estava sempre disposto a fazer *brownies*. Era aberto, disponível para conversas e ficava contente em ajudar os filhos a resolver os problemas que pudessem ter. Infelizmente, a maior parte dos conselhos se perdia na peneira que era seu cérebro. Quando Lux estava sendo maltratada pelos colegas no parquinho da escola, seu conselho foi que ela nunca, jamais, revidasse se alguém batesse nela. Mas que estava tudo bem se cuspisse.

No momento, ele estava internado por sangramento digestivo devido a uma úlcera. Os remédios ajudavam a aliviar as dores nas pernas e nas costas, mas acabaram corroendo seu estômago. Ele tentara compensar, fazendo experimentos com uma mistura de maconha ilícita com aquela prescrita pelos médicos. Durante anos, nada havia funcionado. Em meio à dor e ao desespero, ele começou a definhar. Quando Lux estava na terceira série, ele finalmente resolveu o problema. Num armário de roupas de cama, mesa e banho que havia em sua casa, sob lâmpadas quentes especificamente encomendadas para esse propósito, ele cultivou uma pequena, mas amplamente apreciada, plantação de *Cannabis*, subespécie *Indica*. Eram brotos altamente alucinógenos, que aliviavam sua dor, mas que aumentavam seu medo de que Lux estivesse em sério perigo de engolir a própria língua. Para evitar que isso acontecesse, ele a proibiu de ir à escola por uma semana, permanecendo continuamente a seu lado e alimentando-a com comidas moles que insistia em preparar pessoalmente. Lux se lembrava daquela semana, carinhosamente, como tendo sido uma das melhores de sua vida.

— Como está se sentindo, papai? — Lux perguntou ao sentar ao lado de sua cama.

— Bem. E você? — ele disse.

— Legal — Lux disse. — O trabalho é bom. E arrumei um namorado.

— Parece que está subindo na vida.

— Bem, sim; e por que não, né?

O pai de Lux sorriu e afagou sua mão.

— E como vão os meus meninos?

— Ian ainda está em Utah. Sean está aguardando o resultado do pedido de condicional e soltaram Joseph mais cedo. Agora ele está em casa, o que é bem bacana. A mamãe está superfeliz. Você não vai acreditar, mas ele saiu ainda mais musculoso desta vez — disse Lux.

— E como está meu pequeno Patrick? — ele perguntou com um sorriso carinhoso.

— Hã, bem; o pêlo está crescendo de novo.

Lux sorriu e seu adorado pai se iluminou de prazer.

— Só boas notícias, então — ele disse.

— É — ela concordou. —Viu, papai, eu vim até aqui porque quero perguntar uma coisa sobre a sua irmã.

— Qual delas? A puta ou a dona de casa? Ou a lésbica?

O Sr. Fitzpatrick só tinha duas irmãs.

— Estella.

—A puta.

— Como ela acabou ficando desse jeito? — Lux perguntou.

— É como quando a gente cozinha ovos. Alguns são difíceis de tirar a casca e outros, simplesmente, escorregam para fora dela — pontificou o pai de Lux, de seu leito hospitalar.

Lux pensou naquilo por um instante.

— Bem, o que isso quer dizer? Que ela simplesmente era assim e pronto?

— É. Porque foi isso que ela decidiu fazer quando meu pai a chutou para fora de casa por ter engravidado aos dezesseis anos de um cara que não quis casar com ela. Um babaca da Marinha de passagem pela cidade. Ela podia ter feito faxinas ou arranjado um cara que casasse com ela, como a sua mãe fez. Decisões. Decisões.

— Ela teve um bebê? — Lux perguntou. Nunca ouvira nada a respeito da tia Pul-ta ter tido um bebê.

—Teve. Ela o deu. Eu gostava de fingir que era o bebê que ela tinha dado porque ela me trazia sorvete e me remendava quando seu avô surtava e arrebentava minha cabeça. Soube pela sapatão que ela morreu sem dinheiro e sem amigos.

Lux sabia que a tia Pul-ta tinha morrido com uma quantidade bastante considerável de dinheiro e de propriedades. Havia deixado legados a várias organizações beneficentes e a uma agradecida sobrinha. Ela dera bons conselhos do tipo "seja forte e fiel a si mesma". Lux podia imaginar a tia Pul-ta trazendo sorvete e consolo para um garotinho assustado, mas não conseguia imaginar que a tia Pul-ta, que sempre lhe dissera para fazer o que a deixasse feliz, permitiria que uma família fuleira e uma gravidez indesejada a forçassem a se prostituir. Lux disse a seu semiconsciente pai que duvidava daquela história.

— Ela não era assim — disse Lux.

— Claro, quando você a conheceu ela não era mais desse jeito. É fácil mandar o mundo para o inferno quando se tem um monte de dinheiro — ele disse a Lux e, então, para seu próprio divertimento, acrescentou: — Ou uma aposentadoria por invalidez.

Lux esperou até que as risadinhas diminuíssem. Queria contar-lhe sobre a casa que tinha herdado da irmã dele. Ele não desaprovaria, do jeito que a mãe faria, mas iria tirá-la dela. Não tudo de uma vez. Um pequeno empréstimo de cada vez iria lentamente carcomer seu dinheiro. Ainda assim, se perguntava se daria alguma coisa a ele quando vendesse a casa. Ele era alegre, gentil e sentia dor no corpo a maior parte do tempo. Lux continuou sentada em silêncio e se perguntou se poderia dar-lhe mil dólares para aliviar a dor sem, com isso, despertar as suspeitas e a cobiça da mãe e dos irmãos.

Enquanto Lux tentava pensar numa forma de decodificar com segurança seu amor e sua generosidade, uma enfermeira entrou e enfiou uma seringa no tubo que entrava pelo braço dele.

— O que ele está tomando? — Lux perguntou.

— Morfina — disseram, ao mesmo tempo, a enfermeira e seu pai. A enfermeira informou aquilo como um fato. Seu pai articulou a palavra como se fosse uma cobertura especial de sobremesa e ele, um menino muito bonzinho.

— Escute aqui, docinho — disse seu pai num tom muito sério —, faz tempo que quero conversar com você sobre uma coisa, mas não sei como dizer, então vou falar logo de uma vez. Eu não gosto desse garoto, o Carlos, com quem você está saindo.

— Nós terminamos — Lux disse, e o rosto do pai se iluminou com um sorriso contente.

— Problema resolvido, então — ele murmurou e deslizou para o doce alívio do sono quimicamente induzido.

7. Tinta

DEPOIS DE TOMAR UMA CERVEJA e dar umas risadas com Aimee e Margot, Brooke tomou o trem das 19h10 para Croton-on-Hudson, onde ficava seu ateliê. Era uma linda sala com um assoalho antigo de madeira e grandes janelas. Havia sido reprojetado especialmente para Brooke, segundo suas especificações. A iluminação era perfeita. Há anos Brooke pintava ali e criara algumas de suas obras mais significativas sob aquele teto. O único inconveniente do ateliê era o fato de que, antigamente, havia sido a casa da piscina de seus pais e, portanto, gentilmente a lembrava de que a maior parte de suas comodidades e de sua independência não vinha de seu trabalho como artista plástica, e sim dos investimentos bem-sucedidos de seus antepassados.

Brooke entrou sozinha na casa principal, foi até a cozinha e abriu a geladeira Sub-Zero. Tirou um rosbife, a mostarda e a focaccia do dia anterior e começou a preparar um sanduíche.

— Oh! Não tinha te visto aí — Brooke disse para sua mãe.

Sua mãe estava sentada na cozinha, no escuro, fumando um cigarro e pensando demais a respeito de Brooke. Assim como a mãe, Brooke era linda, loura e naturalmente magra, com longas pernas e pele de porcelana. À meia-luz, elas pareciam irmãs gêmeas, embora a mãe não tivesse um dragão medieval tatuado no cóccix, com garras estendendo-se pelas nádegas e a cauda enrolando-se até a parte interna da coxa esquerda.

— Estou feliz por você ter vindo. Bill Simpson quer que você vá com ele ao baile em prol dos pacientes com distrofia muscular no sábado. Você deveria telefonar para ele hoje à noite.

— Neste sábado? — Brooke perguntou.

— Não, o baile de Bill Simpson será no dia 25 — explicou a mãe de Brooke.

— Humm — disse Brooke, tentando visualizar sua superlotada agenda social. — Ele disse a que horas começava?

— Oh, ele não disse absolutamente nada. Eu soube pela mãe dele. Você deveria telefonar para ele hoje à noite. Bill acabou se tornando um homem tão bonito. E parece te amar tanto.

— Sim. Ele ama.

—Você vai telefonar para ele?

— Claro.

— Esta noite?

—Telefonarei amanhã, mãe.

—Você deveria ter se casado com ele quando ele te pediu.

— Eu não queria me casar tão jovem.

— Incrível que ele tenha continuado por perto tanto tempo. Esperando.

—É, mamãe, incrível.

— Mas não tenho visto vocês juntos nos últimos meses.

— Eu sei — disse Brooke.

—Vocês terminaram? — sua mãe perguntou.

—Não, apenas desaceleramos um pouco — disse Brooke.

A mãe de Brooke queria perguntar por quê. Dez anos depois do fato, ela ainda não entendia o que havia acontecido com o grandioso casamento que começara a planejar no momento em que sua linda filha, Brooke, havia começado a namorar Bill, o charmoso filho de Eleanor Simpson. O evento já estava em muito atrasado, e agora Brooke falava em desacelerar. Onde será que a minha linda menina está errando? O que a impede de encontrar um bom marido?, pensou a mãe de Brooke.

— Carole virá aqui com as crianças amanhã — disse a mãe de Brooke, em vez de expressar aquilo que ia por sua cabeça. —Você pode ficar?

— Sim, claro.

— É aniversário de Emma.

— Eu sei.

— Sete anos.

— Nossa, como passou rápido.

—Você comprou uma bolsa de plástico azul e um cinto combinando para ela. Para Sally, você comprou uma Barbie. Um prêmio de consolação, entende, por não ser aniversário dela. Já os embrulhei para presente, mas, já que você está aqui, poderia assinar os cartões.

— Obrigada, mãe.

A mãe de Brooke fez com a mão incrustada de diamantes um gesto dizendo que aquilo não era nada.

—Você quer ver as fotos mais recentes das meninas?

— De jeito nenhum! Vou vê-las amanhã pessoalmente e dar um abração em cada uma.

Sua mãe pareceu desapontada.

— Quero dizer — disse Brooke —, por que você não me mostra as fotos e eu as levo comigo ao ateliê, para vê-las enquanto preparo as coisas?

Brooke levou um envelope de fotografias e um beijinho da mãe consigo até o ateliê. Seu celular tocou. Aimee. Mas esta noite Brooke queria se concentrar em sua missão, então ativou o modo silencioso do aparelho e o deslizou novamente para dentro da bolsa.

—Você não vai telefonar para o Bill? — a mãe de Brooke perguntou de novo.

—Vou, mãe — prometeu Brooke.

Começou quando a mãe dela ligou para a mãe dele porque o acompanhante de Brooke para o baile de debutante de uma prima havia ficado doente no último minuto. Verificou-se que Bill também era primo dessa prima e já tinha mandado passar seu smoking para o evento. Bill

70   *Lisa Beth Kovetz*

chegou à mansão dos pais de Brooke, na parte alta da Quinta Avenida, personificando a imagem perfeita do respeitável e refinado acompanhante adolescente nova-iorquino. Eles já estavam bêbados e transando enquanto as flores que enfeitavam o vestido dela ainda estavam frescas. Durante todo o ensino médio, eles foram inseparáveis. Ambas as mães deduziram que o casamento viria logo após a universidade, mas tal conclusão se transformou em esperança logo que Bill terminou a faculdade de Direito.

— Ela é muito "artística" para ele — fofocavam algumas pessoas.

— Ela é muito "aristocrata" para ele — contradiziam outros.

— Ouvi dizer que ele se ofereceu para casar com ela dez anos atrás, mas que estava interessada demais na carreira, na época, para se incomodar com casamento. Aposto que está arrependida agora. — Era como se desenvolvia a mais desagradável das histórias.

Brooke comeu o sanduíche de rosbife enquanto olhava as fotos de Emma e Sally, suas doces e belas sobrinhas. Adoráveis meninas louras, de sete e três anos, fotografadas em várias poses enquanto brincavam com a mãe, a irmã mais nova de Brooke. Enfiado no meio das fotos, havia um cheque de mil dólares, a ser sacado da conta corrente da mãe de Brooke. Não havia motivo algum para aquele cheque, a não ser o fato de a mãe de Brooke achar que ela não estava aproveitando a vida ao máximo. Brooke meteu o cheque no bolso e começou a remover telas da prateleira.

Ela não se casou com Bill depois da faculdade porque, aos 22 anos, ele era o único homem com quem já havia dormido, além de seu instrutor de equitação. Ela disse a ele que ainda tinha muito que curtir a vida. Pensou que, se ele realmente a amasse, eles se assentariam quando ambos estivessem prontos. Aos 37 anos, ela estava no ponto. Queria ter filhos. Queria tê-los com Bill, mas então ele tinha outras idéias em sua mente. Pediu a ela que o esperasse resolver algumas coisas. Ela esperou, como as garotas bonitas, inteligentes, ricas e talentosas fazem. Concentrou-se em sua arte e conheceu outros homens. Porém, seu coração e, por extensão, seu útero esperavam por Bill.

Cinco anos se passaram e, aos 42, Brooke concluiu que só produziria bebês doces e gorduchos se recebesse a encomenda de pintar querubins no teto de uma igreja. Já haviam corrido copiosas lágrimas devido aos bebês que não tivera, mas Brooke havia deixado de lado aquela esperança.

Às vezes, arrependia-se de não ter se casado com Bill quando tinha vinte e poucos anos. Outras vezes, não teria trocado os anos de liberdade e pintura por nada deste mundo. O que afligia Brooke de forma consistente era o que seria dos filhos que efetivamente dera à luz: as telas não penduradas, empilhadas na casa da piscina, deteriorando-se devido à negligência.

Tirou uma de suas criações da prateleira. Sua mãe, sentada numa cadeira de jardim perto da piscina num dia demasiadamente quente, brandindo um coquetel e um cigarro. A imagem inteira tremeluzia como a miragem de um oásis no deserto. Brooke olhou longa e intensamente para a tela. Esta era a noite, mas aquele não era o quadro certo para se começar. Um auto-retrato foi igualmente poupado e voltou para a prateleira. Um retrato da sala de estar de seus pais e do cachorro dormindo em cima do sofá. Ela começaria com esse.

Brooke pegou um grande tubo de base de gesso para pintura e começou a aniquilar o cão, a sala de estar e o momento capturado em outra vida. De repente, um grito soou do lado de fora da janela.

Sua mãe, carregando uma bandeja com dois gim-tônicas, estava em frente à porta de vidro, gritando.

— Não! Pare! Eu adorava esse cão! Que você está fazendo?

Brooke abriu a porta e a deixou entrar.

— Relaxe — ela disse, apanhando um drinque da bandeja.

— Eu adoro esse quadro!

— É um belo quadro — Brooke concordou, enquanto seguia branqueando-o e mandando-o de volta ao esquecimento.

— Por quê? — a mãe de Brooke indagou, horrorizada e às lágrimas.

Brooke indicou com um gesto a prateleira atrás de si, transbordando de telas. Telas boas. Tinha bom olho para traços de personalidade, e cada quadro devolvia o olhar como se estivesse falando, interrompido no meio de uma frase. Ela pintava pessoas, cães, árvores e outras imagens representativas. Imagens representativas não estavam na moda havia muito tempo. Brooke sabia disso, mas havia seguido seu coração.

As pessoas gostavam do trabalho dela. No decorrer dos anos, havia vendido muitos quadros e recebido várias encomendas, mas ninguém escrevia a respeito de sua obra e nunca revendia suas pinturas. E assim ela havia permanecido desconhecida.

— Telas custam caro — Brooke explicou à mãe.

— Eu pago o resto da sua dívida — anunciou a mãe de Brooke.

— Não é pelo dinheiro; é o espaço — disse Brooke. — Não suporto vê-las empilhadas desse jeito, como se fossem lenha. Mãe, não posso colocar outro bebê nessa pilha de merda que nós guardamos aqui, escondida. Tentei pintar quadros pequenos, mas não é para mim. E não quero parar de pintar, mas quero parar de acumular telas que ninguém vê. Quando paro de pintar, sinto como se estivesse acumulando energia, como se precisasse desesperadamente abrir a torneira da minha mente, mas aí, sabe, volta a questão de estar cansada de criar coisas que ninguém vê, então decidi pintar em cima do que eu já tenho. Assim posso continuar criando merda sem ter que ficar empilhando toda a merda que fizer.

— Não é merda — sua mãe sussurrou.

— Coisas — Brooke se corrigiu. — Também não acho que sejam merda. Ninguém achou que fossem merda. Só não acharam que fossem valiosas. Sem ninguém que olhe para elas, ficam meio mortas essas coisas que eu criei. Você não deixaria seus filhos mortos empilhados desse jeito, e é assim que começo a me sentir a respeito dos quadros. São filhos maravilhosos, grandes, mortos e mal-amados que criei, e pelo menos assim posso reciclá-los e devolver alguns à vida. Jesus, mamãe, pare de chorar.

A mãe de Brooke soluçava sobre seu gim-tônica.

— É minha culpa.

— Sim, claro, quer dizer, se você quer que seja.

O *Clube do Conto Erótico* **73**

Funcionou. Ela riu.

— Não é uma questão de culpa, mãe. É só que eu escolhi uma área com um círculo muito reduzido de vencedores. E não faço parte dele. Não estou mais sequer perto.

Elas permaneceram em silêncio, ambas sofrendo pelos fracassos de Brooke. A mãe de Brooke ficou sentada, quieta, enquanto ela branqueou três de suas telas e raspou os pontos ásperos, preparando-as para serem pintadas novamente.

— Obrigada pelo cheque — Brooke disse após um tempo.

— Compre alguma coisa bonita para si mesma — disse sua mãe, carinhosamente. Brooke sorriu, embora soubesse que não havia nada numa prateleira de loja capaz de satisfazê-la. A maneira como a mãe dissera aquilo, a forma pela qual seu rosto captou a luz cativou Brooke e, por um instante, pensou que pintaria a mãe com aquele olhar triste e amoroso ao mesmo tempo. Mas Brooke hesitou. Havia tantos retratos maravilhosos de sua mãe. A casa e a prateleira estavam cheias deles. Ela pintaria as meninas, suas sobrinhas. Daria o quadro a sua irmã, de presente. Faria uma pintura bonita e alegre, sabendo que aquele quadro encontraria um lar, pendurado na parede da casa de sua irmã, onde teria um monte de admiradores que o contemplariam e lhe dariam vida. Brooke vasculhou o pacote de fotos e começou a trabalhar.

Sua mãe desapareceu. A sala desapareceu. O amarelo do vestido de uma sobrinha começou a sussurrar baixinho para Brooke como um amante, dizendo "Ponha mais azul em mim, meu amor, mais azul. Deixe as sombras se estenderem; perfeito, perfeito, estou adorável". Brooke trabalhou até suas pernas começarem a doer e o estômago a roncar. Em algum lugar do ateliê, havia um sanduíche pela metade e uma cama esperando que Brooke desmoronasse, alegremente exaurida.

A pintura havia progredido bastante. As sobrinhas pareciam tão lindas na tela quanto na vida real, e sua irmã se incharia com o prazer de ver seus bebês eternamente preservados naquele instante de beleza. Carole penduraria o quadro em algum lugar onde todos pudessem ver assim que entrassem na casa. E quando Brooke, sua irmã e a mãe delas estivessem mortas e desaparecidas há muito tempo, talvez as duas sobrinhas discutissem sobre quem ficaria com o lindo quadro das duas menininhas que haviam sido um dia.

A mais velha ganharia. Ela sempre ganhava. E ela, por sua vez, penduraria o belo quadro de seu ser amarelo-lírio há tanto perdido em algum lugar onde as pessoas ainda pudessem admirá-lo. Ela morreria. Todo mundo morre. Deixaria o quadro como herança a um de seus netos e assim por diante até que o proprietário se esquecesse de quem eram, exatamente, as duas meninas; mas ele ou ela, esse descendente fictício agora apenas um parente distante de Brooke, ainda amaria a forma pela qual o amarelo do vestido da menininha fazia amor com o azul. E então Brooke viveria para sempre.

— Se isso é tudo que tenho — pensou Brooke ao adormecer —, tenho que fazer com que seja suficiente para mim.

8. Atlanta Jane

AINDA RESPLANDECENTE APÓS uma sessão de duas horas de ginástica, Margot acenou para o porteiro ao requebrar-se até o elevador. No último minuto, um estranho entrou no elevador com ela, então Margot foi até o último andar e voltou até o saguão. Quando assinara o contrato de aluguel, Margot tinha achado o máximo que as portas do elevador se abrissem diretamente em seu apartamento. Vinte anos depois, fazia com que se sentisse ansiosa e vulnerável. Agora, ela preferia subir e descer até que fosse a única pessoa no elevador e, somente então, colocava sua chave especial na fenda com suas iniciais gravadas.

Recentemente quisera colocar uma porta adicional, ou construir um vestíbulo interno, algo que precisasse ser destrancado entre seu apartamento e o elevador público, mas os proprietários não permitiram. Aquilo havia sido um choque. Em seu coração, Margot acreditava que o apartamento lhe pertencia. Todas as suas coisas estavam ali. Na verdade, a propriedade do apartamento havia mudado de mãos quatro vezes nos vinte anos em que Margot o alugava. Ela jurou que, na próxima vez que o aluguel subisse, ela encontraria outro lugar em que pudesse ter controle total.

Finalmente sozinha, Margot deslizou sua chave especial na fenda gravada "M.H." e o elevador arrancou rumo ao céu. Uma vez que a chave estava na porta, o elevador não parava até chegar a seu apartamento. Durante a longa subida, ela soltou as sacolas de compras no chão e verificou suas correspondências. Contas. Contas. Bobagens e contas. E um grande envelope marfim com o sobrenome de Trevor acima de um endereço desconhecido de remetente.

Margot jogou as correspondências inúteis no lixo, colocou as contas sobre o balcão da cozinha e abriu o envelope marfim grande.

Você está cordialmente convidada, começava o convite e, depois de um monte de palavras de boa reputação e fora de moda, terminava informando Margot de que o filho mais velho de Trevor ia se casar na sinagoga de Long Island às vinte horas de um sábado, dali a seis semanas. Muito bem. Excelente desculpa para comprar um vestido novo.

Quando o filho mais novo saiu de casa para fazer faculdade, a esposa de Trevor emagreceu sete quilos e fez um corte de cabelo moderno. Jogou seu velho guarda-roupa no incinerador. E, então, voou para longe, levando consigo a casa de veraneio nas montanhas Catskills. Margot foi quem segurou a mão de Trevor durante o divórcio.

Uma vez, enquanto comiam comida chinesa de delivery no apartamento dele, Trevor se inclinou sobre seu frango *mu shu* com a intenção de beijar Margot na boca. Ela estava a ponto de rir por causa de alguma coisa na televisão e, portanto, no instante em que ele colocou os lábios sobre os dela, ela exalou uma imensa baforada de alho. Seu primeiro momento de intimidade foi como uma manobra de respiração boca a boca profundamente temperada.

— Meu Deus, Margot, acho que você explodiu meu pulmão. — Ele riu.

— Não, não explodi — ela contestou. — Só inflei demais. Mas deixe eu te agarrar, porque você corre o risco de sair voando pelo apartamento como um balão com a boca desamarrada.

Eles caíram novamente no sofá e enxugaram as lágrimas de riso dos olhos e o beijo dos lábios. Margot esticou a mão e segurou a dele, mas ele não fez outra tentativa de beijá-la. Haverá muito tempo para isso, Margot pensou. Nossa amizade encontrará esse beijo novamente, em breve.

Mas os convites para pedir comida em casa e assistir a vídeos cessaram depois daquela noite. Margot estava ocupada com o trabalho, e eles ainda almoçavam juntos. Não tinha notado de fato a distância entre eles até que, após conscientizar-se do cabal significado de "perimenopausa", telefonou para ele. Deixou um recado com algumas lágrimas e um pedido de companhia na secretária eletrônica. Recebeu uma resposta por e-mail dois dias depois. *Sinto muito que esteja pra baixo*, ele escreveu. Mas, então, "pra baixo" nem era mais sua localização. Ela já tinha afundado até o quinto dos infernos e, portanto, a amizade deles se reduzira a cinzas. Talvez a cerimônia de casamento servisse para reavivar a chama.

Margot colocou seu jantar comprado sobre sua pasta e olhou para o convite marfim. Pensou em cerimônias de casamento. Durante toda a sua vida, Margot só havia recebido uma proposta de casamento, de um garoto chamado Bobby Albert.

Bobby Albert era louro, forte e, provavelmente, burro, embora em sua juventude e inexperiência Margot não reconhecesse esta última característica. Planejara perder a virgindade com ele, talvez até mesmo na caçamba da caminhonete do pai dele. Desde que houvesse um cobertor limpo em que se deitar, ela o queria. Não o queria, no entanto, no meio de um milharal.

Seria difícil para qualquer pessoa que conhecesse Margot Hillsboro hoje vê-la como uma garota que se deixa comer numa caçamba de caminhonete, mas naqueles dias ela era uma garota do interior chamada "Allie Hillcock", e a caminhonete teria servido perfeitamente bem.

Trinta e quatro anos atrás, antes de mudar seu nome, Margot queria desesperadamente fazer sexo com Bobby Albert. Mal podia esperar para abrir os botões de seu uniforme de líder de torcida e senti-lo tocar seu corpo. Ela estava indo diretamente para aquela caminhonete, mas a sensação o dominou rápido demais e todos os seus planos de fazer amor de forma que pudesse guardar em seu caderno de recordações se perderam para sempre no milharal. Eles se beijavam e ela tentava puxá-lo de volta para a caminhonete, mas ele não podia dar mais nem um passo se não transasse. Assim, ela perdeu a virgindade com Bobby Albert num milharal.

Tampouco era um milharal alto, de verão. Era um campo de início de outono e todos os pés de milho haviam sido cortados. Não havia milho nenhum. Nenhuma proteção contra qualquer pessoa que pudesse olhar e ver as pernas finas de Margot escancaradas ou a bunda branca de Bobby Albert subindo e descendo. Depois de gozar, Bobby Albert perguntou a Margot Hillsboro, nascida Allie Hillcock, se ela queria se casar com ele.

Allie Hillcock disse que não. Ele havia arruinado sua fantasia de defloramento, bastante ordinária, pensando *a posteriori*, mas muito importante para ela na época. Ela se sentira violada.

— Como em um estupro? — seu segundo terapeuta havia lhe perguntado.

— Não. Nós definitivamente estávamos a ponto de transar. Na caminhonete. Ele violou minha idéia de como deveria ser o sexo. Era minha primeira experiência de sexo e me fez sentir barata e insignificante. Eu era sexo com desconto, uma rapidinha barata. Não valia a distância extra até a cama improvisada na caminhonete. Fiquei devastada na época. Não suportava mais ser eu mesma e, então, mudei.

— E você acha que mudou para melhor? — perguntara o terceiro terapeuta de Margot.

— Acho que sim — disse Margot —, mas ainda não consigo entender por que um ser vivo poderia querer se casar.

Margot havia se encontrado com o filho de Trevor algumas vezes, enquanto ele estudava em Yale, e outra vez, depois de ter mexido uns pauzinhos para que ele conseguisse um bom estágio. Margot achava que ele era um bom garoto, talhado do mesmo material que Trevor, exceto pelo fato de que o garoto ainda estava no primor da...

Juventude. Trevor não tem se cuidado tão bem quanto eu. É por isso que o garoto, em sua juventude, é tão notavelmente mais bonito que o pai, Margot disse a si mesma.

— Vamos dar uma espiada no que o Sr. Ping fez para o jantar — Margot disse em voz alta para a sacola do delivery. Ela comeu aspargos e berinjela enquanto folheava um catálogo da Bergdorf, procurando o vestido de noite perfeito.

Comeu os legumes lentamente, mas, ainda assim, o jantar terminou rápido demais. Ela queria comer mais ou tomar alguma coisa, queria voltar à academia, queria vegetar na frente da televisão, mas Margot era controlada demais para permitir que qualquer dessas coisas acontecesse. Comer mais a faria engordar demais. Voltar à academia? Emagreceria demais. A televisão a deixaria burra demais. Será que era muito tarde para ir às compras? Em uma loja de departamentos ou em uma butique, ela se sentia calma e no controle.

Seu desejo insaciável e inatingível de mudar de pele fazia com que as portas de seus guarda-roupas estivessem, literalmente, prestes a explodir. Os armários estufados do apartamento de Margot continham um traje para cada ocasião. Ela possuía roupas de gala deslumbrantes que, na verdade, tinham sido usadas em festas da empresa. Quando aparecia um evento beneficente que exigisse traje de gala, se podia contar com Margot para comprar uma mesa inteira e convidar todos os colegas de trabalho para acompanhá-la, por um lado porque era realmente caridosa e, por outro, porque queria uma desculpa para comprar um vestido novo. Tinha terninhos, tanto formais quanto informais. Guardava seus suéteres de cashmere empilhados, envoltos nas embalagens plásticas com zíper em que vinham as roupas de cama. Entre toda essa maravilha e toda essa exibição, tinha apenas uma calça jeans e um par de sapatos baixos.

Quando as portas dos guarda-roupas não mais continham a besta que era seu vestuário, Margot fazia uma seleção e se desfazia de várias peças, o que a elevava à mais alta estima das pessoas da Legião da Boa-Vontade. Recentemente, Margot havia descoberto os sacos plásticos a vácuo, que tiravam o ar do espaço entre as peças de roupa que ela socava dentro deles. Isso reduzira a necessidade de espaço de armazenamento em seu guarda-roupa, e Margot os aclamou como sendo um milagre da ciência moderna.

Margot ficou em frente a seu magnífico guarda-roupa. Olhou para seu relógio de pulso. Não era tarde demais para ir fazer compras, mas até mesmo aquele agradável sedativo estava se tornando cada vez mais opressivo.

Sempre havia a pasta, mas Margot já tinha jurado que não usaria mais o trabalho como ópio. Depois que seu senhorio se recusou a deixar que instalasse uma porta interna, as revistas de decoração perderam a graça, e Margot desistira do narcótico de redecorar o apartamento. Ela queria trabalhar em algo que fosse seu, algo de que fosse dona. Mas, a despeito de todo o seu dinheiro e prazer, ela não possuía nada de real. Margot se sentou à mesa e olhou pela janela, esperando por um sinal que lhe dissesse que estava pronta para começar a criar sua próxima vida. O preparo, para Margot, era tudo.

Um ex-amante, ao partir, havia uma vez gritado em sua cara: "Você é uma píssica controladora com mania de perfeição." Era como se ele estivesse informando a ela a cor de seus próprios olhos.

— Sim! Eu sei! — Margot rebatera com raiva. — Se você não consegue lidar com isso, caia fora!

Preparo era uma coisa boa, e ele não fora capaz de entender por que ela não queria lhe ensinar. O beijo a preparava para carícias mais intensas, as quais conduziam ao sexo, da mesma forma que o ensino médio a havia preparado para a faculdade, o que, por sua vez, lhe dera a capacitação necessária para ser bem-sucedida na carreira de Direito. Aos cinqüenta anos, Margot estava pronta para começar a criar algo que a ajudasse a passar pelos setenta e além. Não seria suficiente para Margot chegar aos setenta anos e dizer: "Nossa, olha só aonde eu cheguei. E agora?" Como tudo o mais em sua vida, os setenta fluiriam suavemente a partir de ondas que haviam sido geradas aos cinqüenta.

Foi até seu computador e o ligou.

Como advogada, as palavras sempre haviam sido seu ganha-pão. As palavras tinham iluminado os caminhos de Margot, a menina, de Margot, a estudante, e de Margot, a advogada. Não era nem um pouco extraordinário deduzir que as palavras também iluminariam o caminho de Margot, a amável senhora de idade. Ela se sentou e começou a digitar:

O Clube do Conto Erótico **81**

Aos ~~50~~ ~~49~~ ~~50~~ *55 anos, Trevor ainda era um ~~garanhão~~ ~~bofe~~ homem gostoso e sexy e, quando ele se inclinou e a beijou...,* Margot fez uma pausa, momentaneamente preocupada com o nome. Ela usaria um "substituir todos" depois para mudá-lo.

... quando Trevor se inclinou e a beijou, a terra tremeu, mas aquilo era só o começo. O beijo era um convite em aberto para que ela o beijasse também. E ela beijaria mesmo. Oh, ela planejava beijar muito aquele homem! Sua obsessão com a alimentação saudável e com exercícios aeróbicos valia a pena quando ela, mesmo aos cinqüenta anos de idade, podia deixar cair o vestido ao chão com as luzes acesas e não se preocupar com qual seria o melhor ângulo para se aproximar da cama dele. A todo vapor era a melhor maneira, para ela; então cruzou o quarto, jogou as cobertas para o lado e tomou seu pênis rígido e potente em sua...

Pênis? Não, pensou Margot, pênis é técnico demais. Qual seria outra palavra boa para pênis? Sempre uma ótima planejadora, Margot abriu uma nova tela em seu computador e começou a fazer uma lista de sinônimos para "pênis". A lista ficou assim:

Pênis, Pinto, Caralho, Cacete, Falo, Bráulio, Pemba, Piroca, Pau, Peru, Pirulito, Palhaço, Babão, Pingulim, Máquina, Bilau, Rola, Mandioca, Vara, Berinjela, Bronha, Ferro, Banana, Danado, Pica, Cobra, Furão, Sabugo, Anaconda, Pistola, Badalo, Tripé, Raul

Ela apagou "Raul" porque, na verdade, só se aplicava a um fim de semana específico, passado com um homem em particular, no Brasil. Então, fez com que o computador organizasse a lista em ordem alfabética e salvou num arquivo que pudesse acessar facilmente mais tarde. Satisfeita com seus esforços, ela fez uma lista semelhante para "testículos", "seios" e "vagina". Uma hora depois, com seu glossário feito em casa devidamente instalado, Margot se sentiu preparada para continuar escrevendo:

Trevor se deitou no sofá e, enquanto as mãos dela divertiam o Bráulio, Margot deixou que a boca caísse sobre seu...

Margot parou novamente de escrever. Tudo bem chamá-lo de Trevor, mas ela se sentia uma idiota em escrever sobre uma personagem chamada "Margot". Talvez Ellen. Alma. Jennifer. Atlanta. Margot apagou tudo que havia escrito e começou novamente:

Atlanta entrou no quarto e o coração de Trevor se deteve. Ela ~~caminhou andou~~ saltou através do quarto e aterrissou em cima dele, onde começou a rasgar os lençóis até chegar à sua...

Sou uma maldita predadora sexual, pensou Margot. Parece que vou trepar com ele e depois comê-lo vivo. Sentada sozinha em seu apartamento, Margot riu alto ao digitar:

... até chegar à sua... pele, e então Atlanta começou a traçar de leve com um dedo uma linha descendo pelo peito dele. Ao aproximar-se da altura do seu cinto, a tensão em seu peito, dentre outras partes excitantes, começou a aumentar e Atlanta começou a...

Espere. Que tal o nome *Atlanta Jane*, Margot pensou. Ohhh! Gostei! Vou escrever como um faroeste, quando chegar a hora de acrescentar a parte histórica à sexual. Poderia ficar bom. Muito bom. Quem eu conheço na área editorial que me deve um favor?

Margot apagou os últimos parágrafos. Imaginou como seria ser uma mulher chamada Atlanta Jane e, então, recomeçou:

Atlanta Jane deslizou graciosamente pelo quarto. Trevor não conseguia tirar os olhos de seus seios cheios e lindos. Conforme ela se aproximou, as mãos dele seguiram seus olhos. Ele a tocou inteira, correndo as mãos por suas costas e pelas protuberâncias musculosas de suas nádegas.

Protuberâncias musculosas? Ué, por que não?, pensou ela enquanto o universo cinza ia desaparecendo, substituído por qualquer cor que ela resolvesse acrescentar à sua história:

Com as mãos em seu ~~traseiro bunda nádegas~~ traseiro, Trevor puxou Atlanta Jane para o calor de seu corpo. Ele a rolou na cama, deslizou a alça de sua fina camisola de seda sobre o ombro e, então, a deixou escorregar pelo corpo dela. Começou a beijar aqueles mamilos empinados enquanto ela acariciava os ombros dele e o incitava a ir mais para baixo.

O Clube do Conto Erótico **83**

O telefone tocou. Margot estava perdida em meio à sua criação, mas sua mão, após tantos anos no emprego, automaticamente abriu o celular de encontro ao rosto.

— Margot Hillsboro — ela disse em vez de alô.

— Margot? Aimee. Você *não vai* acreditar quem eu acabei de ver lambendo a cara do Trevor em um bar lá no centro da cidade!

9. A Última Reunião Boa

—COMO O ALÍVIO DE UMA DOR, *a sensação se espalha pelo corpo dele e para dentro do meu.*

Ao ouvir a primeira frase, Brooke ergueu os olhos de sua revista. As mãos de Lux tremiam um pouco ao ler:

— *Dava para ouvir as portas do ginásio se abrindo, mas era tarde demais para se importar. Com Carlos gemendo e socando a parede com o punho, eu enlouqueci junto com ele, debaixo dele, até que tudo terminou. Ele me abraçou e beijou meu pescoço, o que era algo doce de se fazer e nem um pouco o estilo dele. Quando comecei a puxar minha saia para baixo, o Sr. Andrews, que dava aula de Estudos Sociais, parou acima de mim e do Carlos e disse alguma coisa do tipo que ele não iria dedurar a gente se ele pudesse brincar também. O que era uma coisa realmente idiota de se dizer, não dava nem para acreditar como aquilo era idiota. O Sr. Andrews era um imbecil, porque nós não éramos crianças. Depois de dizer uma coisa dessas para a gente, nem fodendo ele poderia nos dedar para alguém. Ele contaria que viu a gente e contaríamos o que ele disse para nós. Quer dizer, o que estávamos fazendo era contra as regras, mas o que ele tinha dito era muito pior. Eu disse a ele que não toparia dar para ele nem por uma garantia total de que eu e todos os meus amigos passaríamos de ano direto. Algumas semanas depois, Carlos e os amigos dele o atacaram e deram um pau nele. Fora do campus, claro. E daí ele parou de dar aulas. Fim.*

Lux fechou com força seu caderno e o agarrou de encontro ao peito.

— É idiota, certo? — ela perguntou.

— Não é — disse Margot rapidamente.

— Não é nem um pouco idiota. Gostei da parte em que Carlos o surrou — disse Brooke. — É como se o cavalheirismo não tivesse morrido.

— Como assim? — perguntou Lux.

— Carlos defendeu a sua honra.

— Ah, não — Lux disse com uma entonação de quem achava que a outra fosse uma idiota. — É que o Carlos gosta de bater nas pessoas que não podem denunciá-lo à polícia.

Lux ficou surpresa ao ouvir as gargalhadas que se sucederam àquela simples enunciação de uma verdade a respeito de seu ex-namorado doido, Carlos. Conviver com Carlos tinha sido um martírio, e elas não passavam de um bando de peruas burguesas superprotegidas se achavam que algo como bater em alguém fosse engraçado. Ainda assim, Lux precisava daquelas mulheres, então tentou levar numa boa.

— Certo. Então, qual é a graça? — ela perguntou.

— Não foi engraçado. Nem um pouco. É uma coisa horrível. Mas o que você disse nos surpreendeu, por isso nós rimos — disse Brooke.

Margot não disse nada ao devolver suas fichas digitadas para a parte da bolsa fechada por um zíper. O conto de faroeste-erótico de Atlanta Jane parecia estúpido e insignificante, comparado à vida que Lux tinha levado. E embora ela tivesse feito com que o computador mudasse o nome do companheiro sexy e grisalho de Atlanta de "Trevor" para "Peter" e o tivesse vestido em camurça, dotado de um enorme falo e de uma tatuagem de lobo, ainda era apenas outra fantasia sobre Trevor. Ninguém saberia, mas Margot não podia ler sua história erótica sobre Trevor em voz alta para a mulher que havia chupado a coisa real.

— Como você pode ter certeza de que era Trevor? — ela havia interrogado Aimee na noite anterior, pelo telefone.

— Parecia com o Trevor.

— Pode ser que se parecesse com ele, mas você tem cem por cento de certeza de que era ele?

— Caramba, você é dose. — Aimee riu.

— E a garota?

— A que estava lambendo a cara dele?

— Supostamente lambendo a cara dele. Você diz que era Lux, mas na verdade só reconheceu a saia e as meias dela.

— E os sapatos.

—Tá bom, e os sapatos.

— Azuis com meias roxas.

— Poderia ser uma moda. Afinal, você estava no Village.

— Eram Lux e Trevor. Eu simplesmente sei.

— Mas não há provas.

— Nossa, Margot, você não engole mesmo essa coisa de mocinha-com-homem-mais-velho.

— Por que eles preferem as mulheres mais jovens? — Margot havia perguntado a Aimee, mas, antes que ela pudesse responder, Margot discorreu sobre a flexibilidade de seu velho traseiro de cinqüenta anos de idade e a firmeza de seus seios que jamais haviam amamentado. Havia pequenos sinais de cirurgia plástica aqui e ali, Margot admitia, mas aquilo só tornava o pacote ainda melhor.

— E, além disso tudo, sou ótima de cama! — Margot havia rugido para Aimee. — E depois do sexo, posso bater um papo excelente! E posso pagar metade da conta de qualquer lugar a que você quiser ir!

Durante todo esse tempo, Margot pensara estar a centímetros da cama de Trevor quando, na verdade, aquela vaga já tinha sido preenchida.

— Não sei com o que você está tão furiosa. — Aimee tinha rido. — Ele não tinha mulher ou coisa do estilo?

— Não, não, eles são divorciados, dois filhos, há cinco anos. Não é muito bonito, mas é assim — Margot informou Aimee.

— O que deveríamos fazer a respeito?

— O que você quer dizer?

—A respeito de Lux e Trevor

— Bem... nada. Quer dizer, bem, o que *podemos* fazer a respeito?

A melhor hipótese de vingança que Margot era capaz de conjurar de sua imaginação seria puxar Trevor de lado e ter uma conversa franca sobre os perigos do assédio sexual, real ou interpretado, que poderia se seguir a um romance fracassado no escritório. Onde se ganha o pão não se come a carne e assim por diante. Ela escreveu um e-mail rápido para Trevor enquanto ainda falava ao telefone com Aimee.

— Devo enviá-lo? — perguntou para Aimee.

— Você deve isso a ele, como amiga.

Aimee parecia tão segura de que aquela intervenção invasiva fosse uma boa idéia, mas, assim que Margot desligou o telefone, o e-mail, onde se lia *almoce comigo para discutirmos as ramificações de interagir socialmente com os subordinados*, repentinamente pareceu fruto do despeito de alguém negligenciado. Margot quis fazer com que o e-mail voltasse. No entanto, um e-mail daqueles certamente chamaria a atenção dele. E Margot queria almoçar com Trevor de novo, ainda que a refeição começasse com um pedido de desculpas.

— Olha, Trev, não tenho provas de que fosse Lux. Sequer tenho provas de que fosse você — ela planejou começar a conversa —, mas um homem na sua posição tem que se proteger dessas garotas malucas. E que melhor proteção você poderia ter do que uma advogada habilidosa, madura, forte e nua como eu?

Ele iria rir. Ela riria também e o gelo formado por cima de sua relação se romperia. Trevor jamais preferiria uma garota como Lux a ela. Apesar de que esta Lux, a Lux em pé ali à frente de Margot naquele momento, tremendo um pouco ao ler uma história manuscrita, podia ser bem bonita se você olhasse além de suas camadas de más escolhas. Certamente era interessante, e agressiva e, talvez, até mesmo esperta.

— Então, há, o que vocês acharam da minha, tipo assim, história? — perguntou Lux.

— Não é "uma, tipo assim, história" — disse Brooke. — É uma história. Uma história de verdade.

— Sério?

— Foi um excelente começo — Margot disse a Lux.

— Sério? — Lux sorriu, radiante de prazer. Seu rosto chegou a brilhar com o sangue quente que afluiu a suas bochechas.

— Claro — disse Margot olhando para o manuscrito nas mãos de Lux. Estava rasgado, rabiscado, e a pontuação era um tempero opcional, salpicado aqui e ali. Apesar disso, era uma história interessante.

— Quem é esse Carlos? — Brooke perguntou.

— Um antigo namorado.

— Trevor sabe sobre ele? — Aimee perguntou casualmente.

Lux deu uma risadinha e, então, ficou preocupada. O coração de Margot se apertou com a reação de Lux. Não era fruto da imaginação louca de Aimee ou uma questão de ter enxergado mal nem qualquer das outras explicações racionais que ela dera a si mesma. A garota com as meias e os sapatos de Lux era Lux. Trevor havia encontrado outra pessoa.

— Como você sabe sobre Trevor? Nós somos bem discretos e tal, sabe?

— Vi vocês no Bar Six, na Grove Street, na quinta-feira à noite.

— Ah.

— Você não parecia muito discreta com seus lábios cobrindo o rosto dele inteiro — Aimee ressaltou.

— Bem, quer dizer, discretos no escritório. É que ele tem todas essas malditas regras de como devemos nos comportar um com o outro. Nada de contato visual no corredor. Nada de e-mails pessoais, a não ser codificados. Eu sou tipo uma espiã sexual. Até que é divertido, sabe.

— Lux, ele deve ter trinta anos a mais que você — interrompeu Aimee.

— De jeito nenhum. Só vinte. Tenho 23, e ele tem, tipo, uns 43. Ele disse, acho, que tem 45 ou algo assim.

— Ele tem um filho adulto que vai se casar no mês que vem. O filho mais novo de Trevor tem pelo menos 25 anos.

— Ah, e daí? O.k., dã, então ele é mais velho que eu. E daí?

— Muito mais velho — Aimee insistiu. — Margot, quantos anos tem Trevor?

— Cinqüenta e quatro em agosto — Margot disse baixinho.

— Uau. Ele está em boa forma — disse Brooke, desejando que o Clube da Fofoca terminasse para que ela pudesse ler o mais recente capítulo de sua obsessão criativa denominada *Enrique Toca na Porta dos Fundos*.

— E então, é minha vez de ler? — perguntou Brooke.

— Vá em frente — disse Margot. — Eu não tenho nada.

Brooke puxou seu texto de baixo do kit de arte e começou a sentir um formigamento à idéia de *Enrique* e das delícias carnais que seu pênis mediano estavam a ponto de proporcionar à sua destinatária de correio favorita.

— Se ele tem 54 agora que você tem 23 — Aimee não pôde evitar a demonstração de suas habilidades matemáticas —, significa que quando você tiver 43 ele terá 74. E estará enrugado e velho, velho, velho.

— Tá, e daí? — disse Lux.

— Só estou dizendo que ele é velho demais para você — disse Aimee. Ela estava com a mais total e absoluta aparência de quem se preocupava, e suas palavras transbordavam de "gentileza".

Por que diabos ela se importa com quem eu transo?, perguntou-se Lux. No terceiro colegial, Lux tinha chegado às vias de fato com sua melhor amiga, Jonella, pela atenção do mesmíssimo Carlos, que, um ano depois, se transformaria em pai do bebê de Jonella. Ela havia quebrado o nariz de Jonella, sem causar qualquer dano à amizade delas, e, desde então, Lux se deslocara bravamente pelo mundo sem se preocupar com sentimentos feridos entre amigas. Sentimentos e narizes machucados podiam sarar. É melhor se dizer o que pensa.

— Qualé, Aimee? Você quer trepar com Trevor? — questionou Lux.

Isso é muito melhor que *Enrique*, pensou Brooke ao engasgar com uma risada. Brooke adorou o fato de Aimee ter, literalmente, recuado ante o ataque de Lux, parecendo surpresa e insultada ao mesmo tempo.

— NÃO! Só estou dizendo que há um preço mais alto a pagar por envolver-se com um homem mais velho. Quer dizer, o dinheiro e o padrão de vida podem parecer ótimos para uma garota como você; pode parecer que vale a pena fechar os olhos às rugas e à flacidez, mas no final você tem que ter cuidado para não se rebaixar a ser a amante de um velho.

Uma garota como eu, pensou Lux. De tudo o que Aimee disse, foi aquilo que a atingiu fundo e tirou sangue. O resto era bobagem.

— Trevor é ótimo de cama — disse Lux.

— Por que será que acho difícil acreditar nisso? — respondeu Aimee.

— Humm, porque você é recalcada e feia, talvez? Eu ouvi suas histórias, garota. Contos eróticos sobre seus pés? Por que você não tem nenhum homem na sua história? Eu vejo isso o tempo todo, sabia? Garota fica grávida; garota leva um fora. Você não está muito longe do meu bairro — Lux disse a ela.

As palavras explodiram, fazendo com que os músculos no pescoço de Aimee se apertassem num nó dolorido.

— A grande diferença entre você e mim, Lux, é que eu não faço por dinheiro.

Quando Lux levou a mão para trás, foi a gravidez de Aimee, na mesma medida que a distância ocasionada pela mesa de conferências, que a impediu de estapear seu rosto com força. Em vez disso, Lux se atirou sobre a mesa, jogando o corpo sobre o tampo e deslizando o suficiente para esticar a mão e agarrar um punhado do cabelo crespo de Aimee. Então, ela puxou.

— Ai! Aaaaaaaaaaaaaaaaaaaaaaaaaaaaaaaaaaaaaaaaaaaaaaiiiii! — Aimee uivou.

Em seus 23 anos de vida, Lux freqüentemente tivera motivo, oportunidade e necessidade de se vender. Era uma questão de profundo orgulho emocional que ela só tivesse aceitado dinheiro uma vez e por algo que, na época, havia parecido um bom motivo. (Vestido para o baile de formatura.) Dizer que a experiência a havia feito se sentir vazia não bastava para descrever o enorme buraco que se formara em seu corpo de dezesseis anos. Ela nunca mais tinha feito aquilo.

E ali estava aquela tal de Aimee, em seu mundinho impecável, acusando Lux de dormir com Trevor por dinheiro. Lux sabia que estava recebendo alguma coisa dele, mas não era dinheiro, nunca dinheiro.

Aimee não sabia que tipo de linha havia cruzado, mas claramente enfiara uma farpa numa ferida que ainda não tinha cicatrizado em Lux. Ninguém chamava Lux de meretriz, pois ela havia se esforçado e sacrificado muito para não se permitir transformar-se em uma.

Os cachos de Aimee se enrolaram com força nos dedos finos de Lux. A intenção de Lux fora a de dar um puxão e soltar. Era para ser apenas uma advertência e não uma briga de verdade, mas não havia contado com a textura daqueles cachos negros de saca-rolha. Mesmo quando soltou o punho enraivecido, o cabelo de Aimee continuou enrolado nos dedos de Lux. Lux começou a sacudir a mão para libertar-se dos cachos de Aimee. Quanto mais ela sacudia a mão, mais Aimee gritava.

— O.k., o.k. — disse Margot e tentou parecer tranqüilizadora. Ela se levantou de um salto, agarrou Lux e tentou mantê-la imóvel. Não havia notado como Lux tinha costas estreitas até fechar os braços ao redor de seu tronco. Margot podia sentir o coração de Lux disparado por baixo das costelas definidas mais como se se tratasse de um tigre enjaulado que de um pássaro numa gaiola. Margot procurou mantê-la quieta enquanto Brooke intercedeu e fez o melhor que podia para desembaraçar rapidamente os cachos pesados de Aimee. A última porção de cabelo ainda estava presa no anel barato de prata que Lux usava na mão direita.

— O.k., o.k., quase lá — Brooke disse ao desenredar o cabelo do anel. Lux tremia de raiva.

—Você já pode me soltar — Lux disse a Margot. Embora soubesse que Margot nunca fizera nada odioso para ela, não pôde evitar cuspir as palavras. Quis pedir desculpas quando Margot pulou para trás, envergonhada por ter segurado o corpo de Lux um pouco mais do que o necessário. Mas, enquanto ela pensava nas palavras para compor um pedido de desculpa, Brooke liberou os últimos fios de cabelo, e Lux se lançou como um raio porta afora.

—Vaca — disse Lux ao agarrar o caderno de cima da mesa e abrir a porta. — Sua vaca estúpida!

Com um estrondo, Lux desapareceu. Aimee estava furiosa.

—Vocês viram o que ela fez comigo? — Aimee perguntou.

Margot pegou um lenço de papel, apesar de Aimee não estar chorando.

— Psicótica! Idiota! Porra de garota doida! Ela puxou o meu cabelo! Veja se ficou um pedaço careca, Brooke.

— Não, não — Brooke respondeu calmamente. — Acho que o pior foi o choque.

— E eu não acho que ela pretendia puxar tão forte — disse Margot.

— Por quê? Por que ela fez isso comigo?

— Bem, querida, você não devia tê-la chamado daquilo — disse Brooke.

— É, acho que você foi longe demais — Margot concordou.

— DO QUÊ? Chamei-a do quê? Do que foi que eu a chamei?

— De prostituta.

— Nunca!

—Você a acusou de se vender — concordou Margot.

— Eu não fiz isso!

— Fez sim.

— E daí se eu fiz? É claro que atingi uma ferida! Puta. Porra de vagabunda doida.

Entre suas atribuições como supervisora do Departamento de Processamento de Texto no Escritório de Advocacia Warwick & Warwick Cia. Ltda., Brooke era responsável por assegurar-se de que o espaçamento correto se seguisse a cada ponto final em cada pedaço de papel produzido pela firma durante as horas de seu turno de trabalho. Ela fazia isso para poder gastar dinheiro e para garantir que não se afastaria demais do mundo real. Às vezes, nos finais de semana, ela vestia uma microssaia de látex com sapatos metálicos de saltos altíssimos e ia brincar de vagabunda doida na cidade. Ela nunca se havia feito de prostituta.

— Bem — disse Brooke —, imagino que "puta" é uma espécie de linha verbal traçada nos limites de Lux que não se cruza caso se queira manter o penteado intacto.

— Ela me atacou.

— Ela puxou seu cabelo — disse Brooke.

— Quero que ela seja despedida.

O *Clube do Conto Erótico*   **93**

— E quando o sócio-gerente dela perguntar "O que vocês estavam fazendo na sala de conferências?", o que você vai responder? — perguntou Margot. — Puxa, é mesmo, estávamos lendo histórias pornográficas na sala de conferências durante nossa hora de almoço. Às vezes, a gente se empolga.

No silêncio que se seguiu, Aimee pensou que devia ser terrível viver com medo de que alguém sugerisse que você pode ser uma puta.

— Eu era mais legal — disse Aimee.

— Você ainda é legal — Brooke tentou consolá-la.

— Era amável, flexível e generosa. O que aconteceu comigo? — Aimee perguntou, esperando que suas amigas a ajudassem a criar uma desculpa para seu mau comportamento. Ela aceitaria qualquer razão, exceto a verdade. Seu homem a havia abandonado grávida. A dor a havia deixado fragilizada e cruel. Suas amigas não lhe ofereceram mentiras agradáveis para suavizar o momento. De fato, todas se distanciaram dela, cada uma se concentrando em seus próprios pensamentos.

— Sabe — disse Brooke, apesar de saber que aquilo enfureceria Aimee —, se Lux pudesse canalizar toda a raiva em palavras, em vez de gestos, ela poderia se transformar em algo incrível.

Tendo dito aquilo, Brooke e Margot passaram o pouco tempo que restava da hora de almoço consolando Aimee e concordando com ela que Lux era maluca e que o que tinha feito estava totalmente fora dos limites, completamente errado e inaceitável.

— Obrigada — disse Aimee. — Sinto muito. Não deveria ter deixado que ela entrasse no grupo.

Ela deduziu que elas estavam do seu lado, mas a sala ficou em silêncio quando Brooke e Margot não concordaram entusiasticamente com a avaliação feita por Aimee da situação.

— Brooke, você vem? Te acompanho até seu escritório — ofereceu Aimee.

— Não, vou ficar aqui mais um minuto — disse Brooke. Ela estava afetada pela imagem da ira de Lux e precisava de um minuto em silêncio para produzir um esboço que algum dia poderia se transformar num quadro. Não queria perder a forma como o cabelo vermelho havia fluído para trás, e a boca de Lux ficara úmida e rígida de ódio. Margot foi perfeitamente educada, como uma colega de trabalho deve ser, ao despedir-se rapidamente à porta.

— Devemos marcar outra reunião? — Aimee perguntou. — Mesma hora na terça que vem?

— Humm, me mande um e-mail — Brooke murmurou de dentro de seu bloco de desenho.

— Me ligue quando eu estiver com a minha agenda — disse Margot ao desaparecer pelo corredor, os saltos altos pipocando contra o elegante piso de mármore.

Aimee se levantou e seguiu pelo corredor. Perguntou-se se elas voltariam na semana seguinte. Margot parecia pessoalmente ofendida pela coisa toda. Brooke sempre seria sua amiga. Haviam estado nuas junto vezes demais para que terminasse, mas Aimee ficaria triste em perder Margot. Deduziu que seu relacionamento se restringiria àquelas amizades profissionais que não têm lealdade ou mesmo afeto verdadeiro. Elas sorririam uma para a outra e fariam piadinhas para passar o dia no escritório, mas seria só isso.

Aimee voltou a seu escritório, sentindo que havia deixado que sua dor estragasse algo realmente bom.

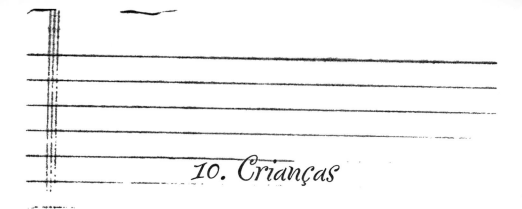

10. Crianças

MARGOT APANHOU SEUS RECADOS e voltou ao escritório, triste que o Clube do Conto Erótico estivesse se desfazendo de maneira tão estrondosa. É por isso que mulheres não podem ser amigas, disse a si mesma ao sentar-se à sua mesa. Nós nos tornamos traiçoeiras. Ficamos maldosas. Puxamos cabelo, literal e figurativamente. Não temos limites. É por isso que nunca tive amigas mulheres. Elas metem medo. Não preciso delas. Em sua grande pilha de recados, viu que havia um de seu irmão mais novo, Amos. Que estranho, pensou Margot.

— Mosy? — ela disse quando ele atendeu o telefone. Ela podia ouvir o trator ao fundo e concluiu que ele estava bem no meio de uma colheita ou outra. — Está tudo bem?

— Não — ele disse no tom monótono que usava para indicar alegria, tristeza e tudo que houvesse no entremeio. — Estou com alguns problemas que estão indo direto para a sua casa.

Amos, como todos os irmãos mais novos de Margot, era absurdamente bonito até o instante em que abria a boca. Não era só o tom de sua voz. Sua obsessão com a saúde de suas vacas e plantações e com o segundo advento de Jesus Cristo conseguia empalidecer o azul de seus olhos e a forma de tanquinho do abdômen. Ainda assim, era um bom homem e, desde que se mantivesse longe de seu apartamento, Margot o amava muito.

— Aimeudeus! O pai está bem? — Margot perguntou, o pânico aumentando.

— Ele está bem. Sou eu — Amos entoou.

— Oh, Mosy! O que aconteceu? Você está doente? Você não pode estar doente. Você nunca fica doente.

— Oh, Allie, estou à beira da morte!

Quando seu irmão disse "Allie", estava se referindo à mesmíssima Margot. Seus irmãos nunca aceitaram sua mudança de nome, e "Allie" tinha o poder de transportá-la num instante de volta para casa. Aquelas sílabas também a fizeram pisar no freio, não querendo ser tragada novamente para todas aquelas coisas das quais já havia escapado. A declaração monótona de seu irmão a respeito de uma condenação iminente a fez desejar não ter retornado a ligação telefônica.

— Você não vai acreditar no que aconteceu. Adele me abandonou — ele disse.

— Ah, coitadinho — Margot disse, imaginando a sexy e radiante bonequinha com quem Amos tinha se casado, fugindo dos confins da fazenda do irmão. — E justo no meio do verão.

— E ela levou as crianças.

— Minha nossa.

— E tomou um trem.

— Pobre Mosy.

— E está indo para Nova York — seu irmão disse e deixou que aquela última informação ficasse no ar até Margot captar o efeito total dos repentinos planos de viagem da cunhada.

— CARALHO! — disse Margot.

— Srta. Allie Boca Suja! Eu NÃO quero que você fale desse jeito perto das crianças.

— Crianças!

— Isso mesmo.

— Ela está vindo com as crianças?

Mais coisas foram ditas, a maior parte produto da boca suja de Margot. E, no entanto, o fato de que sua cunhada estava, enquanto eles

O *Clube do Conto Erótico* **97**

discutiam, deslocando-se diretamente para a cidade de Nova York com os filhos pequenos a reboque não podia ser negado.

— Quando ela vai chegar aqui?

— Em quatro horas.

— CARALHO! — repetiu Margot ao desligar o telefone. Havia uma promoção de fim de semana na Henri Bendel's e a venda de amostras somente para convidados em uma das faculdades de moda. Ela dera duro para conseguir o convite para a faculdade. E tinha uma entrada para o balé. Saiu voando de seu escritório e interrompeu seu assistente:

— Sei que quando você começou a trabalhar aqui eu prometi que não haveria pedidos pessoais, mas descobri que tenho um favor pessoal de emergência, que é fácil de executar e ficaria extremamente grata se você pudesse fazê-lo por mim — disse Margot ao assistente.

— Qualquer coisa que precisar, Margot — seu assistente disse ao erguer os olhos do romance que estava lendo. Por um minuto, Margot se perguntou se poderia obrigar esse jovem amável, que era ator, a distrair sua família durante o fim de semana. Perguntou-se se estaria mais disposta a obrigá-lo a fazer aquilo se ele fosse uma mulher e ela, um homem. Será que poderia ao menos pedir-lhe que fosse buscar seus parentes na estação ferroviária, já que estavam chegando de forma inesperada e no meio de seu expediente de trabalho?

— Você poderia — Margot começou, fez uma pausa e, então, prosseguiu — ver se consegue mais quatro dessas entradas para o balé? As quatro novas devem ser juntas, mas não precisam estar nem um pouco perto desta que eu já tenho.

— Claro. Sem problema.

— E acho que vou ter que sair pelo resto do dia. Tenho coisas a fazer e, depois, tenho que ir à estação ferroviária, mas não hesite em me telefonar no celular por qualquer razão que seja. O.k.?

— Pode deixar — ele disse e, deslizando um marcador de livro em seu romance, começou a providenciar as entradas para ela.

Margot correu até a mercearia para encher sua geladeira vazia com o tipo de comida que achava que sua cunhada e sobrinhos pudessem gostar, como maionese e queijo que já vinha em fatias embaladas individualmente. Então, tomou um táxi até a estação e chegou antes que o trem deles parasse. Ficou na plataforma e tentou se lembrar dos nomes dos sobrinhos, três rostos confundíveis entre si, com um idêntico rio de ranho verde e amarelo fluindo entre o nariz e o lábio superior. Sua cunhada, Adele, tinha sido uma linda e sensual virgem no dia do casamento. Então, nos primeiros quatro anos de casamento, ela dera à luz três filhos. Deve estar enorme agora, pensou Margot, com os peitos parecendo melancias. Margot ficou atenta para qualquer mulher que fosse do tamanho de uma casa, com três pequenas máquinas de muco nasal a reboque.

—Tia Allie? — perguntou o menininho parado à sua frente.

— Oh! — Margot ofegou à visão do rosto angelical que era uma réplica perfeita de seu irmão no auge da beleza. Ela olhou em volta procurando Adele, mas só viu meninos. Por um instante, Margot entrou em pânico com a idéia de que Adele tivesse mandado os garotos sozinhos.

— Agora ela se chama Margot — disse o garoto mais alto numa voz aguda, de mulher cansada. Margot olhou duas vezes antes de ser obrigada a admitir que aquela coisinha apática e magricela de jeans, parada atrás dos três meninos saudáveis e resplandecentes, era sua antes voluptuosa cunhada Adele. Pareceu a Margot como se toda a força vital de Adele houvesse sido sugada por seus filhos.

— Como você está, Margot? — Adele começou, cautelosamente. — Sinto tanto em importunar você desse jeito. Foi só que acordei cedo demais esta manhã, comecei a olhar uma revista enquanto preparava o café-da-manhã, e quando dei por mim estava, estava, estava...

Adele não conseguia dizer, mas claramente, quando deu por si, ela estava a caminho da estação ferroviária com as crianças. Dado que era provavelmente a única pessoa que Adele conhecia no final de qualquer linha de trem, Margot havia se tornado um destino lógico.

—Venha. Vamos tomar um táxi. Você me conta tudo no apartamento.

No táxi até seu apartamento, os três garotos colaram o nariz nas janelas, olhando maravilhados para a cidade e, ocasionalmente, relanceando um olhar para sua tia Margot, como se não pudessem acreditar que alguém que eles conheciam morasse ali. Limpos e sem ranho, eles eram bastante encantadores.

— Eles são tão comportados — surpreendeu-se Margot quando os três sobrinhos se acocoraram em frente à sua enorme televisão.

— Bem, a televisão está ligada. E eles ainda estão afetados pela viagem — disse Adele. — É um pouco assustador para eles.

— E para você?

O silêncio de Adele pareceu uma boa oportunidade para que Margot se intrometesse:

— Então, Adele, por que é que você está aqui?

Naquela manhã, Adele se levantou cedo. Preparou um belo desjejum com café, leite, torradas, bacon e ovos para todos os seus encargos. Enquanto eles comiam, ela começou a folhear uma revista feminina que fazia parecer, pelo menos para ela, que todas as demais mulheres do planeta vivessem em busca do orgasmo perfeito. Em comparação, Adele de repente acreditou que sua vida era puro esterco, em forma de um constante ciclo de lavar, cozinhar e limpar. No mundo de Adele, uma mulher caía exaurida na cama todas as noites, às vezes ainda vestida, às vezes sem ao menos limpar os vestígios de três meninos pequenos e um marido displicente de sua blusa. Em algum outro lugar do mundo, as mulheres classificavam seus orgasmos numa escala de um a dez e suportavam sandálias de salto alto cravejadas de cristais. Então, naquela manhã, em vez de assumir seu turno como a motorista da vez, Adele decidiu fugir de sua vida, levando consigo somente as poucas coisas das quais absolutamente precisava para viver. Essas coisas se chamavam Harry, Eric e Amos Jr.

— Sei lá, Margot — disse Adele, apaticamente. — Em geral consigo ficar bem, desde que me mantenha longe das revistas femininas. Você sabe, essas revistas de páginas brilhantes, nas quais todo mundo tem mais do que você jamais terá. Amos diz que são agentes do demônio e hoje estou achando que ele pode estar certo.

— Oh, querida — Margot disse ao abrir um pacote de biscoitos e colocá-los num prato. Adele estendeu a mão para pegar um, mas, antes que alcançasse o prato, três menininhos invadiram a cozinha e devoraram todos os biscoitos. Estavam de volta à frente da televisão antes que Margot pudesse piscar.

— São meninos em fase de crescimento — disse Adele, a mulher em fase de encolhimento.

Margot repentinamente começou a pensar nos anúncios das revistas femininas. A chamada que melhor se aplicaria a Adele poderia dizer: *O que Fazer Quando seu Clitóris te Abandona.*

— Espero que você permita que eu e os meninos te convidemos para almoçar fora — disse Adele docemente —, e daí nós voltaremos para casa.

Margot pensou em seus planos para o fim de semana, as deliciosas promoções e lojas que poderia visitar se concordasse com o plano de Adele e a pusesse imediatamente a caminho de casa.

— Na verdade, eu estava pensando em ir fazer compras — começou Margot — na loja de brinquedos, hoje à tarde. E não posso imaginar o que compraria sem algumas crianças comigo para mostrar as coisas legais.

Adele pareceu aliviada. E exausta. E pequena e assexuada.

— Estou pensando que você deve almoçar e tirar uma soneca, enquanto eu e meus sobrinhos vamos dar uma volta.

— Oh, não acho que você possa lidar sozinha com três — Adele disse com cuidado —, principalmente numa loja de brinquedos.

— Claro que posso — disse Margot com uma olhadela para os três anjinhos no sofá. — Vamos providenciar um pouco de descanso e rejuvenescimento para você enquanto eu e os meninos vamos atear fogo na cidade.

Margot tinha usado a expressão "atear fogo na cidade" como uma metáfora. Plantada com três garotos pequenos no meio de uma imensa loja de brinquedos, ela a sentiu literalmente. Adele tinha razão. Ela precisava de reforços. Não podia chamar um de seus muitos colegas de trabalho. Seria um abuso inadequado. Precisava chamar uma amiga e, já que

Margot só tinha duas escolhas, não foi muito difícil decidir para qual número ligar.

— Aimee — Margot gritou em seu pequeno celular, esperando que as migalhas e manchas de chocolate cobrindo o bocal não interferissem na recepção. Explicou a situação, prometeu que seria uma boa prática para o próprio futuro de Aimee e, então, tentou não implorar ao dizer: —Você pode vir me ajudar agora?

— Claro que sim — disse Aimee, realmente feliz por Margot tê-la chamado. Desligou o telefone, esqueceu-se de seus próprios problemas e ligou para o ramal de Brooke.

— Margot está metida em problemas com três garotos na Times Square — ela disse a Brooke, usando um tom que esperava que parecesse divertido e nada urgente. — Ela precisa da nossa ajuda.

— Margot está num bar na Times Square? — Brooke perguntou.

— Não. Numa loja de brinquedos.

— Que raios ela está fazendo numa loja de brinquedos?

—Vamos lá descobrir.

— Humm, tá bom — disse Brooke, disposta a qualquer aventura que envolvesse três garotos. Aimee esperou para explicar a Brooke a verdadeira natureza da crise de Margot quando já estavam no metrô e Brooke, de certa forma, comprometida a ir.

— Mas que diabos — disse Brooke e, então, com um apertão caloroso da mão de Aimee, acrescentou: —Vamos lá salvar a Margot.

O menorzinho estava chorando em cima de um brinquedinho eletrônico portátil que custava mais que um aparelho médio de televisão. Não era tanto pelo custo de um, para Margot, mas pela insistência deles de que, se o pequeno ganhasse um daqueles, então os outros dois também teriam que ganhar. Margot estava a ponto de desistir e deixar ali setecentos dólares a mais do que havia planejado gastar naquele dia quando o mais velho deixou escapar que o papai não aprovava e que não ficaria contente se eles chegassem em casa com um exemplar que fosse daquele brinquedo em particular.

Quando Aimee e Brooke chegaram, viram os três meninos amontoados em volta de Margot, cada um explicando suas necessidades particulares e urgentes. Elas se detiveram a alguns passos de distância e viram o desastre tomar forma.

— Mas! Mas! É tão legal! — o pequenino guinchou novamente. — Tenho certeza de que o papai vai gostar quando vir!

— Eu preciso muito fazer xixi! — o do meio disse pela quarta ou, possivelmente, décima vez.

— O que você quer dizer com não ter nenhuma barrinha de cereal na sua bolsa? — inquiriu o mais velho, audível e claramente insultado pela idéia.

— Não acho que deveríamos nos separar — disse Margot. — Se um de nós tem que fazer xixi, nós todos devemos ir ao banheiro feminino.

— Eu NÃO vou entrar no banheiro das mulheres — o mais velho informou.

— Bem, vocês não podem ficar sozinhos na loja e vão me prender se eu entrar no banheiro masculino, então acho que iremos ao banheiro feminino todos juntos — Margot disse a ele.

— Prefiro sentar no quintal e comer bosta a entrar no banheiro das mulheres — o garoto gritou para ela.

— Boca suja! Boca suja! — os outros dois começaram a gritar e apontar para o irmão mais velho como Donald Sutherland na cena final do filme *Invasores de Corpos*.

— Então, é isso que é ser mãe? — Aimee disse a Brooke.

— Não se assuste, querida — disse Brooke. — Isso é como entrar no meio de um filme de terror na pior cena.

— Estou disposta a assumir o desafio. Vamos resgatar Margot antes que ela perca uma parte do corpo.

Com amplos sorrisos, Aimee e Brooke caminharam até Margot e seus adoráveis demônios.

— Ei, amiguinho, por que você não deixa que eu te leve até o banheiro? — Aimee disse, ajoelhando-se e usando seu tom de voz mais gentil.

— Estranha! Estranha! — o menorzinho gritou ao agarrar-se à perna de Margot, quase a derrubando.

— Não, não, Eric, essa é minha amiga Aimee. Ela pode te levar ao banheiro. Está tudo bem — garantiu Margot.

— Eu não quero ir ao banheiro com ela — o do meio disse. — Quero ir ao banheiro com ELA!

Margot e Aimee se viraram para onde o garoto estava apontando. Brooke, surpresa, sorriu abertamente.

— O.k., quem precisa fazer xixi? — ofereceu-se Brooke.

Os três meninos ergueram a mão.

— Pensei que você não quisesse ir ao banheiro das mulheres — Margot disse ao mais velho de seus sobrinhos.

— Bem, não com você, tia Allie — ele respondeu, sorrindo para Brooke.

— Quem é tia Allie? — Aimee perguntou.

— Eu. Depois explico — suspirou Margot.

— Muito bem, então — disse Brooke como se fosse o destino mais emocionante da cidade — vamos ao banheiro!

Deslocaram-se como uma multidão grande e desajeitada através da loja de brinquedos. Ainda que se houvesse concordado quanto ao destino e ainda que eles o buscassem com urgência, levou vinte minutos para atravessarem o andar em direção ao banheiro feminino. No caminho, eles apanharam e colocaram de volta três ursinhos de pelúcia, um maço de cartões do Yu-Gi-Oh! ("Incompreensível", declarou Margot), um saco de bolas que se acendiam quando quicavam no chão e um gancho de pendurar roupa que o do meio usou para fingir que era o Capitão Gancho, até que, acidentalmente, o engatou na boca do irmão mais velho.

— Parem com isso! Parem com isso! — Aimee exclamou quando eles começaram a brigar aos socos em frente ao banheiro feminino. Ela havia perdido a doçura de seu primeiro contato e agora usava o tipo de voz que poderia pertencer a uma professora escolada, um treinador de hóquei ou, talvez, a um policial efetuando uma prisão. Ficou agradavelmente surpresa quando os meninos obedeceram de forma rápida e respeitosa ao comando que ela rosnara. Pararam de tentar se matar reciprocamente e aguardaram em silêncio pelas próximas instruções. Que legal, pensou Aimee.

— Agora, quem precisa fazer xixi? — Margot perguntou.

Ninguém respondeu.

— Você não tinha que fazer xixi, Eric? — Margot perguntou ao sobrinho do meio.

— Eu sou Eric — disse o mais novo.

— Me desculpe — disse Margot. — Harry, você disse que queria fazer xixi.

— Sim, eu queria, mas agora não preciso mais.

— Você fez na calça? — Margot perguntou, a voz cheia de horror.

— Eu NÃO sou um bebê — Harry disse, ofendido até a raiz dos cabelos.

— Então você ainda precisa fazer xixi — Margot o informou. — O xixi simplesmente não desaparece.

— Não, não estou mais com vontade.

— Sim, está sim — Margot explicou. — A urina ainda está na sua bexiga. Você tem que deixá-la sair.

— Talvez mais tarde — ele disse.

— Mais tarde você estará em pânico e não vai haver nenhum banheiro por perto. Depois de todo o trabalho que tivemos para atravessar a loja e chegar ao banheiro, acho que você vai fazer xixi agora sim — Margot o informou, mas ele teimosamente fincou os calcanhares no chão e se recusou a entrar no banheiro. Margot olhou para as amigas, implorando ajuda.

— Se você não fizer xixi — Aimee disse a Harry —, não vai ganhar brinquedo.

Harry entrou rapidamente no banheiro feminino, seguido por seus dois irmãos.

As outras mulheres que já estavam no banheiro não foram afetadas pela chegada de três menininhos e suas acompanhantes do sexo feminino.

Era uma loja de brinquedos, afinal, cheia de pais de olhos turvos tentando desesperadamente não perder o corpo e a alma de seus filhos saturados pela mídia. Margot foi até a pia. Chegava à altura de seus joelhos. Ela se abaixou e lavou as mãos, surpresa de quão sujas estavam. No entanto, sentia como se uma crise houvesse sido evitada.

— Preciso de ajuda — Eric a informou.

— Para quê, querido? — Margot perguntou ao baixar os olhos até o garoto.

— Para fazer xixi — respondeu Eric, como se a situação fosse óbvia e Margot, uma idiota.

— Ah — respondeu Margot atenciosamente —, e o que exatamente isso envolveria?

— Não consigo começar — Eric disse e Margot sentiu um suor frio e úmido começar a brotar de seu corpo.

— E, e como, como é que eu deveria, hã, facilitar as coisas? — Margot gaguejou.

— Quer dizer que você também não sabe como se faz? — Eric perguntou, a voz entrando em pânico.

— Bem, eu, é, bem, eu geralmente me sento lá e simplesmente acontece — disse Margot preocupada que o menino tivesse alguma espécie de condição rara no trato urinário que ninguém tinha pensado em mencionar.

— Mas e antes disso? Eu não sei fazer a parte antes disso! — ele choramingou.

Margot queimou os neurônios tentando pensar o que é que vinha antes de fazer xixi, no procedimento de se fazer xixi. E então: Aimee ao resgate.

— Ele provavelmente não sabe desabotoar a calça — Aimee interveio, e Eric assentiu com a cabeça. — Venha, eu te ajudo.

— Você tem o dom, Aims — Brooke disse enquanto Aimee ajudava Eric a desabotoar a calça.

Missão cumprida, bexigas esvaziadas, os meninos saíram em fila do banheiro feminino. Margot experimentou uma enorme sensação de triunfo. Todo mundo fez xixi. Todo mundo lavou as mãos. Ela havia administrado, com sucesso, a ida de seus sobrinhos ao banheiro de uma loja de brinquedos; embora o evento todo pudesse ter sido um desastre sem a ajuda das outras duas mulheres.

— Agora, vamos lá — disse Aimee quando retornaram ao cintilante e palpitante andar da loja. —Vocês têm quinze minutos para escolher um brinquedo. Se não tiverem escolhido um brinquedo em quinze minutos, nós escolheremos um para vocês, entendido?

— E há um limite total de cem dólares para o que vocês escolherem — acrescentou Margot.

— Em suas marcas — disse Brooke —, preparar, já!

— Eu fico com o menorzinho — gritou Aimee quando as crianças, de repente, se espalharam em direções diferentes.

— Eu fico com o do meio — disse Margot ao correr atrás de Harry.

Num prazo que pareceu razoavelmente quinze minutos, todas as crianças haviam escolhido seus brinquedos, e Margot estava a caminho do caixa, pronta para deixar ali cerca de 350 dólares. Eric, o mais novo, havia conseguido exceder seu limite de cem dólares, mas os outros dois ainda não tinham percebido. Os cinqüenta paus extras eram compensados pelo fato de que agora estavam saindo da loja.

— Isso vai me impedir de ir fazer compras — Margot declarou para Brooke, ao assinar o recibo do cartão de crédito.

— O que você está planejando fazer com eles à noite? — Aimee perguntou.

— Balé — disse Margot.

— Você está louca? — Brooke quase gritou.

— Não. Por quê? Você não acha que eles vão gostar?

— Bem, talvez a mãe tenha mais controle sobre eles — disse Aimee.

— Bem, na verdade, eu vou mandá-la fazer uma massagem e uma limpeza de pele enquanto levo os meninos ao... ai, Jesus, você tem razão — disse Margot. — Estou perdida!

— Eu vou com vocês — Aimee se ofereceu e, então, olhou para Brooke.

—Ah, tá bom, por que não? Eu vou também.

Adele estava dormindo quando eles chegaram. Com a ajuda de suas amigas, Margot conseguiu que os meninos estivessem de banho tomado, penteados e trocados para o jantar.

— Como ela faz isso tudo sozinha? — Margot sussurrou antes de despertar Adele para informá-la de que um carro viria dentro de uma hora para levá-la, sozinha, até o outro lado da cidade para uma noite de spa e salão de beleza.

— Sério? — Adele perguntou, as lágrimas subindo aos olhos.

— Sério — disse Margot. — E daí, amanhã vamos dar uma olhada no meu guarda-roupa para ver o que serve em você.

— Deus te abençoe, Allie — disse Adele. — Como os meninos se comportaram?

— Perfeitamente bem — disse Margot. — Assim que arrumei mais dois adultos para virem me ajudar, tudo ficou sob controle.

Enquanto Adele partia em busca de redescobrir a si mesma e seu corpo, Margot guiou seu grupo de sobrinhos e amigas pelo elevador. Ela os conduziu a um restaurante italiano que ficava a uma curta caminhada dali. Era um lugar aonde ia com freqüência para fazer uma refeição rápida e simples. Os garçons fizeram festa para os meninos e sugeriram pratos dos quais eles nunca tinham ouvido falar. No final, depois de várias caras feias, preparou-se massa na manteiga especialmente para Harry e Amos. Eric, o mais novo, ficou animado quando Brooke leu "linguini com tinta de lula" no cardápio e insistiu em pedi-lo, mesmo após Brooke tê-lo informado de que era um tipo de espaguete negro e grosso. Quando o prato chegou, Eric comeu tudo e declarou que aquela tinha sido a refeição mais deliciosa que ele já comera. Na apresentação de balé, Harry e Amos rapidamente caíram no sono, mas Eric, encantado com a dança e com a oportunidade de ver garotas de calcinha, permaneceu quieto, de olhos arregalados, sentado na beiradinha da poltrona.

— Foi muito legal. Muito obrigado, tia Margot — ele suspirou, contente, ao lutar contra o sono no táxi de volta para a casa de Margot. — E obrigado a vocês também, amigas da tia Margot.

— O.k. — Aimee sussurrou por cima da cabeça de Eric, adormecida —, estou apaixonada. Eu sou capaz de fazer isso. Foi difícil, mas, sério, eu sou capaz de fazer isso todos os dias. Mal posso esperar para fazer isso todos os dias. E você, Brooke?

— Eu me diverti — disse Brooke, nostálgica. — Se tivesse feito diferente com Bill, teria tido pelo menos dois filhos, eu acho, talvez três. Imagino que seria capaz de fazer isso sozinha, mas é tão difícil, mesmo com muito dinheiro. Bem, não vai acontecer comigo; então, não vou me preocupar com isso.

— Eu tive um dia excelente — Margot sussurrou às amigas. — Fico feliz por termos feito isso, mas estou contente que terminou, e não faria novamente nem por um milhão de dólares. Amanhã vou trabalhar num lugar onde ninguém pede minha ajuda para ir ao banheiro. E no sábado vou fazer limpeza de pele, massagem, as unhas e vou depilar as pernas. Depois vou fazer compras. Para mim, seja lá o que for que perdi, a visita ocasional de um sobrinho é mais do que suficiente para compensar.

Margot, Aimee e Brooke continuaram em silêncio até que Margot disse, bem baixinho:

— Obrigada pela ajuda. — Brooke e Aimee sorriram de volta, contentes pela companhia e pela aventura.

Chegando ao apartamento de Margot, elas perceberam que os meninos, adormecidos, eram grandes demais para serem carregados por mulheres de saltos altos. Resmungando e gemendo, os meninos acordaram e seguiram até o elevador de Margot. Entraram aos trambolhões no apartamento, onde uma princesa de conto de fadas que parecia vagamente familiar os recebeu calorosamente.

Os meninos, sonolentos, mal se incomodaram em notar que sua mãe havia, temporariamente, recuperado o brilho da líder de torcida/rainha do baile de formatura que havia sido um dia. Adele limpou com um pano úmido o rosto dos meninos, deu uma escova de dentes para os mais velhos e, literalmente, esfregou a escova por cima e pelos lados dos dentes do menor. Margot, Aimee e Brooke estavam maravilhadas em ver a pequenina Adele levantar cada um dos garotos adormecidos e carregá-los do banheiro até o sofá, onde despiu suas calças e camisas e os vestiu com pijamas. Então ajeitou-os no sofá para que dormissem.

— Oh, oi, mamãe — um deles murmurou antes de cair novamente no sono.

— Como eles se comportaram? — Adele perguntou.

— Doces como mel — disse Brooke, e Adele resplandeceu.

— Passa tão rápido — Adele disse, e Margot, deduzindo que Adele se referia ao prazer de sua tarde a sós, respondeu:

— Bem, Adele, você pode voltar sempre que quiser.

Adele referia-se a que seus lindos meninos estavam crescendo rápido demais, mas não quis ferir os sentimentos da pobre, solitária e estéril tia Allie, principalmente já que ela havia sido tão gentil com ela e com seus filhos. Então, em vez disso, Adele apenas sorriu para sua cunhada.

— Obrigada, Allie. Pode ser que eu faça isso mesmo — disse Adele.

11. Escarpins

BEM CEDO NAQUELA MANHÃ, Brooke passou pela casa de seus pais para apanhar o vestido que Bill Simpson comprara para ela usar no baile da distrofia muscular. Era uma mistura medonha de renda marfim com gola alta e um decote profundo nas costas. Ultimamente, todos os vestidos haviam sido de tons marfim, champanhe ou branco.

— Acho que ele quer se casar com você — disse a mãe de Brooke ao considerar o feio vestido no cabide.

— Ele quer que alguém seja uma noiva — disse Brooke —, mas não tenho certeza de que seja eu.

— Como sabe que não é você? — a mãe de Brooke perguntou.

— Bem, mãe, eu estava nua na cama com ele ontem à noite e me esfreguei e dancei e chupei, mas nada se levantou. Você não está feliz por ter perguntado? — disse Brooke.

— Vocês, garotas, dão importância demais ao S-E-X-O — a mãe lhe disse. — Ele provavelmente havia bebido demais.

— É possível — admitiu Brooke. Embora sexo com Bill, bêbado ou sóbrio, costumasse ser algo incrível. Ele era grande, grosso, passional e perfeitamente adequado para o corpo dela. Nos últimos anos, entretanto, um problema ocasional de ejaculação precoce havia lentamente se transformado de desinteresse em impotência. A paixão deles havia decaído como a plataforma continental... a Atlântica, não a do Pacífico. Como a praia que existia no quintal da propriedade de seus pais na Flórida, Brooke tinha se deleitado no cálido oceano de sexo com Bill por um bom tempo. Então, de repente, tudo terminou, e ela se viu no mar, à deriva.

E, no entanto, ele ainda a amava. Ligava para ela quase todos os dias. Ainda mandava vestidos feios para que ela usasse nos bailes beneficentes.

— Talvez ele esteja com um bloqueio no encanamento — sua mãe sugeriu. — O papai foi a um urologista formidável e...

— Se eu ouvir um detalhe que seja sobre os problemas urológicos do papai, cairei no chão e sangue começará a jorrar dos meus ouvidos — alertou Brooke.

— Bem, então só vou te dar o nome e o telefone do médico. Vou até escrever com a mão esquerda para que você não reconheça minha letra. Assim você pode fazer de conta que recebeu a informação de outra pessoa, se quiser.

Sua mãe abriu o caderninho de endereços à procura desse último urologista que havia feito maravilhas por eles.

— Então você acha que Viagra é um presente apropriado para um homem que tem tudo? — Brooke perguntou à mãe.

— Melhor que outro suéter de cashmere — sua mãe respondeu casualmente.

Enquanto a mãe anotava o nome do médico, Brooke tirou o vestido da embalagem e o estendeu sobre o sofá.

— Bem, você deveria pelo menos experimentar — disse sua mãe, entregando-lhe o pedacinho de papel. Brooke olhou para o número de telefone do médico, pensando em como abordaria o tema da diminuição de desejo sexual de Bill sem insultá-lo.

Brooke subiu as escadas seguindo a mãe e entrou no quarto privativo dela. Nunca achou estranho que seus pais tivessem quartos separados. Sempre havia considerado o fato como uma questão de decoração. O quarto de sua mãe, com o papel de parede floral em tom de pêssego fazendo jogo com a colcha da cama, certamente faria com que seu pai perdesse a masculinidade logo à porta. O quarto do pai era marrom, com grande quantidade de couro. Nas manhãs de Natal ou quando se sentiam mal no meio da noite, Brooke e sua irmã iam primeiro para lá, sabendo que provavelmente encontrariam a mamãe e o papai dormindo sob o edredom xadrez marrom dele. E, no entanto, sua mãe sentia que precisava desse quarto separado, que fosse só seu, para aqueles dias e noites em que a presença dele em sua casa e em sua vida fosse simplesmente insuportável.

Brooke fechou a porta para o caso de que alguma das empregadas passasse por ali. Então, deslizou o vestido do cabide e o enfiou pela cabeça. Os genes favoráveis de Brooke lhe conferiam um corpo de modelo sem que precisasse fazer nada. Ela era longilínea, magra e o mais reta que uma garota poderia ser, sem ser, de fato, um garoto. A mais recente aquisição de Bill escorregou por seu corpo e se ajustou, fazendo-a parecer ainda mais desprovida de peito, ao passo que mostrava suas costas de músculos bem definidos. Brooke fez uma pirueta de má vontade em volta do quarto florido da mãe e, então, se jogou no banco aos pés da cama.

— Pelo menos ele sempre manda a nota fiscal — disse a mãe de Brooke, arrastando as palavras do seu aconchego nos travesseiros da cama. E então: — Seu querido namorado não tem um pingo de bom gosto.

A risadinha maliciosa de sua mãe foi aumentando até se transformar numa gargalhada forte e pouco feminina. O riso foi ficando mais alto, e Brooke percebeu que a mãe havia começado a chorar.

— Pobre Eleanor — choramingou a mãe de Brooke.

— Pobre Eleanor? Pensei que você não gostasse da mãe de Bill.

— E não gosto. O que eu realmente quis dizer, minha querida, quando disse "pobre Eleanor", é que fico puta da vida de o filhinho perfeito dela ter arruinado a vida da minha filha.

Com isso, a mãe de Brooke entornou seu gim-tônica, deslizou para fora da cama e foi rebolando até a biblioteca, buscar uma segunda dose no bar de seu marido.

— Sinto muito, meu bem — ela começou quando Brooke entrou na sala. — Não é da minha conta se você arruína sua vida.

— Mamãe — começou Brooke, mas a mãe se recusou a virar-se e olhar para ela. Estava repentinamente absorta pela luz que se refletia nos chanfros de seu copo, portanto Brooke cruzou o amplo cômodo até parar em frente a sua mãe, bloqueando a luz do sol que entrava pela janela. Ela tentou continuar evitando o olhar de Brooke tomando um gole profundo e demorado de sua nova bebida.

— Olhe aqui, mãe — Brooke disse com certa dose de força e autoridade —, Bill Simpson não arruinou minha vida. Foram as tatuagens que o fizeram.

Gim e tônica jorraram pelo nariz de sua mãe.

— Eu te amo, Brooke. — Ela riu. — Meu Deus, como eu te amo. E sempre quis tudo, tudo de melhor para você. Sinto muito que sua vida seja uma merda.

Brooke ficou ali parada por um instante, o queixo caído e os olhos piscando. Sua mãe parecia um gato pego em flagrante mijando no tapete caro.

— Minha vida não é uma merda — Brooke disse finalmente.

— Bem, não quis realmente dizer que era uma merda. Você sabe, querida, que eu não deveria chegar perto de gim. Me deixa honesta demais. Quer dizer, não honesta, mas, bem, você sabe o que quero dizer. — A mãe ponderou, recuou um pouco e voltou a atirar a dura crítica: — Acontece que fico tão triste que tantas coisas não tenham dado certo para você. A questão da pintura e a questão do casamento. Você é tão sozinha. É muito triste que não tenha produzido nada em sua vida.

— Eu sou muito feliz, mãe.

— Não tente me enganar, Brooke — disse a mãe, gentilmente. — Por que você não fica com o apartamento da vovó na Quinta Avenida? Você vive naquela coisa horrível de um quarto a que chama de apartamento. Não tem nem sequer TV a cabo!

— TV a cabo — exclamou Brooke. — Mamãe, eu nem mesmo tenho televisão. E quando foi que você ficou tão, tão... americana?

Era uma escolha estranha de palavra. A mãe de Brooke reagiu projetando a cabeça para a frente e levando as mãos para o ar. A mulher podia traçar sua linha de ascendência até o *Mayflower*. Mais americana que aquilo só se fosse índia nativa.

— Talvez "americana" não seja a palavra certa — Brooke admitiu. — Quando foi que se tornou tão consumista?

De novo, as mãos se ergueram no ar, desta vez indicando a mansão de doze mil metros quadrados que continha mais cristal do que a Casa Branca.

— Também não foi exatamente o que eu quis dizer — Brooke concordou. — Não é você a mulher que me disse que "Prozac é para as mulheres que não têm condição de viajar"? Não estou dizendo que tenho tudo que quero. Claro, minha vida teria sido diferente se tivesse me casado com Bill na primeira vez que ele pediu. Teríamos filhos agora e eu precisaria de mais espaço; então, provavelmente, voltaria a morar na Quinta Avenida. Gostaria que meus quadros fossem criticados em jornais e revistas. Gostaria que as pessoas prestassem atenção em mim para que eu pudesse sentir que criava para uma platéia. Sinto muito por não ter filhos. Sinto muito por não ser famosa, mas todo o resto é bastante bom. Minha vida é uma diversão. Me magoa muito, mamãe, que você insista em lamentar a perda de coisas que eu nunca realmente quis ter.

— Eu faço isso?

— Ah, faz. Então eu não me casei com Bill quando tinha vinte e poucos anos. Foi a escolha certa para mim. Eu não estava preparada para a monogamia.

— Querida... Não estou falando de monogamia — disse a mãe de Brooke. — Estou falando de casamento. Um compromisso de amor e de apoio por parte de um homem. Tampouco sou uma garota particularmente monógama, meu bem.

— Mamãe, não preciso deste tipo de apoio. Tenho um fundo fiduciário. Amo pintar.

— Mas você não quer isto? — A mãe de Brooke fez um gesto amplo com seu copo, indicando tudo que havia sob o teto de sua própria casa.

— Você está brincando? Eu quero isto pelo menos uma vez por mês, e é por isso que venho visitá-la com tanta freqüência. E quando você morrer, será muito bom se você e o papai me deixarem uma porcentagem maior de tudo, já que você acha que minha vida é uma merda tão grande sem isso. Até lá, nada disso caberia no meu confortável apartamento de moça solteira. Até lá, viajo e brinco de trepar, comer, pintar, jogar, trabalhar só um pouquinho e me divertir pra caramba. Portanto, pare de chorar por mim.

—Você é feliz?

—Você não seria?

A mãe de Brooke matou outro gim-tônica. A resposta honesta seria não. Ela seria terrivelmente infeliz com a vida de Brooke. Havia passado muito tempo desde que amara seu marido de verdade e, ainda assim, não podia imaginar divorciar-se dele. Ela amava sua casa, suas filhas e sua posição. Vivia com medo de que um dos casos do marido virasse sua cabeça, afastando-o da segurança de sua *détente* e fazendo com que ele quisesse o divórcio. Embora muito do dinheiro de família fosse dela, ela acreditava que tudo iria se desmoronar se ele a deixasse; acreditava que, apesar de seu próprio caderninho de endereços polpudo, sem o marido ela estaria sozinha neste mundo imenso. Não podia imaginar onde sua filha encontrava forças para encarar a vida sem um contrato formal com um homem.

Ficou ali, sobre o tapete caro, e analisou a filha. A ferida provocada por "sua vida é uma merda, querida" estava começando a se dissipar e Brooke parecia tranqüila.

— Está tudo bem comigo, mamãe — disse Brooke.

A mãe de Brooke tinha certeza de que ela estava mentindo numa tentativa de não preocupá-la demais. É provável que Bill esteja tendo um caso, ela pensou. Todos os sinais estavam presentes. Bem, se Brooke ainda não é capaz de falar sobre isso, eu não devo forçá-la. Então, ela encontrou um sorriso razoável que conseguiu fazer surgir em seu rosto. Uma vez no lugar, ela o deu para Brooke.

— Bem, então, pelo amor de Deus, vamos devolver esse vestido horroroso a qualquer que seja a loja de senhoras em que Bill o tenha encontrado e procurar algo decente para você vestir.

— Ele tem o pior gosto do mundo, não?

O mau gosto de Bill levava uma etiqueta de preço de mais de cinco mil dólares. Com o dinheiro na mão, Brooke e sua mãe foram levadas pelo chofer até a cidade. Brooke guiou o chofer para que as deixasse na esquina de um bairro comercial da moda repleto de butiques charmosas. Começaram a subir a rua, acariciando tecidos e sendo bajuladas por homens e mulheres estilosos e desnutridos, trabalhando por pequenas comissões.

Entraram e saíram de lojinhas que expunham camisetas como se fossem peças de museu inestimáveis. Procuravam um vestido que pudesse ser levado do cabide da loja à pista de dança sem qualquer alteração. Seria impossível para a maior parte das mulheres, mas Brooke tinha precisamente o tipo de corpo pouco feminino para o qual criavam os estilistas do sexo masculino.

Ela ficava bem em qualquer coisa, mas um vestido Lanvin rubi *prêt-à-porter* com um decote atrevido a fez parecer, ao mesmo tempo, menina e deusa. A vendedora prometeu mandá-lo passar, embalar e enviar para a casa de Bill. Brooke e sua mãe continuaram descendo a rua pela outra calçada, explorando as lojas em busca do par de sapatos perfeito e uma bolsinha que combinasse.

— Brilhante demais — sua mãe declarou quando Brooke descobriu um maravilhoso par de escarpins rubi. — Além disso, o modelo chanel de cetim combina mais com aquele vestido.

Os sapatos que Brooke realmente queria, mais o vestido Lanvin, a deixaram somente com vinte dólares para a bolsinha que custava US$625.

— Compre o sapato chanel e eu te darei a bolsinha — a mãe ofereceu, fazendo biquinho à idéia de que Brooke pudesse escolher os escarpins cintilantes, a despeito de sua oferta. A cena já havia se repetido centenas de vezes durante a adolescência de Brooke, com a mãe custodiando o poder do cartão de crédito contra o desejo da filha de parecer diferente de todas as demais debutantes de luvas brancas. Brooke perdera a batalha tantas vezes que mais um par de sapatos chanel quando o que realmente queria eram os escarpins não parecia algo terrivelmente importante. Entretanto, uma leve ruga de decepção tremulou nos lábios de Brooke. Antes que ela pudesse aceder ao chanel, sua mãe sentiu uma onda enorme de pena e culpa pela filha.

— O que estou dizendo? — a mãe de Brooke disse, de repente. — Você quer os escarpins. E brilho está tão na moda agora. E eu adorei a bolsinha. E você deve ter tudo aquilo que quer. Venha, vamos fechar logo a conta e ainda teremos tempo para um café. Vou telefonar para o motorista nos apanhar na cafeteria e ele te levará à casa de Bill quando tivermos terminado.

Os perfeitos escarpins rubi e a bolsinha de cristal combinando foram pagos, embrulhados e depositados numa sacola de compras. Brooke e sua mãe fofocaram a respeito dos vizinhos sentadas numa mesinha minúscula onde tomaram diminutas xícaras de café a dez dólares cada e compartilharam um bolinho de *blueberry* de seis dólares.

— Me telefone para contar como todo mundo estava vestido — cantarolou a mãe quando Brooke desceu do banco detrás do carro. Ela gritou "Divirta-se!" quando o carro partiu. Brooke balançou suas sacolas de compra pela calçada e entrou no saguão fresco e escuro do cafofo de Bill na Quinta Avenida.

12. A Distância entre Dois Mundos

AS MENINAS TINHAM IDO EMBORA. O teto estava arrumado. As camisinhas velhas e usadas que antes se espalhavam pelo quintal agora jaziam sob o novo paisagismo. Com sorte, os novos proprietários não teriam cachorro. Lux contratou Carlos para pintar o interior, dizendo-lhe que o amigo de um amigo do trabalho era dono da casa e precisava de um bom pintor que topasse receber por fora. Ela o pagou decentemente e se sentiu bem por isso. Então, vendeu a casa.

O corretor de imóveis havia pedido uma quantia absurda como preço inicial. Lux deu um desconto de vinte mil dólares e a casa foi vendida, sessenta mil acima do valor pedido, depois de apenas dezesseis horas no mercado. Em seguida, Lux comprou um apartamento de dois quartos em Manhattan que precisava de uma boa reforma.

— Olá — Carlos disse ao telefone, com o bebê chorando ao fundo —, sou eu. Viu, se aqueles palhaços do seu trabalho precisarem, tipo assim, de alguém para carregar coisas, fazer consertos para eles de novo, me liga, tá? Pagando por fora, né?

— Claro, são outras pessoas — Lux disse, passando o dedo pela pintura descascada na cozinha de Trevor —, mas têm um apartamento em Manhattan que precisa de umas reforminhas e querem que eu, você sabe, me encarregue de tudo. Que decore e tudo o mais.

— Você vai pintar tudo de roxo?

Seu corretor de imóveis a havia instruído a pintar as paredes de "linho irlandês", que era um nome chique para bege.

— Você quer o trabalho ou não? — Lux disse em tom apressado, preocupada que Trevor saísse do chuveiro enquanto ela estava ao telefone com um ex-namorado, falando sobre imóveis e tintas.

— Claro, claro. Onde e quando?

A cozinha foi destruída. Lux encomendou armários novos, e Carlos os instalou. Ela guardou a pia antiga e planejava esfregá-la e pedir que ele a encaixasse no balcão novo. Carlos tinha habilidade com a massa fina e tapou todos os buracos do teto e das paredes em apenas um dia. Eles removeram o carpete e encontraram bichos e um assoalho de madeira. Carlos tinha um colega que trabalhava para um cara que possuía uma lixadeira, e o colega não se importava em pedir emprestada a lixadeira e o verniz e ir num domingo para refazer o assoalho por um pagamento à vista e em dinheiro. Carlos trabalhou feito cão, com Lux vindo nos fins de semana para labutar junto com ele.

— Não, não, veja só, na semana passada minha mãe ficou doente — ela disse a Trevor. — Esta semana é a minha amiga da escola que adoeceu e vou tomar conta do bebê dela para que ela possa, você sabe, descansar um pouco.

Levou seis semanas para que a gripe contaminasse todos os amigos e parentes de Lux. No último fim de semana, Jonella veio também e ajudou Lux na limpeza.

— Eu teria pintado de roxo — Jonella disse, enquanto elas descansavam.

— É, eu também — Lux concordou enquanto observava os músculos nas costas de Carlos se contraírem sob a camiseta.

— Tire a camisa — Jonella ordenou.

— Não estou tão molhado — ele respondeu.

— É, mas nós estamos. — Jonella riu.

Ele riu como um gorila grunhindo e deixou a camiseta suada cair sobre a cabeça de Lux.

— Agora a calça — disse Jonella.

— Não.

— Ah, vamos lá, coração.

—Tenho que trabalhar.

— E daí?

— Estou sem cueca.

— Oh — disse Jonella.

— Então o show acabou? — perguntou Lux.

— Sim, ele não quer que caia tinta no pau dele.

— Não posso culpá-lo.

—Vão se foder as duas, suas putas malucas; estão querendo me comer, é?

Ele empurrou o rolo de pintura parede acima, cobrindo toda a sujeira e as manchas, deixando uma tela em branco para que algum inquilino fizesse o que bem entendesse.

— Como vai o trabalho? — Jonella perguntou, enquanto esfregava a pia.

— Um saco — disse Lux, limpando a geladeira com um pano. — Como vai a maternidade?

— Um saco — Jonella informou —, mas o bebê está bem. Carlos voltou a morar com a mãe, o que é bom, porque, DEUS DO CÉU, ele é um completo imbecil, não é?

—Ah, é, Carlos é um completo imbecil.

Elas riram, e Jonella socou Lux no ombro de um jeito amistoso, mas que deixaria uma mancha roxa.

— Quando você vai ter um?

— Um bebê?

— É.

— Nada disso, eu não.

— Eu vou ter outro.

—Tá grávida de novo?

— Não, só planejando.

— Com o Carlos.

— Carlos, o imbecil? De jeito nenhum.

— Com quem, então?

— Alguém que ainda não conheci.

— O que será que o Carlos vai achar disso? — Lux perguntou e, como um recordatório, ergueu seu dedinho mutilado, curado há quatro anos, mas ainda parecendo meio torto e quebrado.

— Carlos ama o bebê, mas ele não quer amar a mais nenhum outro por causa, hã, do dinheiro. Então, quando eu engravidar, vou deixá-lo pensar que é dele até ele mijar nas calças de medo e, quando souber que na verdade não é, vai ficar feliz da vida, cair de joelhos e beijar meus pés.

O plano parecia razoável para Lux. No entanto, temia por sua amiga.

— E se acontecer diferente e ele ficar furioso?

— Não vai não.

Carlos não era tão alto, mas forte e resistente. Ele não tinha muito que pudesse ser tirado dele. Ficava tão à vontade na cadeia quanto no Queens. Não havia civilidade ou ordem judicial capaz de detê-lo uma vez que decidisse fazer algo acontecer. No segundo colegial, Lux havia sido sua namorada principal, e Jonella, a segunda opção. Ele mantinha seu harém na linha com socos e tabefes, mas apenas uma vez tinha quebrado um osso: os ossos do dedo mindinho de Lux. Ele o torcera até fraturar.

Logo depois que Lux se formara no ensino médio, Joseph, seu irmão mais velho, também saiu da cadeia. Após inspecionar o dedinho deformado da irmã menor, Joseph convidou Carlos para ir à sua casa e o informou de que agora Lux era livre para fazer o que bem entendesse. Houve uma grande quantidade de gritos, socos e sangue, a maior parte oriunda da cabeça de Carlos. Embora a briga durasse um longo tempo, Carlos e Joseph eram amigos; portanto, tudo terminou de forma razoavelmente amistosa.

— Tá bom, então vai se foder — Carlos havia gritado.

— Tá, vai se foder você também — Joseph gritara em resposta. — E não se esqueça de que preciso de uma carona amanhã.

— Tá, eu passo para te pegar.

— É bom mesmo.

Joseph deixou a porta de tela bater atrás de si ao entrar novamente em casa. Lux estava sentada à mesa da cozinha, as palmas das mãos apertadas de encontro aos ouvidos. Ela havia escutado ruídos oceânicos ecoando em sua cabeça devido à pressão das mãos, abafando os sons que sabia serem de Carlos batendo em seu irmão ou de Joseph batendo em seu amante. Joseph sorriu para ela, ali sentada na mesa da cozinha e parecendo um ratinho assustado. Ele pressionou o dedo na contusão recente no rosto de Lux e disse:

— Ele não vai mais se meter com você. — Então se sentou no sofá para tomar cerveja com a mãe deles. Com Lux fora da jogada, Jonella ficou com Carlos apenas para ela.

— Acho que da próxima vez quero ter uma menina — Jonella refletia com um sorriso divertido no canto dos lábios.

— Você não tem dinheiro — Lux a lembrou.

— E daí?

Lux não disse nada.

— O dinheiro aparece — Jonella continuou sorrindo ao pensar em como a gravidez a fez sentir-se plena e satisfeita e no cheiro doce e úmido da pele de seu bebê. Ela não ia ser burra e ter seis ou oito bebês como algumas das garotas que conhecia. Porém, mais um, ou talvez dois, não faria muita diferença na casa de sua mãe.

— Nós nunca vamos ser ricas, então por que não posso ter o que quero? — Jonella declarou.

Jonella inspecionou a cozinha. As partes em que havia trabalhado estavam impecavelmente limpas; outras partes não pareciam tão bem. Jonella refez o trabalho que Lux tinha tentado fazer.

— Ainda bem que você está transando com aquele cara rico. Seria incapaz de manter um emprego no mundo real.

Lux pediu licença e foi para a sala de estar, onde enrolou o encerado e removeu as fitas adesivas das beiradas. Quando os últimos vestígios da obra haviam sido limpos, o apartamento pareceu, de repente, ter se transformado numa coisa real. No futuro de Lux.

Jonella varreu o chão, enquanto contava a Lux sobre alguma velha amiga ou descrevia alguma coisa que o bebê havia feito, quem tinha engordado, quem tinha se metido em problemas. Quando, por fim, chegaram ao quarto, as amigas de tanto tempo não tinham mais nada sobre que conversar. As duas sentaram sobre o aquecedor, observando o ex-amante espalhar tinta pelas paredes com o rolo.

Carlos era um pintor bom e ordeiro. Ele jamais teria aceitado o trabalho — nem por todo dinheiro do mundo — se soubesse que o apartamento era de Lux. Se ele descobrisse, provavelmente iria atrás dela e quebraria seus outros dedos. Era pouco provável que chegasse a descobrir que Lux era dona daquela propriedade porque o advogado semimorto da tia Pul-ta havia criado um tipo de empresa para evitar ter que pagar imposto de renda. Seu novo apartamento estava no nome de uma companhia que ela havia batizado como "Propriedade Trevor". A única forma de Carlos saber que ela era a verdadeira proprietária era se contasse a ele.

Carlos terminou a última pincelada de tinta bege-claro. Cuidadosamente, colocou o rolo sobre uma folha de jornal e deu um passo atrás para avaliar seu trabalho. Satisfeito, desabotoou a calça, virou-se para as mulheres e a despiu.

— O.k., agora estou pronto — ele disse.

As risadinhas das garotas foram roucas e nem um pouco agudas.

Havia quelóides duros, salientes e vermelhos pelos braços e torso de Carlos, alguns acidentais, outros intencionais. Em seu bíceps havia uma tatuagem bem desenhada e executada com extremo detalhismo, retratando um galo morto pendurado por um laço. Carlos, que não era totalmente desprovido de humor, gostava de passar a mão pela tatuagem e dizer às pessoas que ele tinha um galo enorme dependurado. Seu corpo era duro como pedra e uma vez, num dia quente, Lux o havia beijado enquanto ele comia um pêssego. Aquele era o beijo que havia permanecido em sua memória, o gosto doce da fruta fresca misturado a seus lábios e suor, o beijo que voltou à sua mente quando ele se colocou à frente delas, rindo e desafiando Jonella e Lux a virem pegar o que queriam.

Jonella deu um pulo, e Carlos a agarrou. Eles não tinham nenhuma dúvida de que sexo era bom e que corpos eram coisas divertidas. Lux resistiu.

— Qual é o problema, meu bem?

— É você, Carlos, ela não gosta mais de você.

— Nada, acho que a culpa é sua, porque você engordou, ou vai ver ela desistiu de vez de ser sapata.

O ritmo começava a brotar dentro dela, e Lux observava Jonella e Carlos dançando de encontro um ao outro.

— Não dê ouvidos a ele, garota, você não tá nem um pouco gorda — Lux exclamou para encorajar Jonella quando esta deixou cair o macacão que estava usando. Jonella, os lábios demorando-se sobre o mamilo de Carlos, a caminho de sua virilha, acenou para Lux, chamando-a com os dedos, os braços ondulando como uma serpente em transe num ritmo suave.

Vou chegar por trás dela e esfregar meus seios em suas costas até ela se abaixar para chupá-lo, e daí terei as mãos e os braços de Carlos só para mim, até o momento em que ela monte nele. Lux estava coreografando em sua mente. Na frente dela, Jonella já havia deitado Carlos no chão e pressionava seu corpo sobre o dele. A deixa para a entrada de Lux viria logo. Ela tinha que saltar do aquecedor rapidamente ou perderia o momento. Quando Carlos a girar e vir por trás dela, Lux planejou, então eu me aproximarei e simplesmente apertarei meus peitos no rosto dele. Lux se levantou e os gemidos começaram.

— Amor, amor, amor. Oh, meu amor. Isso, amor.

— Oh, meu amoooor.

— Hummm.

O navio estava partindo sem ela, mas Lux ainda não era capaz de se mexer. Lux, suspensa entre dois mundos, observou as costas douradas de Carlos ficarem brilhantes de suor e o prazer embelezar o rosto de Jonella. Sua cabeça se inclinou para trás e se virou quando Jonella começou a lamber o ar como se procurasse algo para rolar dentro da boca. Lux pensou naquele beijo adocicado de pêssego.

Lux viu o rosto de sua amiga mudar de concentrado a extasiado e, novamente, ficar concentrado. Era como se ela estivesse, num instante, surpresa por um pensamento terrivelmente profundo e, no instante seguinte, conversando com Deus; então, de volta ao problema matemático, depois, pura religião; geometria complexa quando sua fronte se franzia e se relaxava em ciclos cada vez mais curtos, aumentando em intensidade. Matemática/Deus; matemática/Deus; matemática/Deus. E, conforme Carlos arremetia mais e mais forte: Deus, Deus, Deus, Deus.

Lux sabia que Carlos, devido ao desejo de controlar e não por generosidade, se asseguraria de que Jonella gozasse primeiro. As coisas que faziam dele um amante incrível eram as mesmas que o tornavam um namorado assustador. Carlos sentia profundo prazer em controlar as mulheres.

— Não, não, não, nããããããão.

Jonella sempre negava o prazer, a princípio. Carlos adorava aquilo nela. Ela tentava escapar da onda. Era grande demais, era intensa demais, mas Carlos a perseguiu, passando os polegares sobre seus seios, sugando os mamilos. Entre a negação e a aceitação, vinha a confusão:

— Não, amor, sim, sim, amoooor, não! Oh, não!

Carlos ergueu os olhos por um momento e viu Lux, segurando-se ao aquecedor, a boca ligeiramente aberta e a mão ao redor do próprio seio. Ele lhe deu uma piscadela.

Quando eles terminassem, Lux sabia, quando a sala voltasse a entrar em foco e os botões que os conectavam se desabotoassem, eles iriam perguntar a ela por quê, e tirariam sarro dela por tê-los observado. Carlos deduziria que ela esperava por ele, que esperava para tê-lo somente para si, como nos velhos tempos. Ela vira aquilo em sua piscadela. Ele dizia que estava guardando algo somente para ela.

Lux deslizou de cima do aquecedor. Fechou as portas e correu todo o percurso até o metrô. Chegou ao apartamento de Trevor ofegante. Encontrou-o sentado no sofá, de roupão, falando ao telefone. E, imediatamente, arruinou os planos dele de ir ao cinema com um velho amigo.

13. Pelada em Cima da Privada do Rabino

MARGOT SABIA QUE O VESTIDO para o casamento tinha que ser perfeito. E azul-turquesa. Margot ficava maravilhosa de azul-turquesa. No fim, encontrou um tubinho provocante, cortado em viés para ter aquele caimento incrível que só os vestidos cortados em viés podem ter. Alças fininhas tipo espaguete e tecido colante exigiam roupa de baixo perfeita, a qual, na verdade, era uma cinta modeladora, embora a vendedora a chamasse de Calcinha com Suporte.

— Segura tudo no lugar — a vendedora da Macy's disse a ela. Margot calculou que a garota deveria ter uns 23 anos e mais de cem quilos.

— Estou usando uma agora — a garota anunciou orgulhosamente. — Tira bem uns cinco quilos das minhas cadeiras.

— Ah — disse Margot, finalmente preenchendo o silêncio depois de um comentário daqueles —, que bom para você.

Margot comprou a cinta, apesar do chocante argumento usado pela vendedora. Na noite do casamento, tentou vestir a cinta depois do banho, mas descobriu que o tecido de látex não deslizaria por seu corpo se a pele estivesse ainda que minimamente úmida. Tudo bem. Havia outras coisas a fazer.

Margot fez a maquiagem, calçou os sapatos e estava arrumando o cabelo quando o telefone tocou.

O *Clube do Conto Erótico* **127**

— O que você está usando? — Brooke perguntou.

— No momento, só os sapatos — Margot disse a ela.

— Hum, vai ficar com frio à noite, no ar-condicionado.

Elas riram.

—Você sabe que roupa Lux vai usar? — Margot perguntou.

— Não falei mais com ela desde o episódio fatal de estiramento capilar no grupo de escritoras — disse Brooke. — Mas, seja lá o que for, tenho certeza de que será chocante.

Mais risos conforme elas idealizaram possíveis combinações de Lux em fúcsia e roxo, com uma variedade de jóias falsas e baratas. Margot, sentada nua no sofá da sala e esperando suas unhas secarem, descreveu uma cena para a diversão de Brooke em que Lux, naquele exato momento, também estava se arrumando para o casamento do filho de Trevor, o secador de cabelo numa das mãos e uma lata de laquê extraforte em spray na outra.

Margot planejava ficar ao lado de Lux sempre que possível. Planejava falar de forma espirituosa e clara e jogar os quadris em ângulos sedutores, enquanto seu atrevido, porém elegante, vestido turquesa prometia esconder um corpo sensual. Trevor não precisava saber a respeito da cinta.

Maquiagem feita, cabelo arrumado, unhas pintadas, sapatos calçados... não havia nada mais a fazer, exceto vestir a cinta.

— Tenho que ir, Brooke — ela disse. — Te vejo no casamento.

Era hora da Calcinha com Suporte. Em sua mão, parecia minúscula. Como se fosse um conjunto de verão de uma garotinha, exceto que a camiseta vinha grudada ao short. Margot tirou os sapatos e deslizou os pés pelas pernas da cinta. O tecido se esticou sobre seus quadris e, então, parou. Enquanto Margot pulava pelo quarto, puxando e rezando, seu vestido turquesa, que ela havia estendido sobre a cama, escorregou para o chão. Margot puxou, Margot xingou. No entanto, a cinta emborrachada, que podia ser útil no próximo Dia das Bruxas como fantasia de dominatrix, ou no verão, caso Margot fosse mergulhar, não subiu por sua pele.

Margot foi pulando até o banheiro e procurou algo que a fizesse deslizar. Óleo hidratante deixaria um cheiro gostoso, mas poderia manchar a seda de seu vestido. Creme para as mãos? Margot analisou sua magnífica coleção de produtos. Cremes, géis, fragrâncias, sabonetes, nada iria adiantar. Então, ela o viu. Um frasco barato da solução perfeita! Uma polvilhada de talco de bebê pelo corpo inteiro finalmente fez com que o látex subisse por seus quadris até cobrir os seios.

— Graças à deusa! — Margot ofegou.

Ela inspirou, soltou o ar e, então, não pôde inspirar novamente.

— Ai, meu Deus — disse Margot, começando a ter dúvidas quanto à sua roupa de baixo. Era emagrecedor, mas terrivelmente desconfortável. Porém, deixando a respiração de lado, Margot sentia-se maravilhosa e com tudo em cima. Ao inclinar-se para apanhar o vestido onde havia caído no chão, percebeu que não poderia se sentar naquela noite. O tecido se dobrava e flexionava facilmente, mas tudo aquilo que fosse extra no corpo de Margot (como os órgãos internos e coisas assim) não tinha espaço para se mover quando ela se dobrava. Sua postura seria perfeita a noite inteira, a coluna reta como um pau, o estômago contraído e os peitos em estado de alerta, já que Margot se arriscava a desmaiar ou a sofrer danos renais, caso tentasse a manobra absurdamente complicada de se sentar.

Quem precisa se sentar numa festa? Vou apenas dançar a noite inteira, ela disse a si mesma. Ia ficar fabulosa, se conseguisse pensar numa forma de se inclinar o suficiente para apanhar o vestido turquesa no chão. Por fim, numa manobra de dança moderna que poderia ser descrita como "Minhoca Cavando Embaixo do Tapete", Margot deslizou para dentro do vestido turquesa. Com muita luta, ficou novamente em pé e, então, saiu para conquistar o mundo.

— Vou para Long Island. Prefiro tomar a FDR até Triborough — Margot disse ao taxista e ficou contente com o grunhido de desgosto de macho terceiro-mundista com que ele respondeu ao tom mandão e à aparência frívola dela. Ele fez conforme ela havia instruído e virou o táxi em direção à FDR.

— O que a senhora está fazendo? — o taxista perguntou ao não conseguir ver a cabeça dela pelo retrovisor.

O *Clube do Conto Erótico* **129**

— Nada — disse Margot, esticada no banco de trás do táxi para poder continuar respirando.

A noite estava quente, e ela levava somente um xale finíssimo e uma carteira de mão decorada com turquesas de verdade. Se esfriasse, ela pegaria emprestado o paletó de Trevor. O táxi chegou ao endereço do convite.

— A senhora não vai descer? — o taxista perguntou.

— Claro que vou. Me dê um minuto.

Margot esperou até que o carro em frente ao dela se esvaziasse e partisse.

— Preciso que você abra a porta para mim, por favor.

O motorista olhou pelo espelho retrovisor e não viu ninguém. Seminua e maluca, ele pensou, mas saiu do carro e abriu a porta para ela. Margot desceu do táxi feito um corpo escorregando numa tábua, com os pés saindo primeiro. Deu uma gorjeta para o taxista porque, apesar de ter arregalado os olhos, ele não riu.

Serviam-se drinques e canapés antes da cerimônia. Margot, olhando ao redor à procura de Lux, trombou com Brooke e Aimee no instante em que a primeira entornava uma garrafa de vodca em seu copo.

— Isto é o máximo! — Brooke anunciou, falando alto. Claramente não era sua primeira dose. A vodca estava congelada em um bloco de gelo que havia sido esculpido em forma de baldinho. O balde tinha pinos de metal de cada lado, presos a um apoio, o que permitia que mesmo o convidado mais ébrio continuasse despejando vodca congelada em seu copo com um simples toque no gargalo da garrafa. Em volta do gelo, pingüins feitos de ovos cozidos e azeitonas davam cambalhotas numa montanha de margarina e mergulhavam num oceano de caviar.

— Que roupa Lux está usando? — Margot quis saber.

— Ainda não a vi — disse Aimee.

A ex-esposa de Trevor passou por elas, numa valsa.

— Ei, Candice! — Margot acenou e recebeu um olhar furioso em resposta.

— O que *foi* isso?

— Foi energia negativa suficiente para fritar os olhos dela. — Brooke riu.

— Margot, acho que aquela mulher te odeia.

Ótimo, pensou Margot, deixe que odeie. Espero que ela tenha motivos.

— Muita gente do trabalho — Brooke comentou quando se dirigiram ao salão para a cerimônia.

— Ai, meu Deus, aquela é a Lux? — Margot perguntou de repente.

— É a secretária do rabino — disse Brooke.

— Eu não sabia que Trevor era judeu — disse Aimee.

— Ele não é — Margot as informou. — A noiva que é.

— A cerimônia vai começar — Brooke disse, ao servir-se de mais uma dose do estoque de vodca congelada dos pingüins.

— Bem, vamos entrar — Aimee disse.

— Espere aí, só mais uma mergulhada no caviar — Brooke implorou.

— Você está com uma mancha preta de caviar na boca e, ai, meu Deus, dê uma olhada nos seus dentes — Aimee disse, vasculhando sua bolsa à procura de um espelhinho.

Brooke limpou o rosto e fez um bochecho rápido com o último gole de sua vodca congelada.

— Onde vai ser a cerimônia? — Brooke perguntou.

— Ali dentro — disse Margot.

Elas falavam baixinho ao entrar no templo engrinaldado.

— Então, onde será a festa? — Aimee sussurrou.

— Aqui mesmo — disse Margot. — Há outra sala logo ali.

Margot apontou para a parte de trás da sinagoga, onde havia uma parede com portas sanfonadas.

— Salão para bar mitzvah. A parede retrocede. Há um palco para a banda. Lustre de bola espelhada e tudo o mais — disse Margot.

— Religião legal essa que tem uma bola espelhada à mão para eventos especiais — disse Brooke.

Tomaram assento em silêncio no lado do noivo. A sinagoga havia sido decorada com longos festões com flores exageradamente tingidas em rosa Pepto-Bismol e laços que tornavam impossível entrar para sentar-se nos bancos pelo corredor central. Era necessário dar toda a volta por fora ou ser estrangulado pelas flores.

— É bem Princesa Judia de Long Island, não? — Aimee sussurrou para Brooke, que sibilou "pssssiu", com uma risadinha baixa.

Brooke, Aimee e Margot rebolaram até o meio do banco e encontraram lugar perto dos arranjos florais. A música começou e o salão ficou em silêncio. A menina das flores entrou, olhando desconfiada para os convidados e deixando cair uma única pétala de cada vez, que tirava de sua enorme cesta de flores a cada três metros. Uma tia e um tio passaram e, então, uma senhora de idade, ligeiramente desnorteada, encantadora em seu vestido lilás, parou no meio da caminhada até o altar como se tivesse, de repente, se esquecido de onde estava indo. As faixas de flores interligadas a cada lado do corredor só lhe deixavam uma opção a seguir, o rabino sorrindo para ela, esperando para casar alguém.

— Mas eu não sou judia — a velhinha disse para Margot, que estava na ponta do banco.

— Não, querida, Teddy está se casando com uma garota judia. Este é o casamento de Teddy — Margot respondeu.

— Teddy?

— O filho de Trevor.

Ela olhou para Margot sem expressão e estendeu o braço para tomar-lhe a mão. Enquanto Margot lutava para passar para o outro lado das flores, Trevor subitamente apareceu e conduziu sua mãe pelo corredor. Obrigado, ele acenou para Margot por cima do ombro, e os olhos dela se encheram de lágrimas.

— Credo! Mandem me sacrificar antes que eu chegue a este ponto — Brooke sussurrou.

— Psssiu! — Aimee e Margot ordenaram ao mesmo tempo.

Trevor conseguiu ancorar a mãe em algum lugar e voltou a tempo de conduzir o filho até o altar. A aparência de excitação e nervosismo no rosto de Teddy não era nada comparado ao olhar angustiado de seus pais. Família demais num lugar só sobrecarregava o alegre evento.

Teddy, segundo Trevor havia confidenciado a Margot, nunca sossegaria. Nunca se casaria, com certeza. Ele morava com uma pichadora profissional quando o casamento de seus pais desmoronou. No instante seguinte, estava fazendo um MBA e ficara noivo dessa garota extremamente tradicional de Long Island.

— Não gosto nem um pouco — Trevor disse a Margot quando ela lhe perguntou sobre o casamento. — Ela é comum demais para ele.

Trevor parecia corajoso, e Margot quis estender a mão e tocar a manga de seu smoking quando ele passou por ela, mas aquelas rosas imensas impediam qualquer contato. Quando todos estavam assentados, as luzes diminuíram um pouco e a marcha nupcial começou. Então, de repente, as luzes se apagaram por completo. Um instante depois, um projetor de luz iluminou o fundo da sinagoga, revelando a noiva parada ali, sozinha, vestida de um branco ofuscante. A mãe de Trevor ofegou.

— Meu Jesus Cristinho! — sussurrou Brooke. — É a Barbie Noiva!

Ainda embasbacadas pelo efeito do refletor e da aparição como-num-passe-de-mágica da noiva, nem Margot nem Aimee criticaram a explosão de Brooke. Se a noiva havia escutado, não o demonstrava em seu deslumbrante sorriso, recém-branqueado para a ocasião.

O vestido da noiva, um tubo branco cortado em viés com alças espaguete, caía até o chão. Não obstante, a noiva tinha insistido em fazer uma depilação de perna inteira e virilha que a havia pelado desde os fiozinhos do dedão do pé até os pêlos grossos e crespos que cresciam entre a vagina e a coxa. Ela deveria ter ido ao salão de beleza no dia anterior, mas Teddy a havia arrastado a uma exposição de arte qualquer na cidade. Ela tinha remarcado a depilação para as oito da manhã, mas acordou tarde e perdeu a hora. Depois de cancelar a reunião com o rabino, a noiva correu, no último minuto, para o salão de beleza para sua depilação completa.

Foi um erro. Ela ficou horrorizada com as bolinhas vermelhas eriçadas que cobriam suas pernas, do dedão à vagina, em qualquer lugar onde um pêlo houvesse sido arrancado. Tinha planejado estar incrivelmente sexy naquele dia, mas terminara parecendo uma galinha depenada. Conforme a hora do casamento ia se aproximando, as marcas vermelhas foram se atenuando, mas um leve ardor a impediu de vestir a meia-calça. Portanto, sob seu deslumbrante tubinho branco cortado em viés com alças espaguete, a noiva mal usava um fio-dental branco.

Margot percebeu primeiro, mas foi Aimee quem disse:

— Meu Deus, Margot, ela está usando o mesmo vestido que você — Aimee observou após a cerimônia, quando se encaminhavam ao salão de barmitzvah para jantar e dançar.

— Quem? — perguntou Margot como se não soubesse.

— A noiva.

— Imagina! O dela é...

— Branco — Brooke a informou.

— O que eu posso dizer? Ela tem excelente gosto.

Brooke, Margot e Aimee estavam sentadas na mesa onze, com outros colegas do trabalho. Não havia nenhum cartãozinho marfim com o nome de Lux escrito à mão sobre a mesa.

— Acho que vou dar uma rodada pela festa antes de sentar — Margot disse às amigas quando elas se acomodaram à mesa.

O salão, que poderia não ser tão bonito à luz do dia, parecia elegante na penumbra. Havia, como Margot previra, uma pequena bola espelhada giratória no centro do salão que espalhava luzes coloridas pelo rosto sorridente dos convidados. Margot permaneceu em pé. Ela ficaria em pé a noite toda. Estava fingindo ouvir a banda quando Trevor veio por trás dela e a abraçou.

— Obrigado.

— Oh! — ela exclamou à sua demonstração de afeto. — Obrigado pelo quê?

— Minha mãe.

— Ah, sim. Claro. Eu teria feito mais, mas...

— ... As flores.

— Sim — ela disse.

— Rosas bastante robustas.

— Ridiculamente robustas. Você está bem?

— Ah. Claro. Minha ex-mulher está tão brava comigo agora quanto na época em que estávamos casados. Nem sei por que nos incomodamos em nos divorciar.

— Dance comigo — disse Margot, não se importando que aquilo não tivesse nada a ver com a conversa.

— Oh, sim, por favor — Trevor respondeu e a tomou em seus braços.

Ele colocou o braço ao redor de sua cintura. Ela aconchegou a mão na gola do smoking dele ao deslizarem pelo salão. Margot usava saltos altos quase todos os dias de sua vida, então podia mover-se com graça nos saltos agulha que a faziam ficar quase da altura dele. Ele pôde sentir um corpo quente e forte sob suas mãos e não sabia que parte do efeito fora criado com spandex e borracha. Por um momento, eles percorreram a pista de dança como um só tigre movendo-se silenciosamente pela selva. O pai do noivo tem responsabilidades limitadas na noite do casamento, mas Trevor e Margot dançaram precisamente de encontro a uma delas.

— Posso interromper? — perguntou a noiva. Por um momento, Margot olhou para ela sem expressão, ocultando seu ultraje por ser expulsa do paraíso por uma perua de 23 anos num tubo cortado em viés. Então, Margot cortesmente se afastou e observou Trevor conduzir a jovem e seu quase idêntico vestido. Margot sorriu e pareceu relaxada enquanto planejava sua fuga.

Brooke e Aimee acenaram para que ela voltasse à mesa, mas ela não podia ir se sentar com as meninas e começar a beber porque, simplesmente, não podia se sentar. Vendo Trevor se afastar dançando, o sorriso de Margot se enrijeceu um pouco, e ela saiu do salão. Olhou pela sinagoga, procurando um banheiro.

O banheiro feminino estava cheio de primas, meninas das flores e damas de honra. Ninguém estava mijando, elas estavam apenas passando o tempo perto dos espelhos, fofocando sobre garotos e enrolando o cabelo no dedo. Uma garota estava fumando e exibindo um piercing novo que atravessava sua sobrancelha. Margot pensou em abrir caminho entre a multidão no saguão do banheiro e esconder-se em um reservado, mas ali também ela iria ter que se sentar. Nada de conforto no banheiro esta noite.

Margot andou pela sinagoga, concedendo tanto a amigos quanto a desconhecidos o mesmo sorriso congelado. Olhou pela vitrine da Loja de Presentes da Hadassah,* que estava trancada, fingindo estar interessada em xícaras, candelabros e livros sobre o Hanukkah. Eu compraria os candelabros porque são bonitos, pensou Margot, fazendo compras em sua cabeça. E gostei dessas velas trançadas. Todo o resto era um pouco retrô do século XV demais para realmente interessá-la. Então, seu olhar recaiu sobre uma porta atrás da loja de presentes que parecia levar a um banheiro diferente. Margot tentou abrir a porta e a encontrou destrancada.

O ponto focal da sala era uma penteadeira com espelho. O espelho era rodeado por uma faixa de lâmpadas como aquelas dos camarins de teatro. As roupas comuns da noiva estavam espalhadas pela sala, e Margot notou que a noiva, assim como ela, usava jeans tipo slim tamanho 34 da Gap. Margot se olhou no espelho e se perguntou qual seria a diferença entre 23 anos e cinqüenta.

Nenhuma. Mais dinheiro, mais poder, mais paz. O que eu perdi? Margot fez uma lista em sua cabeça:

1) Leviandade.

2) Pobreza.

3) Inexperiência.

4) A habilidade de tomar decisões erradas de forma rápida.

5) Um campo de jogo extenso, repleto de más escolhas, ruas sem saída e sofrimentos que obscurecem os caminhos certos.

6) A incapacidade de se concentrar.

7) A possibilidade de desperdiçar quinze anos descobrindo que se casou com o homem errado.

---

* Hadassah — Organização de Mulheres Sionistas da América; no Brasil e em outros países, usa o nome Wizo (Women's International Zionist Organization). (N.T.)

Não há nada que valha a pena se ter nesta lista, pensou Margot. Sou pelo menos 25 anos mais velha que essa mulher com quem Teddy está se casando. Nesses anos, ganhei muitas coisas; claro que também perdi algumas. Margot olhou para si mesma no espelho iluminado. Tinha que se contorcer e inclinar para ver seu rosto, mas declarou para si mesma que havia muito pouca diferença entre o branco reluzente da noiva e o profundo turquesa maduro de sua convidada. Ela puxou a cadeira e tentou se sentar, mas as amarras de spandex eram mais fortes do que a vontade de Margot. Ela simplesmente não conseguia dobrá-lo.

Havia uma porta na outra extremidade da sala, apenas encostada, com alguma coisa brilhante do outro lado. Um espelho maior, foi a esperança de Margot, de corpo inteiro e bem iluminado. Abrindo a porta, ela acendeu as luzes e encontrou um pequeno banheiro particular, com uma porta que conduzia a outra sala. Margot atravessou o banheiro e enfiou a cabeça na sala que havia além. O escritório particular do rabino. E este deve ser o banheiro particular do rabino, pensou Margot. Bem, banheiro semiparticular, já que ele obviamente o compartilha com a noiva durante as cerimônias de casamento.

As noivas, claramente, dominavam a decoração, visto que a minúscula sala tinha papel de parede cor-de-rosa e uma parede inteira estava coberta do chão ao teto pelo espelho. Margot se deteve ali e olhou seu corpo inteiro. Achou que parecia fabulosa e jovem. Ainda assim, não tinha certeza. Ultimamente, Margot estava ficando cada vez mais hipermétrope e não tinha trazido seus óculos. Deu um passo atrás para conseguir uma imagem mais focada. E, então, mais um passo que fez com que a privada ficasse sob seus joelhos. Ela subiu no vaso sanitário para obter o efeito total e examinou sua beleza à procura de sinais de decadência.

O corpo está perfeito, Margot declarou. O rosto, sem rugas depois de um excelente lifting. Seu cirurgião plástico havia recomendado que ganhasse um pouco de peso, que aos cinqüenta anos tinha que optar entre uma bunda minúscula ou um rosto mais cheio e de aparência mais jovem. Seu dermatologista sugeriu a mesma coisa, dizendo-lhe que os cremes que ele podia recomendar ou prescrever precisavam ser intensificados por uma nutrição melhor ou, simplesmente, *maior*. Mas, após tantos anos de dieta, Margot achava a comida difícil de engolir. Quando seu médico lhe dera um sermão a respeito de ossos quebradiços e de uma corcova de viúva em potencial, Margot deu um jeito de acrescentar um quilinho a mais à sua estrutura. O efeito em seu rosto havia sido adorável.

Então, por que tanto auê com relação à carne jovem?, Margot perguntou ao espelho. Por que Trevor iria querer Lux quando poderia ter a mim? A diferença física é milimétrica, disse Margot a si mesma ao visualizar os braços delgados da noiva estendendo-se a partir das alças-espaguete. Aqueles braços têm uma fração de centímetro de gordura a mais na pele e a menos nos músculos. As sardas da noiva são alguns milímetros menores que as minhas e em um tom mais amarronzado. Tá bom, as dela são sardas de menina, e eu estou começando a ter manchas senis. O cabelo dela é mais comprido (grande coisa) e mais brilhante. Margot cobria bem seus cabelos brancos, mas não havia nada que pudesse fazer com relação à textura grossa e áspera que substituíra sua cabeleira anteriormente sedosa. Mas era só cabelo. Todo o resto estava totalmente camuflado. E a noiva de 23 anos de idade tinha uma pochetezinha sobressaindo na barriga, ao passo que a barriga de Margot era plana como spandex.

De repente, Margot removeu o vestido tubo turquesa cortado em viés de seu corpo e o deixou cair sobre a porta do banheiro. Estava em pé sobre a privada do rabino em sua cinta modificada de dominatrix e começou a tremer um pouco. Sentiu-se subitamente cheia e falsa. Se levasse um amante para casa naquela noite, teriam que ir em táxis separados para que ele não a visse deitada no banco de trás como um peixe morto porque não podia se dobrar o suficiente para sentar. E ele teria que lhe dar pelo menos meia hora de vantagem para que ela conseguisse despir a cinta antes de ele chegar. Ou isso ou brincar de cabo-de-guerra de spandex como preliminar.

Margot começou a se contorcer e sacudir e puxar a cinta para soltar seus peitos. O seio direito saltou como uma bola de isopor vindo à tona em um lago. Lutando para libertar a mama esquerda, ela começou a escorregar pela privada, os saltos agulha dos sapatos incapazes de se equilibrarem na tampa curva do vaso. Conforme suas pernas escorregaram, o seio esquerdo pulou para fora, deixando ver costelas vermelhas onde o spandex havia apertado. Margot gritou quando seu cóccix, desprovido de gordura que o protegesse, bateu com força contra o assento.

—Tudo bem aí dentro? — a voz animada de uma garota gritou da sala da noiva.

—Tudo bem! — Margot respondeu ao trancar as duas portas que davam para o banheiro. Sentada era mais fácil, de qualquer modo. Ela poderia deslizar o resto de suas amarras corpo abaixo. A cintura se enrolou facilmente e, embora a bunda necessitasse um pouco de mexe e remexe, foram os pés de Margot que se prenderam com mais força à cinta. Por fim, a cinta saiu, totalmente virada do avesso e com os dois pés de sapato presos dentro dela.

Respirando e sentada confortavelmente pela primeira vez em toda a noite, Margot sorriu. Apanhou o vestido do chão e o enfiou pela cabeça, contente com a desarrumação que havia deixado em seu cabelo. Chega de laquê, Margot disse a si mesma. Deixe-o voar e ficar livre. Margot reaplicou seu batom e calçou os sapatos. Estava pronta para sair dali, sentar-se e se divertir. Subiu novamente na privada para uma olhada no efeito geral de sua transformação e começou a chorar.

14. Sexo por Telefone

— *E*NTÃO, O QUE VOCÊ ESTÁ *vestindo? — David pergunta.*

— Nada — responde Grace, embora esteja de jeans e camiseta. No sofá, Grace enfia a mão por dentro de sua calça jeans.

— E então? Que você está fazendo comigo agora? — ela quer saber.

— Estou puxando seu corpo para o meu e passando a mão por dentro da sua coxa. Você gosta? — ele pergunta.

— Adoro. Fale sobre meus seios — diz Grace.

— Pensei que o grupo tinha decidido parar com o erótico e fosse escrever sobre tecnologia — Aimee interrompeu.

— Mas é sobre tecnologia — Brooke respondeu, erguendo os olhos de seu texto.

— Como é que isso é sobre tecnologia?

— Eles estão fazendo sexo por telefone.

— Ah, entendi. Não tinha percebido isso, Brooke. Você tem que deixar mais claro no primeiro parágrafo ou ficarei confusa — disse Margot.

— Confusa? Verdade? Sobre o quê?

— Bem, ficarei me perguntando por que ele não a está tocando — disse Margot.

— Não deixei isso claro? — Brooke perguntou.

— Não para mim. Aimee, você percebeu que era sexo por telefone?

— Não. No começo, não — Aimee concordou, embora não fosse esse o ponto que estava tentando discutir.

— Quer dizer — Margot continuou —, achei que pudesse ser alguma coisa, algum tipo de barreira entre eles, porque ele estava tocando o próprio pênis e ela estava olhando pela janela.

— Na verdade — Aimee disse —, eu gostei dessa parte.

— Ele está segurando o pênis, e ela, olhando pela janela. Isso não deixa óbvio que é sexo por telefone? — Brooke perguntou.

— Não. Não para mim — disse Margot.

— Pensei que quando ele disse *"o que você está vestindo?"* fosse uma frase tão clássica de sexo por telefone que a situação ficasse clara — disse Brooke.

— Ah, é, essa frase é típica de sexo por telefone — disse Margot, pensando um pouco a respeito. — Mas, você sabe, nem Aimee nem eu percebemos, então, talvez, não seja uma pista suficiente. Acho que curtiríamos mais a história se o lance do sexo por telefone ficasse claro desde o início. Embora eu goste da idéia do desejo tórrido em conflito com as limitações físicas e, apesar disso, eles dão um jeito de se satisfazerem com o que têm em mãos, sem trocadilho.

— Acho que poderia explicitar mais.

— Eu acho que você deveria.

— É mesmo possível se satisfazer com sexo por telefone? — Aimee perguntou, pensando se havia alguma possibilidade de alcançar o outro lado de sua barriga e os quilômetros de distância até Tóquio. O sexo os havia unido contra a pobreza; talvez pudesse fazer novamente sua mágica contra essa prosperidade repentina dele.

— Claro. Quer dizer, não é a melhor forma. Eu sugeri sexo por telefone a esse cara com quem saí em Paris, e ele respondeu: *"Ma sex n'est pas si long"* ou, traduzido *grosso modo*, "meu pênis não é tão comprido assim", entendeu, para cruzar o Atlântico. Foi engraçado na hora. Por que todo mundo ficou tão quieto?

Lux não parou à porta com ar de quem pede desculpas nem esperou ser convidada a entrar. Abriu a porta da sala de conferências, entrou e se sentou.

— Desculpem pelo atraso.

Elas não haviam conversado mais com Lux desde o episódio da puxada de cabelo. Ela havia faltado ao trabalho por doença na terça-feira anterior (e estava, na verdade, parecendo bastante fraca e cansada ultimamente). Ela não havia ido mesmo ao casamento, segundo Brooke, que ficara bebendo e dançando enquanto a sinagoga havia permitido. Aimee se cansara e tinha ido embora por volta das onze horas. Margot desaparecera antes do jantar.

Lux se sentou à mesa de conferências e sacou seu caderno e um lápis.

— Bom te ver — disse Brooke.

Aimee olhou feio para Brooke. Aimee tinha dito que não queria mais que Lux participasse do grupo de escritoras. Achava que era perigoso demais. Lux era perigosa demais. Não sabia como se comportar. E, portanto, elas haviam decidido parar de convidá-la. Continuariam a se encontrar, mas não lhe diriam quando ou onde. E, ainda assim, ali estava ela, tomando seu lugar na cabeceira da mesa. Brooke parecia muito satisfeita.

— Hã — Lux disse —, obrigada. Eu, ah, não tive oportunidade de escrever nada porque ando muito ocupada com uma coisa, e Brooke disse que vocês tinham passado a escrever sobre tecnologia, então vou ter que pensar sobre isso um pouco, mas eu, tipo, eu vou escutar, se estiver tudo bem.

— Por que você não foi ao casamento? — Brooke perguntou a Lux.

— Que casamento? — Lux respondeu, olhando para elas sem qualquer expressão.

— No sábado à noite. O casamento de Teddy — Brooke pressionou.

— Não conheço ninguém chamado Teddy.

— O filho de Trevor, Teddy — Margot disse um pouco alto demais, como se Lux devesse saber. E, um segundo depois, Lux entendeu. Trevor tinha um filho chamado Teddy, Teddy havia se casado no fim de semana e todas naquela sala, à exceção de Lux, tinham sido convidadas.

— Ah, certo, Teddy — Lux disse com uma tranqüilidade incomum.

— Por que eu seria convidada para o casamento de Teddy?

Bem, você está trepando com o pai dele, não está?, foi o pensamento que Margot não compartilhou com o grupo.

— Não se sinta mal — disse Aimee.

— Por que eu deveria me sentir mal?

— Quer dizer, é apenas como as coisas são — Aimee continuou falando, apesar de não ter nada a acrescentar.

— Que coisas?

— Como são os homens — disse Aimee, sem qualquer entonação, embora as palavras estivessem carregadas de significado. Lux se perguntou se Aimee estava usando aquela coisa chamada "ironia" sobre a qual havia lido. Ironia era uma coisa complicada, e Lux estava lutando para entendê-la.

— O.k., então quem está lendo hoje? — disse Lux, também de forma direta, mas sem qualquer ironia. Ela só queria seguir adiante.

— Brooke — Margot a informou. — Alguma coisa sobre Grace e David, e eles estão a ponto de transar.

— Pensei que tínhamos mudado para tecnologia — disse Lux.

— É sexo por telefone — Margot e Brooke disseram ao mesmo tempo.

— Está bem, é que simplesmente não estou pronta para desistir do tópico anterior — Brooke disse de forma defensiva.

— Por mim, tudo bem — disse Lux.

— Você é quase inumana.

Foi Aimee quem disse isso e, embora parecesse às demais mulheres não ter qualquer relação com o assunto, era algo que fluía perfeitamente na linha de pensamento de Aimee, que ia de (a) ela não pertence a este grupo, a (b) sequer uma vez se desculpou pelo que me fez, a (c) Trevor a está comendo, mas não a convidou para o casamento do filho, e ela nem *liga*.

Lux suspirou. Olhou pela janela e se perguntou se aquele grupo de escritoras, que havia sido tão cheio de promessas, iria desmoronar ou se transformar numa estúpida perda de tempo, assim como todo o resto. O comentário furioso de Aimee não atingiu Lux porque ela não tinha dúvidas de que fosse, de fato, um ser humano. Entendera imediatamente que Aimee a odiava (mas e daí?), que queria que ela saísse da sala (coisa que faria quando bem entendesse) e que não havia perigo de violência física. Aquilo significava, para Lux, que ela podia fazer o que quisesse. Portanto, Lux ficou sentada em sua cadeira e olhou inexpressivamente para Aimee, esperando que ela dissesse alguma coisa interessante, alguma coisa com significado real.

— Você é uma idiota! — Aimee começou. — Como pode deixar que ele te use desse jeito? Como pode ter tão pouca consideração consigo mesma, com seu corpo? Ele só está te usando para o sexo.

— Você acha? — Lux disse, rindo. É claro que Trevor a queria para sexo. Todo homem que já havia conhecido a queria para sexo. O que Aimee achava que ela e Trevor faziam juntos? Lavavam as janelas? E, de repente, a ficha caiu, mas sobre um assunto totalmente diferente. Será que era isso que significava ironia?

— Não, eu acho que ele te ama — Aimee respondeu, usando uma ironia sutil demais para que Lux entendesse. — É, acho que ele se sente tão solitário depois do divórcio que tudo o que quer é se casar novamente, e você é a perfeita esposa número dois porque é tão jovem, linda e cheia de vida. Pode dar a Trevor aquela segunda família que ele tanto deseja, agora que os filhos já estão grandes e abandonaram o ninho. Ele te ama porque você é tão especial, Lux, tudo o que ele mais quer é que você seja só dele.

O sangue de Lux gelou um pouco àquela idéia. Pertencer a alguém era escravidão, na opinião de Lux, e ela estava fazendo todo o possível para ser dona de si mesma. Na manhã do dia anterior, Trevor a havia interrogado a respeito de onde ela estivera o fim de semana inteiro, querendo ir ajudá-la a tomar conta de sua amiga fictícia, porém doente. Ele queria saber por que ela estava tão cansada quando voltara para ele no domingo à noite, com quem havia estado, o que havia feito.

— Aimee — disse Brooke, alertando a velha amiga a não pressionar tanto Lux.

— Pois é, já é suficiente. Vamos dar a reunião por encerrada. Talvez nos reunamos novamente na semana que vem — disse Margot.

— Sinto muito — refletiu Aimee. — Só estou sendo sincera. Para que a pobre garota não perca seu tempo.

Margot, planejando uma saída rápida, juntou suas coisas. Não queria olhar para ninguém; então, manteve os olhos grudados na mesa, onde eles relancearam pelo caderno aberto de Lux. Ali, ela viu uma lista de palavras escritas em seus garranchos infantis:

Luís XIV — **um rei francês**
pa-tê — **um tipo de comida? Ou bebida?**
Atirar a cautela aos quatro ventos — **não dar a mínima**
bustiê — **um nome chique para sutiã**
la-ci-va — **(sexy? suja?)**

Ah!, pensou Margot, ela está nos usando para adquirir vocabulário. Nunca vai descobrir o significado dessas palavras até que aprenda a escrevê-las corretamente. Alguém deveria ajudá-la com a ortografia.

Aimee passou por Margot a caminho da porta, deixando Brooke e Lux sozinhas na sala de conferências. Brooke sorriu para Lux.

— Desculpe — disse Brooke. — Ela vai superar. Vou falar com ela.

— Esqueça. Não é importante.

— É sim.

— O quê? Que uma garota qualquer não goste de mim? Eu sou dona da minha própria vida.

Brooke olhou para Lux e decidiu fazer tudo que pudesse para se tornar amiga dela. Não porque achasse que poderia ajudar Lux, mas por ela ser tão absurdamente interessante. Como Brooke visualizava tudo no mundo como imagens gráficas que podiam levar a um quadro, ela imaginou o corpo nu de Lux no canto inferior direito de uma grande tela, a pele brilhante contra as longas tiras vermelhas de histórias que fluíam livre e voluptuosamente de sua cabeça, transformando-se em todos os demais elementos do quadro, desde o sofá vermelho em que ela se reclinava até as rosas num vaso de vidro sobre uma mesa.

O *Clube do Conto Erótico* **145**

—Você, hã — Lux começou —, você quer ler sua coisa para mim?

— Não. — Brooke suspirou. — O clima já se foi.

— É.

— Sinto muito por Aimee — Brooke disse.

— É, que seja. Eu me intrometi no clube dela, na festinha de arte particular dela, e ela ficou puta. De qualquer jeito, eu precisava ouvir as palavras.

— Nossas palavras?

— As histórias.

— Por que você simplesmente não lê um livro? — Brooke perguntou.

— Porque os livros não têm erros. São tão ordenados, mas quando você, tipo, você sabe, quando você está lendo uma coisa que acabou de escrever e você está tão excitada sobre aquilo e está lendo em voz alta talvez pela primeira vez, e as partes boas são realmente boas e, digamos que quando você chega, tipo, numa parte chata, algo que você não sabia que ia ser chato, e quando você está lendo você sabe que não vai funcionar, e nós sabemos que não vai funcionar e você fica, tipo, envergonhada porque aquilo está acontecendo naquele momento e nós estamos escutando e uau, rola todo esse drama na sala, e isso...

Lux parou de falar para que pudesse pensar por um minuto.

— Eu preciso desse drama — ela continuou. — Eu gosto. Preciso desse tipo de contato e desse lance humano para viver. E não me importo se vocês não gostam de mim. Não é como se vocês fossem quebrar meus dedos, nem nada parecido.

Brooke riu do absurdo de quebrar os dedos de Lux.

— Não — Brooke concordou —, seus dedos estão seguros conosco.

— É. Bem. Obrigada. Tenho que ir. Se o clube se reunir na semana que vem, vou estar aqui e Aimee que se foda. E eu quis dizer essa última parte metafórica, não literal.

— Metafori*camente*. Literal*mente*. São advérbios, não adjetivos. Descrevem de que *modo* você quis dizer, ou que você não pretende foder Aimee. Respectivamente.

— Obrigada — ela disse, fechando o caderno com força. Brooke juntou suas coisas e quis perguntar a Lux se ela não posaria para ela. Significaria ter que se deslocar e abrir mão de várias noites ou fins de semana para sentar-se no ateliê. Brooke decidiu começar com alguma coisa gentil para que Lux se sentisse bem antes de convidá-la para ir ao ateliê.

— Escute, não se preocupe, Lux — Brooke disse seriamente. — Você é uma garota especial. Tenho certeza de que Trevor realmente te ama muito e quer que você seja só dele.

—Você acha? — Lux perguntou, o medo substituindo a ironia.

Brooke estava tentando ser gentil e, portanto, disse calorosamente:

— Oh, sim, querida, tenho certeza absoluta disso.

As mulheres pegaram suas coisas e caminharam juntas até a porta. Puxando pela maçaneta, Lux abriu com força demais e a porta bateu na parede oposta, deixando uma marca profunda na parede de gesso, do tamanho da maçaneta.

15. O Chá

— É QUE FOI TÃO insuportavelmente fofo — Aimee disse para Brooke ao sair de seu prédio, caminhando como uma pata choca rumo ao calor do dia de verão.

— Querida, não pense mais nisso — disse Brooke, mas Aimee não podia impedir seu cérebro de repassar o episódio uma e outra vez. Elas saíram na rua, e Brooke deslizou os óculos escuros pelo nariz para fugir da imensa, brilhante e dourada luz do sol. Aimee vasculhou a bolsa procurando por óculos que ocultariam a umidade em seus olhos. Enquanto caminhavam, Aimee recontou a história.

— Quer dizer, ele literalmente desmaiou — Aimee disse. — Não de imediato, mas depois, na sala de espera, e praticamente a meus pés. Ele disse que foi porque viu a agulha chegar tão perto do bebê na tela do monitor que entrou em pânico. Embora tanto sua esposa quanto seu bebê estivessem perfeitamente seguros.

— Alguns maridos são simplesmente mais, sei lá, Aimee. Todos os maridos são diferentes. O marido daquela mulher ali provavelmente desmaia pra caramba.

— Sim, mas nem todos os maridos atendem o telefone no meio da amniocentese — Aimee disse ao empurrar os óculos de lado para assoar o nariz.

— Ele não fez isso! — Brooke disse e parou no meio da calçada para se virar para a amiga.

— Quando a agulha estava entrando — Aimee admitiu.

— O que você fez?

— Bem, comecei a chorar. E ele me perguntou se a agulha tinha me machucado! Dá pra acreditar?

— E machucou?

— O quê?

— A agulha.

— Bem, um pouco. Quer dizer, é uma agulha enorme e grossa. Mas não o suficiente para me fazer chorar.

— E daí, o que você fez?

— Falei para ele desligar a porra do telefone.

— E ele desligou?

— Desligou. "Tenho que ir, Sheila querida", disse ele. "Te ligo depois."

— Quem é a Sheila querida? — Brooke perguntou, desconfiada.

— Agente dele. É uma altona lésbica, mais velha. Cabelo curtinho grisalho. Óculos de aro de tartaruga. Late quando fala. Não que seja importante quem era.

— Sinto muitíssimo, Aimee.

— Telefonei para um advogado de divórcio — Aimee admitiu.

— É possível se divorciar de um cara porque ele fala demais ao celular? — Brooke perguntou. E depois: — O que ele disse?

— Me deu uma idéia do que esperar em termos de pensão alimentícia para mim e para a criança.

— Não, eu quis dizer: o que seu marido disse? — Brooke perguntou.

— Meu marido tomou um avião ontem à noite para o Equador para fotografar garotas de biquíni. De lá ele irá para Bucareste para um comercial de carro e, depois, de volta para Tóquio para mais bandas de rock.

— Você disse a ele que quer o divórcio? — perguntou Brooke.

Brooke se deteve em frente a um pequeno e charmoso café italiano na Cherry Lane. Abriu a porta e indicou que Aimee entrasse.

O Clube do Conto Erótico   **149**

—Vamos, a festa é nos fundos — disse Brooke.

— Eu disse a ele que estava pensando no assunto. Que eu já estava cheia e que ele tinha que estar presente para me apoiar durante a gravidez — Aimee disse ao caminhar para a parte de trás do café, buscando com os olhos faixas decorativas em tom pastel e papéis recortados em forma de cegonha. — Daí, ele me entregou um cheque de 26 mil dólares.

— É bastante dinheiro — disse Brooke.

— É apenas um pagamento relativo ao último mês que ele trabalhou em Tóquio. Daí, ele me dá um sermão de como custa caro criar um filho. Pergunta como eu posso jogar fora sete anos de diversão quando ele só está tentando ser responsável. Diz que está a milímetros de se tornar famoso e que é por isso que tem que ficar em cima o tempo todo. Fico feliz que ele esteja indo bem. Quer dizer, 26 mil é muito para um mês só. Porém, o exame não levou mais de vinte minutos. Ele poderia ter desligado a droga do telefone.

Aimee parou quando viu Margot acenando para ela de uma cabine nos fundos do restaurante. A mesa estava posta para três. Não havia faixas em tom pastel nem desenhos recortados sobre a mesa. Não que Aimee quisesse faixas e decorações, ela apenas esperava algo mais que uma cabine dos fundos arrumada para três.

— É isso? — ela disse a Brooke, tentando parecer feliz com a participação diminuta em seu chá-de-bebê.

— Rã-rã — Brooke grunhiu e se sentou.

— Nós já pedimos para você — Margot disse. — Vamos comer massa.

Aimee ficou ali, se perguntando onde estava sua mãe. A mãe oferecia amor e apoio constantes. Uma vez havia dirigido do norte de Jersey até a parte baixa de Manhattan no meio da madrugada porque a bolsa de Aimee, junto com suas chaves de casa e seu endereço, havia sido roubada, e ela estava com medo de ficar sozinha no apartamento. Ela certamente viria para o chá-de-bebê de Aimee. Será que Brooke tinha se esquecido de convidá-la? Onde estava a mãe de Brooke? Onde estavam as amigas de faculdade que ela deduzira que voariam do Meio-Oeste? Era este seu chá-de-bebê? Onde estava a comemoração?

— Venha se sentar — Brooke disse e, no fim, Aimee se sentou na cabine, de frente para Margot.

— Minha mãe disse que viria — Aimee murmurou ao olhar pelo restaurante, esperando ver um rosto familiar.

— Ela ficou presa no trânsito — Margot disse, deslizando um pedaço de papel sobre a mesa na direção de Aimee.

— Este é meu presente — disse Margot.

Aimee desdobrou a folha fina de papel brilhante para revelar uma propaganda de babá eletrônica arrancada de uma revista.

— Top de linha — Margot assegurou. — Mandei entregar no seu apartamento. Menos coisa para carregar.

— Obrigada — Aimee disse. Ela havia deduzido, quando Brooke dissera "chá-de-bebê", que passaria o dia como centro das atenções, abrindo um monte de presentes lindamente embalados. Ela teria gostado de se maravilhar com a generosidade e o cuidado com que suas amigas escolheram coisas para seu bebê. Ela até mesmo queria usar um chapéu de festa feito de fitas coladas num prato de papelão.

— Eu estava contando para Margot sobre aquela foto que você queria fazer — disse Brooke, interrompendo o merecido momento interno de autopiedade de Aimee.

— Que foto? — perguntou Aimee.

— Ontem, ao telefone. Você começou a me contar que queria fotografar um casal de amantes, mas fomos interrompidas, e você acabou não me contando o resto.

— Ah, certo. Bem, quer dizer, talvez depois do bebê, eu acho, eu tinha essa idéia de fotografar um homem e uma mulher se abraçando, se beijando, se tocando, mas eu queria que a câmera fosse colocada quase entre os dois, como se eu estivesse ali — Aimee disse, feliz em distrair-se de tudo o que faltava em seu chá-de-bebê.

— Bem, e como você iria fazer isso? — Margot perguntou. — Você colocaria a câmera entre os corpos e daí, sei lá, colocaria o timer? Foi assim que Brooke achou que você faria.

— Não, não. Eu construiria uma plataforma de acrílico.

— Ah! Uau, claro. Isso daria certo. Como você a construiria? — Brooke perguntou.

— Bem, hã, imagino que se tivesse um marceneiro à minha disposição, eu construiria uma plataforma mesmo, só que o chão dela seria transparente. Mas, se fosse só eu, poderia montar alguns blocos de cimento com um pedaço de plástico pesado e incolor apoiado sobre eles. Os modelos se deitariam sobre o plástico e eu ficaria embaixo deles.

— Então, teria que ter, pelo menos, noventa centímetros de altura, certo, Aimee? — Brooke perguntou. — Para que você pudesse entrar por baixo com essa barriga.

— Bem, sim. Quer dizer, se eu fosse fazê-la agora. Mas, na verdade, é só uma fantasia — Aimee admitiu.

— Teria que ser de boa qualidade. Plástico incolor e muito transparente — Margot disse a Brooke.

— E que tipo de câmera?

— Puxa, eu gosto da minha 35mm. É rápida. Mas, quer dizer, já que estamos falando da fotografia dos sonhos, acho que experimentaria com uma câmera digital. Uma daquelas câmeras com um monte de megapixels de definição, para que se possa revelar a foto em tamanho bem grande.

— Nikon? — Brooke perguntou.

— Bem, eu sou uma garota Nikon — Aimee disse, rindo, tentando aproveitar ao máximo sua tarde com as amigas.

— Com licença, preciso ir ao banheiro — Margot anunciou bruscamente. Aimee observou Margot dirigir-se aos sanitários. Viu-a abrir o telefone celular e começar a digitar muito antes de chegar à porta do banheiro.

— O que acontece com ela? — Aimee perguntou para Brooke.

— Tem a bexiga do tamanho de um amendoim, acho — Brooke disse rindo. — Eu não, posso segurar o dia inteiro. Tenho uma bexiga de camelo.

— Eu costumava ser um camelo, agora sou amendoim. Então sei bem como é — Aimee disse, solidária à corrida de Margot ao banheiro.

O garçom veio com as saladas e Margot voltou do banheiro parecendo muito satisfeita.

— Não deveríamos esperar minha mãe? — Aimee perguntou quando as amigas atacaram o almoço.

— Ela vai se encontrar com a gente lá no... — Brooke começou.

— No seu apartamento — interrompeu Margot. — Ela ligou enquanto eu estava no banheiro. O trânsito está tão ruim que ela vai direto para lá.

— Oh — disse Aimee —, que chato.

Aimee ciscou em sua salada, mas mandou ver a massa e um pedaço de bolo. Margot atendeu vários telefonemas no celular durante o almoço. Embora fosse suficientemente educada para sair da mesa e falar de forma privada, Aimee desejou que ela desligasse aquela droga de uma vez. Brooke tentou compensar por Margot com uma conversa agradável e fofocas sobre velhas amigas. Mas, ainda assim, doía que Toby, Ellen e Connie não houvessem vindo para a sua festa. Até mesmo a mãe de Brooke poderia ter entrado no carro e ido até a cidade. Rápido demais, o chá de Aimee já tinha terminado. Margot e Brooke dividiram a conta e, então, saíram correndo com ela do restaurante.

— Vejo vocês mais tarde — disse Margot ao saltar para dentro de um táxi.

— Bem, então te vejo depois — disse Aimee para as luzes traseiras vermelhas do táxi de Margot que já desaparecia. Foi então que notou que Margot estava usando uma calça jeans e sapatos baixos. Que estranho, pensou Aimee ao virar-se e dirigir-se para casa. Margot nunca usava jeans. Brooke já estava com um braço estendido para chamar um táxi para si.

— Te vejo depois, Brooke — disse Aimee. — Obrigada pelo almoço.

— Não, não — Brooke insistiu —, sua mãe ligou. Ela está no SoHo. Quer que a gente se encontre com ela lá.

— Minha mãe não conhece ninguém no SoHo.

— Sério? Bem, ela ligou de um lugar na Wooster Street. Diz que quer que nos encontremos com ela lá, o.k.?

O *Clube do Conto Erótico*   **153**

— A minha mãe está na Wooster? — Aimee perguntou.

— Está.

Aimee tentou imaginar a mãe, moradora de condomínio particular, com sua saia godê e coque no cabelo parada na Wooster Street, no SoHo, observando de olhos arregalados as aberrações humanas que costumavam passar por ali.

— Hã, você poderia pedir para ela se encontrar conosco no meu apartamento? Estou meio cansada — Aimee disse. E não acrescentou estou realmente decepcionada com a sua idéia de chá-de-bebê e quero ir para casa e me enfiar na cama.

— Bem, você pode descansar os olhos no táxi — Brooke disse a ela. — Nós temos que ir até a Wooster Street nos encontrar com a sua mãe.

— Tá bom — Aimee disse ao carregar a barriga para dentro do táxi. Sentou-se ali e não se moveu. Não escorregou pelo banco para que Brooke pudesse entrar. No fim, Brooke teve que dar a volta para entrar pelo outro lado do táxi.

— Wooster Street, número 64 — Brooke disse ao taxista ao bater a porta.

Elas chegaram ao SoHo e encontraram a mãe de Aimee parada na calçada, com sua saia godê de brim e sapatos confortáveis. Ela levava uma grande câmera negra pendurada no ombro e um celular grudado à orelha.

— Aqui é a Mamãe Pássaro, a Águia pousou — Aimee pensou ter escutado a mãe dizer no pequeno telefone antes de fechá-lo.

— Oi, mãe — Aimee disse ao tirar a barriga do táxi. — Por que você não foi ao meu almoço?

— Eu precisava apanhar algumas coisas... — a mãe de Aimee começou a dizer e, quando Brooke, em pânico, desesperadamente fazia mímica de quem estava dirigindo um carro por trás de Aimee, ela acrescentou: — E o trânsito estava terrível na ponte.

— Ah — disse Aimee, que não tinha visto a péssima atuação de Brooke —, bem, o que você quer fazer?

— Preciso de uma xícara de café.

— O.k. — disse Aimee —, mas que seja rápido. Estou um pouco cansada.

— Venha por aqui — Brooke disse e guiou Aimee até uma porta que dava para a rua. Enquanto Aimee tagarelava com a mãe, o dedo de Brooke se dirigiu para a campainha do terceiro andar. Antes que ela apertasse, no entanto, um homem musculoso abriu a porta. Carregava uma caixa de ferramentas de marcenaria e acenou com a cabeça para Brooke ao deixá-las entrar no prédio.

— Está tudo pronto — o marceneiro disse ao sair do prédio.

Brooke desviou o olhar, e Aimee deduziu que o marceneiro fosse esquizofrênico ou estivesse falando num celular muito, mas muito pequeno.

— Aonde estamos indo? — Aimee perguntou.

— Terceiro andar — sua mãe respondeu.

— É um café particular que acabou de abrir — Brooke disse ao abrir a porta.

— Ah, que interessante — disse Aimee. Em outra oportunidade, ela poderia ter ficado mais curiosa, mais desconfiada sobre o que sua amiga estaria planejando, mas a gravidez e o decepcionante chá-de-bebê, além de sua fadiga geral, se combinaram de forma que ela pudesse se concentrar em apenas uma coisa de cada vez. No momento, Aimee olhava para os sapatos de Brooke.

— Acho que nunca tinha te visto usar tênis antes, Brooke.

— Sério?

— Sério.

— Eu uso. Às vezes.

Aimee se deixou guiar porta adentro do número 64 da Wooster Street. Não perguntou "Que diabos estamos fazendo?" nem "Cafés particulares não são ilegais?", enquanto subiam no elevador até o terceiro andar.

— Que marca são? — Aimee perguntou, ainda obcecada pelos tênis de Brooke. — São Tretorn?

— Keds — disse Brooke com um sorriso.

O Clube do Conto Erótico   **155**

— Nossa, Keds — Aimee disse, repentinamente cheia de emoções fora de lugar pelos tênis de Brooke. — Que coisa fofa.

— Você está bem, querida? — sua mãe perguntou quando saíram do elevador.

— Apenas cansada — disse Aimee. Planejava desembuchar a história toda para a mãe mais tarde, quando estivessem sozinhas em seu apartamento. Contaria sobre a atitude *blasé* dele na amniocentese, sobre o chá-de-bebê de segunda classe, sobre como a alegria, feito um namorado ruim que não sabia devolver uma ligação telefônica, parecia estar evitando-a ultimamente.

— Por aqui — Brooke indicou, levando-as até uma porta marcada 3F. Ela abriu a porta e entrou. Aimee e sua mãe a seguiram.

Pés se arrastando, sussurros, mais pés se arrastando e então as luzes se acenderam.

— Surpresa! — gritou um coro de amigas. Margot estava lá, e Ellen, da faculdade, e Toby, do colégio. Rodeada por um bando de amigas sorridentes e por sua mãe, Aimee, por um momento, sentiu o amor pelo qual tanto havia ansiado.

— Oh! Oh! — Aimee ofegou. —Vocês estão aqui! Toby! Oh, minha nossa, você perdeu tanto peso! Ellen! Como você *está*?

Aimee abraçou e beijou todas elas, exceto as duas pessoas que não conhecia, um homem e uma mulher, sentados em bancos e vestindo roupão de banho. Eles papeavam um com o outro perto da janela.

— Por que vocês todas não foram ao restaurante? — Aimee perguntou. — Nós poderíamos ter almoçado lá.

— Isso não é um almoço, Aimee — disse Brooke.

— Isso é trabalho — disse Margot, entregando a ela uma câmera digital.

— Está um pouco empoeirada — a mãe de Aimee censurou, tirando a bolsa com a câmera de Aimee do ombro.

— Peguei a Nikon D70 — disse Margot. — Não sei se é boa, ou se é o que você quer, mas quando você falou aquilo sobre querer experimentar com uma digital, estávamos um pouco despreparadas, então eu tive que pegar o que eles tinham na locadora.

Aimee virou a linda câmera em suas mãos.

— Quando foi que eu falei que queria experimentar uma câmera digital? — Aimee disse, quase sussurrando.

— Hoje no almoço. Dois amantes entrelaçados, fotografados de um ponto entre seus corpos — Brooke recitou como se fosse um item no cardápio, em vez de uma descrição estética. Foi então que Aimee olhou ao redor e percebeu que não estava num loft qualquer da Wooster Street. Era um estúdio fotográfico. Uma das paredes brancas no lado oposto da sala se dobrava gentilmente no chão branco, criando a ilusão de espaço infinito. Havia panos de fundo e pedestais de iluminação por toda parte, esperando que ela os colocasse em ação. E suas amigas estavam ali, todas à sua volta, de jeans e camiseta e sapatos confortáveis, felizes em ajudá-la a produzir algumas fotos.

— Pensamos que isso seria mais divertido para você do que um almoço e uma porção de presentes embrulhados em tons pastéis — disse Brooke quando Aimee ficou ali, olhando para elas. E, então, começaram as lágrimas.

— Oh, meu Deus! Oh, meu Deus! Vocês são o máximo. Oh! Isso é maravilhoso! Puxa vida! — Aimee desabafou e chorou até lavar todo o hidratante de seu rosto. Ela teve que abraçar e beijar todo mundo, e dizer novamente como eram maravilhosas antes de estar pronta para começar a trabalhar. A visão da plataforma de acrílico, feita segundo as especificações de Aimee, fez surgir novas lágrimas e fungadas.

— Tem outra sessão de fotos marcada para as sete — Margot avisou —, então é melhor você não começar a chorar de novo.

Os modelos, que estavam perto da janela, pararam de conversar e despiram o roupão, revelando dois lindos corpos nus.

— O.k., o.k., vamos lá então — Aimee disse, e sua mente começou a trabalhar daquele modo, oh, tão gostoso. — Quero a soft-box aqui e, Toby, se você puder colocar uma placa de cartão para rebater a luz um pouco. Margot, fique a postos com a digital. Vou começar com a minha própria câmera. Ellen, você pode colocar o filme na câmera para mim?

— O que você quer que a gente faça? — o modelo nu perguntou a Aimee.

— Subam na plataforma e começaremos com alguns beijos — Aimee instruiu.

Deitar sob dois estranhos numa caixa de plástico fez Aimee se sentir suada, jovem e forte. A antiga rotina de trabalho voltou, e ela clicou e gritou instruções e palavras de estímulo. Procurava por uma imagem que descrevesse a sensação de estar dentro da paixão. Os modelos, que não conheciam um ao outro antes de entrar no estúdio, se agacharam, montaram um sobre o outro e se lamberam. O homem tinha um piercing no mamilo, e a mulher, numa variedade mais ampla de lugares. Eles começaram agindo com rudeza, até mesmo um pouco frios um com o outro. Aimee trabalhou com aquilo por algum tempo, mas não era aonde ela queria chegar.

— Qual é seu nome? — Aimee perguntou à mulher nua e cheia de piercings.

— Enid — ela respondeu.

— O.k., Enid, este é o Brock. Esse é seu nome real, Brock?

— Hã, não. É meu nome profissional — ele disse.

— E qual é seu nome real?

—Tom.

— O.k., Tom, esta é a Enid. Seja gentil com ela.

A simples instrução de Aimee relaxou os modelos. Com um olho no relógio, Aimee encontrou os momentos que estava procurando conforme os ponteiros foram de quatro e meia a sete horas.

—Tenho que dar a sessão por encerrada — disse Brooke. — A sessão seguinte está subindo pelo elevador.

Aimee sorriu. Passou os braços em volta de Brooke e a abraçou.

— Obrigada — ela disse. — Isso foi fantástico.

— O.k., pessoal — Brooke avisou às amigas. — Caso encerrado. Vamos para o apartamento de Aimee e daremos uma olhada no que ela fotografou hoje.

De volta ao apartamento, Margot, com uma ajudinha da mãe de Aimee, conectou a Nikon digital diretamente à grande televisão.

As imagens da criação de Aimee moveram-se pela tela, mostrando uma mulher dura se suavizando aos poucos.

— Essa — Aimee gritou, apontando para a imagem na tela. — É essa que eu quero. Que número é? Alguém poderia marcá-la para mim, por favor?

— Gosto da forma como ela está meio que alongando o corpo para descobrir onde ele a está tocando — Toby disse.

— E a sombra dele caindo sobre ela é incrível — comentou Brooke.

Apenas a mãe de Aimee parecia perturbada a respeito daquele dia. Ela havia se apartado do grupo de amigas vestidas de negro de Aimee, feito um prato de comida para si e fora inspecionar a pilha em tons pastéis de presentes para o bebê.

— A senhora está bem, Sra. C.? — Brooke perguntou.

— Sim, estou bem.

— Parece abalada.

— Bem, é isso. É só que não consigo entender por que uma mulher desejaria isso — disse a mãe de Aimee.

— A senhora quer dizer uma sessão de fotos em vez de um chá-de-bebê? — Brooke perguntou.

— Não, me refiro a um piercing na perereca — a mãe de Aimee disse, indicando Enid com a cabeça, sentada num canto tranqüilo do apartamento de Aimee e conversando discretamente com Tom.

— Bem — começou Brooke e, então, fez uma pausa como se estivesse realmente analisando a gama de impulsos psicológicos que levariam uma mulher a colocar um piercing nos lábios de sua vagina —, imagino que um brinco de pressão simplesmente iria doer demais.

A mãe de Aimee riu.

— E, além disso, você sabe, brincos de pressão podem ser tão bregas — Brooke acrescentou, fazendo com que a mãe de Aimee gargalhasse novamente.

— Você acha que Aimee está feliz com o chá-de-bebê? — a mãe de Aimee perguntou.

O Clube do Conto Erótico   **159**

—Vamos lá descobrir — Brooke disse ao conduzir a mãe de Aimee pelo apartamento para se unirem à conversa no sofá.

— Está feliz com o que fotografou? — Brooke perguntou a Aimee.

— Ah, sim. Há uma em particular que vou revelar e mandar fazer uma ampliação enorme — disse Aimee. — Obrigada pelo dia. Foi perfeito.

—Venha comer alguma coisa — disse Brooke.

— Oh, como se eu não tivesse passado o dia inteiro me entupindo de comer — disse Aimee.

Aimee ficou sentada no sofá com as amigas, comeu e abriu presentes. Todas fizeram "ohhh" e "ahhh" para as roupinhas e brinquedos e, uma a uma, começaram a ir embora. Toby tinha que tomar um trem, e Ellen só estava de passagem pela cidade, a caminho da Europa. No final, depois de beijar a mãe e abraçar Brooke e Margot, Aimee ficou sozinha em seu grande apartamento com sua barriga, seus presentes e as fantásticas fotografias que havia tirado aquele dia. Tinha sido, conforme Aimee diria para sua mãe ao telefone naquela noite, o melhor dia de sua vida.

16. Insetos e Ratos

O LÁPIS DE LUX PAROU DE REPENTE sobre o caderno. *Se eu não tivesse tanto medo de insetos e de ratos, correria pela floresta com o cachorro à noite. Poderia quebrar os ossos rompendo as correntes que prendem meus braços junto ao corpo e...* E? O lápis tamborilou na palavra "e". Ela não sabia o que mais escrever depois de "e". A palavra pareceu pender ali. Às vezes escrevia "mas", em vez de "e". Porém, a frase seguinte não se materializava nem na mente, nem no papel. As imagens a estavam perseguindo há semanas, e ela chegara a acreditar que, quando encontrasse o resto das palavras, saberia o que fazer a respeito de sua vida, pelo menos por algum tempo.

Trevor veio do quarto usando um roupão, com metade do rosto ainda mostrando marcas do travesseiro. Ele andou de forma sonolenta pela cozinha, serviu-se de um copo de suco e olhou para Lux enquanto o tomava.

— Por onde você tem andado ultimamente, meu anjo?

Lux manteve os olhos no caderno. Tudo começa tão bem até que se chega a "Por onde você andou, cadela?". Trevor falara baixinho, tinha usado o verbo auxiliar adequado ("ter"), um termo carinhoso ("meu anjo") e a palavra extra ("ultimamente"), que indicava um pedido mais aleatório de informação. Mas aquilo não tornava a situação melhor para Lux. Na experiência dela, qualquer conversa que começasse com "Por onde você andou" terminava com um hematoma no braço ou uma mordida no traseiro.

— Eu já te disse, estava ajudando Jonella com o bebê porque ela esteve doente.

— Sim, mas...

— Foi isso que aconteceu — Lux disse com tanta firmeza que ele soube que ela estava escondendo alguma coisa.

— Eu entendo, mas, hã, está tudo bem?

— Sim — disse Lux.

— Sim o quê?

— Sim, Trevor, está tudo bem. Por que caralho você não me convidou para o casamento do seu filho?

Trevor parou conforme a culpa o atingiu diretamente no rosto. Eu não a convidei para o casamento e agora a coelhinha está brava comigo, ele pensou ao interpretar equivocadamente o que ela estava dizendo. Trevor acreditava que, como Lux estava gritando com ele por ter ficado de fora da festa, ela estava brava com ele por ter ficado de fora da festa. Não era verdade. Lux não dava a mínima para o casamento de Teddy. Lux estava com medo e estava fazendo o melhor que podia para evitar ser espancada, ou, pior ainda, mordida.

"Evadir" era uma das palavras de vocabulário na lista de conceitos e frases que Lux queria compreender e operar. Assim que descobrira a ortografia correta e encontrara um dicionário, ela aprendera que a palavra significava: 1) desviar-se de uma arma ou golpe, e 2) evitar responder diretamente a uma pergunta. Todas as brigas que Lux tivera na vida, mesmo as batalhas que havia ganhado, sempre tinham terminado com um novo hematoma em seu corpo porque ela não conhecia a palavra "evadir" e, portanto, não entendia que também podia se defender se afastando. Ela gostava daquele conceito e estava tentando aperfeiçoá-lo. Sua indagação a respeito da localização rebelde de seu convite de casamento era simplesmente uma defesa disfarçada de ataque. Aquilo era complicado demais para que Trevor entendesse. E nem se esperaria que ele o fizesse.

— O casamento. Sim. Puxa, Lux, sinto muito. Foi um erro terrível. É por isso que você está tão brava? Os convites foram enviados várias semanas atrás, minha esposa escreveu a lista de convidados e, ah, coelhinha, foi uma noite horrível. Você teria detestado. Eu detestei. Mas eu deveria ter te levado.

— Eu não teria ido, Trevor. Não quero conhecer sua ex-mulher nem seus filhos ou qualquer dessas pessoas da sua vida. Você entende? Não quero conhecê-los.

— Oh, entendo.

Ele não entendia. Tudo o que via era Lux se afastando dele. Ele deduziu que Lux estava decepcionada pela percepção dos limites dele. Ela, obviamente, tinha visto a realidade da idade dele e a pequenez de seu status no mundo.

Ela havia batido à sua porta na noite anterior parecendo cansada e suada. Suas mãos estavam rachadas e esfoladas, como se tivesse nadado por muito tempo ou lavado alguma coisa com produtos de limpeza abrasivos. Ele havia passado creme em suas palmas e dedos antes de levá-la para jantar. Enquanto comiam hambúrgueres com cerveja, ela o interrogou, primeiro sobre juros compostos, depois Mozart e, então, sobre como funcionava o mercado de ações. O que significava a palavra "respectivamente" e como se escrevia. Ele sabia todas as respostas e se deliciou em mostrar para ela como era inteligente. Depois, foram para casa e fizeram amor na cama dele. Ele adormeceu sentindo-se feliz.

Às nove horas, ela havia pulado da cama e fizera várias ligações para Carlos. Eles discutiram sobre pintura e a localização das chaves. Trevor sentiu-se queimar, sabendo que Carlos era um ex-amante, um amante antigo e mais jovem. Ele rolou na cama e tentou esquecer. Abriu os olhos e procurou por ela na cama, mas ela já havia se levantado. Estava desperta e alerta, e preparando-se para o dia.

Quando finalmente se obrigou a sair da cama, Trevor encontrou sua coelhinha sentada à mesa da sala de jantar, encantada com seu caderno, relendo a mesma folha. Estava sentada, à vontade, de calcinha e camiseta, como só uma mulher jovem pode ficar, riscando a folha com o lápis,

O Clube do Conto Erótico

seminua e não prestando qualquer atenção a ele. E agora essa briga sobre o casamento. Ele desejou tê-la convidado.

Trevor largou seu copo de suco de laranja e cruzou o apartamento em três passos. Ajoelhou-se no chão perto de Lux e agarrou a mão dela um pouco forte demais. Ela a puxou.

— O que você disse ao Carlos hoje?

— Nada demais.

— Por que você teve que ligar para ele tão cedo?

— Ele, hã, está pintando uma coisa para... a minha mãe. Eu deveria deixá-lo entrar na... na casa dela, então ele precisava saber onde estavam as chaves.

— Por que não vamos fazer compras hoje? — disse Trevor, usando sua própria evasão desajeitada em reação à resposta hesitante dela.

— Não. Não tô a fim — ela disse, não olhando realmente para ele. — Tenho umas coisas para fazer. E ainda tenho que ir lá para garantir que Carlos não faça nenhuma cagada.

Lux voltou a seu caderno, lendo de novo as primeiras duas linhas de seus pensamentos, determinando-se a encontrar a terceira linha que, certamente, a libertaria. Trevor se levantou, lentamente, já que o chão havia sido duro para seu joelho. Ele precisava tê-la, precisava mantê-la. Queria lembrá-la de como havia sido bom entre eles. Ergueu os cabelos dela, ainda úmidos do chuveiro, e beijou seu pescoço.

— Trev...

— O quê?

— Não.

— Por que não?

— Porque não.

Ele deslizou os dedos até sua mão e tirou o lápis. Fez com que ela ficasse em pé, a virou de frente para ele e a beijou nos lábios. Deslizou a mão por dentro do elástico da calcinha enquanto lambia seu pescoço e seios e, então, seu umbigo. Tirou o fio dental de renda.

A possibilidade de encontrar aquela terceira e perfeita linha se evaporou. Lux olhou para o topo da cabeça dele, sabendo que era, simplesmente, um pedaço de carne. Ela ainda não possuía palavras suficientes para expressar as nuanças do que estava sentindo no momento, então, em vez disso, simplesmente mugiu como uma vaca.

— Mu — ela disse novamente, como se a palavra significasse alguma coisa.

Trevor riu e perguntou-se se ela estaria louca. Tomou seu "mu" como um sinal para continuar porque era isso o que ele queria fazer.

Sem as palavras certas ela não podia segurar nem compartilhar os sentimentos que fervilhavam em sua cabeça. Sem as palavras certas, os sentimentos sequer podiam se tornar pensamentos que ela pudesse revirar e examinar desde qualquer outro ângulo que não fosse o do desespero. Brooke tinha dito que Trevor a amava e que queria que ela pertencesse somente a ele. Mas ela havia pertencido a Carlos uma vez e fora preciso uma surra de seu irmão para que recuperasse sua liberdade. Ela não queria pertencer a Trevor, não queria pertencer a ninguém, nunca mais. Lux não entendia que a palavra "pertencer" podia ser usada tanto para descrever posse quanto para indicar um amor singular, e, então, só podia deduzir que ambos os significados se igualavam à sua experiência da palavra "pertencer" quando aplicada à sua compreensão de "amor". Era um lugar escuro e feio, algo que deveria ser evitado a qualquer custo. Ela ficou quieta e esperou que o amor de Trevor terminasse.

Trevor era o rei da cunilíngua. Ele tinha certeza de que sua mulher havia ficado com ele vários anos a mais do que queria por causa disso. Ela o odiava, mas queria custódia de sua língua. Nenhum juiz determinaria que ele a desse para sua ex-mulher a cada quinze dias, portanto ela tinha agüentado tanto quanto podia. Ele fazia amor com ela com pânico e desespero, esperando que ela amasse sua língua o suficiente para ignorar seus outros defeitos. Estava acontecendo tudo de novo, já que Trevor estava usando tudo o que tinha numa tentativa de prender Lux a ele, sem qualquer resultado.

Ela já havia passado por isso. Não estava exatamente no clima. Tinha outras coisas na cabeça. Às vezes, Carlos conseguia animá-la, mesmo que ela não quisesse ser acelerada e revirada como um motor a seu tranco. Ela

O *Clube do Conto Erótico*   **165**

ficou ali, esperando. Talvez Trevor também tivesse aquela magia. Talvez, quando tudo estivesse terminado, ficasse feliz por ele ter insistido, mas, no momento, ela estava apenas furiosa. Os pensamentos e sentimentos estavam entalados em seu peito como comida que desce pelo caminho errado. Ela continuou ali, deixando que Trevor colocasse a boca em sua virilha, esperando que ele fizesse algo interessante.

Ela é uma maldita manequim, Trevor pensou. Quando é que ela vai me tocar, ainda que de leve? Ele correu sua língua ao redor dos lábios de sua vagina e seguiu até o clitóris, acreditou ter sentido uma centelha de interesse se acendendo em Lux. Ela colocou as mãos sobre sua cabeça, por fim, e ele interpretou isso como um sinal para ir mais além e com mais profundidade. Quando ela finalmente começou a fazer algum barulho, ele a empurrou de costas e a penetrou rapidamente. Ela se mexeu e gemeu, mas, quando ele olhou em seus olhos, a imagem que se refletia era a de um ladrão, um chato, um bruto, e Trevor perdeu a ereção no mesmo instante.

Bem, pensou Lux, a mãe disse mesmo que isso acontece muito com os caras mais velhos.

— Sinto muito — Lux disse, cautelosamente. Ela havia visto essa parte em vários filmes diferentes, a parte em que o cara não consegue ficar duro e, então, a garota é assassinada. Trevor não parecia ser daquele tipo, mas Diane Keaton não tinha ficado surpresa quando o Sr. Goodbar começou a bater nela? Carlos também podia ser um doce quando não estava se comportando como um idiota completo. Nunca se sabe com os homens. Melhor ir com cautela.

Lux saiu debaixo de Trevor.

— Foi ótimo, de verdade — ela disse, tentando parecer alegre e satisfeita. Trevor se sentou pesadamente em uma das cadeiras de sua cozinha. Seu corpo nu pareceu ficar mais grisalho e sem ânimo ao afundar no vinil azul do assento. Lux tomou uma ducha rápida e apanhou suas chaves.

— Te ligo mais tarde, Trevor — ela prometeu e voou para a porta, para ir se encontrar com Carlos e conversar sobre tintas.

17. O Senhor dos Anéis

— VOCÊ ESTÁ BEM? — Margot sibilou para Aimee no escuro. — Sim, estou bem — Aimee sussurrou de volta ao encontrar novamente sua poltrona no cinema. Ela agora estava vomitando mais ou menos a cada quatro horas, muito mais que a contagem do mês anterior, de uma ou duas vezes por dia. A náusea era geralmente seguida por sede e uma fome irracional de proteína que dava a Aimee uma compreensão profunda de todos aqueles filmes de vampiro. Ela olhava para cachorros-quentes com a cobiça da recém-despertada noiva do Drácula. Terminou de mastigar a fatia de gengibre cristalizado, recomendado pela loja de produtos alimentícios para acalmar o estômago e, então, atacou as tiras de rosbife que havia contrabandeado para dentro do cinema.

— Esta é a melhor parte — ela sussurrou para Margot, quando Merry e Pippin provocaram uma explosão de fogos de artifício roubados, e Frodo, com medo de que o dragão tivesse vindo para o condado para reivindicar seu amado tio, tentou proteger o velho hobbit da melhor maneira que conseguia.

— Mas nós não acabamos de ver esses mesmos personagens voltarem para aí, depois de uma longa viagem? E aquele homem baixinho de cabelo branco, não...

— Hobbit.

— O quê?

— Bilbo é um hobbit.

— Certo. Eu sabia disso — disse Margot. — O hobbit Bilbo, ele não acabou de zarpar num barco com todos aqueles elfos e o Frodo e aquele tal Gandalf? Por que ele voltou?

— Porque — Aimee sussurrou — aquela era a parte três. Esta é a parte um.

A cabeça de Brooke se inclinou demais para a frente, e ela acordou com um ronco assustado.

— Hã? Oh. Ei, lembre-se de que eu quero festejar com todo mundo lá na ilha — Brooke disse e, em seguida, caiu novamente no sono, imprensada entre Aimee e Margot feito o Leirão entre o Chapeleiro Maluco e a Lebre de Março. Margot riu e fechou a boca de Brooke para que ela não roncasse.

—Veja bem, nós entramos no finalzinho da parte três e agora estamos de volta à parte um — explicou Aimee. — Agora podemos assistir à coisa toda desde o começo.

— E isso é bom? — Margot perguntou, insegura da relação custo/benefício de tamanho comprometimento de seu tempo.

Aimee assentiu, alegremente, e virou-se novamente para a tela.

Oh, por que não?, pensou Margot, enfiando a mão no saco de doces que havia trazido ao cinema.

Naquela manhã, Margot estava sentada em casa, sozinha e sentindo-se presa, quando resolvera telefonar para Aimee.

— Me ajude! — Ela rira nervosa quando Aimee atendeu o telefone.

— Qual é o problema, amiga? — Aimee perguntou, feliz em poder ajudar Margot.

— Estou presa num círculo vicioso e tenho que sair dele antes que vá à falência! — Margot se lamentou, rindo ao mesmo tempo para que Aimee não ficasse tão assustada com sua carência.

— O que aconteceu? — Aimee perguntou.

— Bem, geralmente isso não é um problema, mas este mês não pude pagar totalmente minha conta do cartão de crédito e, então, pensei que deveria tentar me distanciar do meu único e verdadeiro amor — Margot começou.

— E quem é seu único e verdadeiro amor? — Aimee perguntou.

— Henri Bendel* — disse Margot, como se fosse óbvio. — Então, fiz uma escolha, não espiritual, mas econômica, e decidi passar a manhã em minha própria cozinha, trabalhando numa nova aventura de Atlanta Jane.

— Excelente escolha.

— É o que se poderia pensar. Então, comecei a fazer uma lista muito diferente do estilo Margot de todas as coisas possíveis que a minha Atlanta Jane pudesse fazer. Comecei a escrever coisas, como andar a cavalo, salvar a cidade, fazer amor com Peter, confrontar um xerife desonesto, fazer compras.

— Fazer compras? — Aimee perguntou.

— Exatamente. Estou aqui sentada, olhando para o cursor que pisca no fim da deliciosa palavra "compras". Atlanta Jane não faz compras. Eu faço compras. E o pensamento começou a dar voltas na minha cabeça de uma maneira tão confusa que me levantei da mesa, calcei as sandálias e fui fazer compras.

— O que você comprou? — Aimee riu.

— Uma coisa boa, mas algo meio perturbador aconteceu quando cheguei à loja.

— O quê?

— O.k., por favor, não vá achar que eu sou uma boba, mas foi como se uma paz tomasse conta de mim no instante em que entrei na loja. Estava tomando boas decisões, reduzindo a gama de opções, criando um traje incrível e a desagradável tarefa de ser um ser humano completo ficou um pouco mais fácil.

---

* Henri Bendel é a loja de departamentos mais elegante de Nova York; foi inaugurada em 1896. (N.T.)

— Isso é um problema?

— Bem, não tenho certeza se quero que meu único e melhor amigo seja fazer compras. Era como se todos os centros de prazer do meu cérebro se acendessem por causa de um novo par de brincos. Comprei um terninho verde-acinzentado maravilhoso, com a blusa cinza-esverdeada combinando.

— Vai ficar ótimo com o colar de pérolas taitianas que você comprou na semana passada.

— Exatamente. E daí a vendedora saiu correndo para buscar conjuntos de sapatos/bolsas que eles não tinham sequer desencaixotado ainda.

— Adoro quando elas saem correndo — Aimee admitiu.

— Oh, meu Deus, nem me fale! Faz com que me sinta importante, ainda que seja por um momento ou dois. Então comprei o conjunto completo e vim correndo para casa para experimentar com as pérolas. E aqui estou eu, saltitando pelo apartamento, e esses tecidos finos e elegantes dão a sensação de amor e proteção, como se fosse uma pele nova e melhor. Então, estou tão feliz, o problema do dia foi resolvido e... adivinhe o que acontece?

— O quê? — Aimee perguntou, e ela de verdade queria saber.

— Atlanta Jane aparece, de repente, na minha sala de estar.

— Tá brincando.

— Não!

— Que roupa ela estava usando?

— Suas roupas empoeiradas de camurça e carregava um rifle. Estava ótima. E imediatamente começou a me repreender.

— Margot, você conta histórias excelentes! — Aimee riu. — E o que a fictícia Srta. Atlanta Jane disse a você?

— "O que você fez hoje? O que você produziu hoje? Com quem você conversou? Onde estão seus amigos? E eu?", ela ralha comigo numa voz anasalada e inexpressiva. "O que você está fazendo com sua vida? Essa garota mal vestida, Lux, ela precisa que a levem para fazer compras. *Você* precisa é de uma experiência humana."

— Ela disse isso?

— Disse.

— E como você vai fazer isso acontecer?

— Estou fazendo neste instante, Aims. Estou telefonando para você! Vamos fazer alguma coisa hoje.

— Excelente! — Aimee cantarolou, feliz ao ver-se incluída na epifania pessoal de Margot. — Estava pensando em passar a tarde vendo quadros. Por que você não vem comigo?

Os domingos de Aimee costumavam ser passados com o marido, perambulando pelas salas de um museu ou de uma galeria, olhando fotografias. Eles nunca olhavam quadros porque os quadros não interessavam a ele.

— Aposto que podemos convencer Brooke a nos guiar pelo Metropolitan — Aimee disse a Margot ao telefone. — Ela deu aulas lá por algum tempo, quando seus pais ainda moravam na Quinta Avenida. Você vai adorar. Ela sabe tudo sobre as coisas que tem lá.

— Ótimo. Você quer telefonar para Brooke ou telefono eu?

— Bem, ainda não é uma e meia, então ligue você.

— Quê? — Brooke resmungou quando seu celular tocou. Margot rapidamente explicou suas necessidades:

— Bem, eu geralmente durmo o dia inteiro nos domingos, mas, ei, por que não? Passei a noite na casa de Bill, então já estou na cidade.

Elas se encontraram na escadaria do Metropolitan Museum e descobriram que estava desagradavelmente lotado. Ficaram na fila durante vinte suados minutos, e os pés de Aimee incharam a ponto de os dedos parecerem lingüiças.

— Me desculpem, mas preciso me sentar — disse Aimee. — Tudo bem se vocês quiserem entrar sem mim.

— Nós não vamos abandonar você e seus tornozelos gordos — Brooke declarou. — Apenas temos que pensar num novo plano.

Almoço era uma opção, e almoço mais O *Senhor dos Anéis,* prometeu Aimee, seria ainda melhor. Aimee guiou as amigas até o centro da cidade.

Na delicatéssen, tomaram decisões individuais com relação aos petiscos, antes de entrarem no cinema. Margot comprou cenouras e maçãs fatiadas, Brooke comprou biscoitos salgados, e Aimee, carne. Quando Brooke parou à porta do cinema e olhou o cartaz do filme com certa preocupação, Aimee encontrou as palavras perfeitas para animá-la:

— O cinema tem ar-condicionado — prometeu Aimee.

Brooke caiu no sono imediatamente, afetada pela escuridão fresca e pela farra da noite anterior. Elas haviam entrado silenciosamente no cinema perto do final da terceira parte. Os petiscos eram perfeitos, e os filmes, exuberantes e lindos de se olhar. Os personagens eram tão absolutamente sérios e Margot, tão absolutamente desinteressada em heroísmos matar-ou-morrer que ela riu, inapropriadamente, em vários momentos. Controlando-se, Margot se esforçou para entender por que a salvação da Terra Média era tão importante para sua nova amiga.

Ela agüentou os vinte minutos finais do terceiro filme e a parte um inteira. Quando o segundo filme começou novamente, no qual o seminu Smeagol foi capturado por Sam e Frodo, Margot sentiu que já tinha visto o suficiente daquela fantasia. Aquele personagem cinza, assexuado, só pele e ossos e criado por computador era demais para ela. Estava procurando uma maneira de escapulir quando Brooke acordou, declarou-se faminta e se levantou para fazer xixi.

— Vamos embora, Aimee — Margot sussurrou para a amiga e, como reforço, levantou-se da poltrona e seguiu Brooke até o saguão. Aimee foi atrás, andando desajeitadamente. Sozinha, ela passaria o dia inteiro ali. No entanto, estava surpresa e contente que as outras mulheres houvessem agüentado tanto.

Escolheram um café e se sentaram perto do banheiro para a necessidade freqüente de Aimee de mijar e vomitar. Margot pediu uma salada,

Brooke, um café, e Aimee, um filé com batatas, brócolis e um milkshake de chocolate.

— Por que não? — Ela riu. —Vai voltar tudo mesmo.

— Quantas vezes você já assistiu àqueles filmes? — Margot perguntou quando a comida chegou.

Aimee mostrou dois dedos.

— Duas vezes?

— Não, umas duzentas vezes.

Mais risos e então Brooke, que estava só começando a despertar, falou com certa preocupação na voz. Esconder-se não era algo em que imaginaria que sua amiga Aimee fosse se viciar de forma tão alegre.

— Por quê? — perguntou Brooke, incrédula.

— Por que continuar vendo um filme de que gosto? — Aimee perguntou, já na defensiva. — E por que não? Eu gosto que os homens sejam tão heróicos, as mulheres, tão lindas, e os vilões sejam realmente tão maus.

— Provavelmente não são tão maus, na verdade — disse Margot.

Brooke encarava Aimee, tentando decifrar o modo certo de começar sua intervenção contra o crescente vício da amiga pelos filmes. Margot preencheu o espaço pensando em voz alta:

— É a propaganda negativa. Os perdedores sempre sofrem propaganda negativa. A história é escrita por um hobbit, e ele tinha preconceitos óbvios contra os Orts.

— Orcs.

— Que seja. Só estou dizendo que, se você contasse a história de outra perspectiva, veria questões diferentes.

— Não — disse Aimee. — Os Orcs são maus.

— Como você sabe?

— Eles nascem maus.

— Isso é extremamente pouco americano da sua parte. Muito pouco democrático — Margot disse, curtindo a argumentação hipotética. — E se eles mudam, se vão mais além'dos limites de seu status? E se uma pequena garotinha Orc nasce na lama e na merda e quer se elevar acima daquilo que se espera dela?

— Não é possível — Aimee disse.

— Não existem garotas Orc — Brooke acrescentou, solícita — Os Orcs são uma raça de seres exclusivamente masculinos.

— Oh, bem, então eles estão completamente fodidos. — Margot riu e cutucou um tomate com seu garfo. — Ainda assim, você tem que concordar que, com relação ao caráter dos Orcs, essa história é bastante parcial.

— Eu gosto do cara sem sobrancelhas — disse Brooke.

— Que cara sem sobrancelhas? — Aimee perguntou, no momento em que seu estômago começou a se embrulhar.

— O cara que vira rei — Brooke disse, como se fosse óbvio qual personagem do filme tinha menos sobrancelhas.

— Aragorn?

— É, esse mesmo.

— Ele tem sobrancelhas.

— Bem, só um pouquinho e ficam tão próximas dos olhos que não dá para vê-las direito, mas, fora as sobrancelhas, ele é um bom homem, eu acho. Quer dizer, pelas partes a que eu assisti. Agora, aquele elfo, ele sim tinha umas senhoras sobrancelhas. Aimee, você está bem?

Aimee saltou da cadeira e correu para o banheiro.

— Isso é normal? — Brooke perguntou.

— Acho que sim. A gravidez deixa a pessoa enjoada, certo?

— É. Isso é verdade.

No apertado espaço do banheiro, Aimee se segurou nos lados do vaso sanitário e vomitou mais do que achava ter comido. Sentia-se calorenta, zonza e suja. Queria morrer ou, ao menos, estar em sua própria cama para poder se deitar. E havia lágrimas que pareciam uma força física em sua cabeça, perfurando até seu rosto para sair. Ela as engoliu e mais vômito surgiu. Aimee estava de joelhos, implorando "não, por favor, não" quando mais uma golfada aflorou, e mais uma vez. Toda a comida havia saído de seu estômago e agora só havia líquido, um fluido amarelado e malcheiroso.

Na mesa, Margot e Brooke ainda estavam analisando a obsessão de sua amiga com o filme. Brooke olhava a toda hora para a porta do banheiro feminino e para seu relógio.

— Ela já está lá há tempo demais? — Margot perguntou.

— É, acho que sim — Brooke respondeu.

Margot se levantou da mesa, seguida por Brooke.

Aimee ainda estava de joelhos em frente ao vaso sanitário, os pés saindo por baixo da porta do minúsculo reservado. Uma de suas sandálias havia caído, e ela estava chorando.

— Ei, Aimee, você está bem? — Brooke perguntou gentilmente ao apanhar a sandália.

— Não. Estraguei meu vestido.

— Tudo bem se eu abrir a porta do banheiro?

— Tudo bem — Aimee disse numa vozinha.

Brooke abriu a porta, esticou a mão e rapidamente deu a descarga. Abaixou a tampa do vaso e ajudou Aimee a se levantar. Aimee se sentou sobre a tampa do vaso, e Brooke enxugou as lágrimas de seu rosto. Margot espiou lá dentro.

— Você está bem, querida?

— Estou. Só quero ir para casa.

Margot pegou uma toalha de papel junto da pia, e Brooke limpou o fluido amarelo e grosso da frente do vestido azul de Aimee.

— Foi por causa do que eu falei sobre os Orts?

Aimee riu um pouco, mas a ação estava tão próxima do choro que mais lágrimas vieram a seus olhos.

— Vou pagar a conta e chamar um táxi. Vamos levá-la para casa — disse Margot.

— Me desculpem por ter estragado o dia.

— Oh, minha linda, não se preocupe. O dia já estava estragado para mim no minuto em que você sugeriu aqueles filmes idiotas.

Aimee choramingou um pouco, com medo de que uma risada fosse doer e que ela começasse a vomitar de novo.

— Acho que você deveria ir ao médico.

— Eu irei.

— Acho que você deveria ir ao médico hoje.

— Tenho minha consulta regular na semana que vem.

Margot enfiou a cabeça pela porta do banheiro.

— Consegui um táxi. Você precisa de ajuda para chegar até a porta?

Aimee se apoiou em suas amigas e cambaleou até a porta. Margot pegou as várias sacolas de comida extra que havia pedido no balcão de entrega e as três entraram no táxi e voaram com Aimee de volta a seu apartamento.

Margot refez a cama com lençóis limpos, e Brooke ajudou a acomodar Aimee sobre eles. Antes que Aimee pudesse dizer "estou morrendo de fome", Margot pegou as sacolas com o resto do almoço, um bolo de chocolate inteiro e o jantar para Aimee comer mais tarde, quando estivesse sozinha. Ela também havia trazido várias garrafas de água com gás, não soda.

— Obrigada — disse Aimee. — Muito obrigada a vocês duas.

Elas conversaram até a noite, cobrindo centenas de assuntos. Quando voltaram ao tema favorito de Aimee, "Que Criatura do Além É Aquela Lux", Brooke fugiu do domínio que Aimee tinha do assunto.

— Eu acho que ela é legal — Brooke anunciou.

— Credo, que nojenta você é. — Aimee riu, lambendo a parte de trás do garfo cheio de bolo de chocolate. — Como pode ser minha amiga e amiga dela ao mesmo tempo?

Ela teria dito mais, porém uma forte contração a avisou de que outra rodada de vômito estava chegando. Ela não queria pôr fim ao agradável conforto de ter suas amigas em seu quarto, e bolo de chocolate sobre a cama, pulando e correndo até o banheiro; então, ficou quietinha, esperando que passasse, o que, milagrosamente, aconteceu.

— Não gosto da idéia dela com Trevor — Brooke disse.

— Ela é tão errada para ele — Margot disse, rápido demais, e Aimee riu.

— Margot! — Aimee provocou. — Você e o Trevor?

— Nós somos amigos. Houve um beijo e, depois, mais nada.

— Um beijo? Quando?

— Alguns meses depois que a mulher dele foi embora.

— Ele beija bem?

— Eu achei que sim.

— E depois, o que aconteceu?

— Nada.

— Nada?

— Acho que foi então que ele conheceu a Lux.

— Aquela cadelinha! Ela o roubou de você!

— Ei! — disse Brooke. — Ela não sabia que a nossa Margot havia reivindicado direitos sobre ele.

Nossa Margot, Margot pensou. Gosto disso.

— Não reivindiquei direito algum sobre ele, Aims. Só o beijei.

Aimee não respondeu. Quando suas amigas olharam para ela, ambas acharam que ela havia empalidecido um pouco. Aimee estava totalmente concentrada em si mesma e na sensação de ardor dentro de seu corpo. Alguma coisa estava se rompendo lá dentro, literalmente, não de forma figurativa. Aimee se congelou em agonia e, quando a dor cedeu por um momento, ela sacudiu as pernas, empurrando amigas, bolo e cobertas para fora da cama. Aimee estava sangrando.

Um táxi era muito arriscado, a ambulância levaria vinte minutos. Margot chamou o serviço de carros da firma; eles podiam chegar em cinco minutos. Margot e Brooke carregaram Aimee até o elevador de camisola. O carro chegou um minuto depois.

— Deite-se, fique deitada aí atrás — Brooke gritou. — Margot, você senta na frente e eu seguro a cabeça dela aqui atrás.

— Não, não, não, não foi um acidente. Ela só está sangrando. — Margot dizia ao hospital. — Sim, aproximadamente seis meses. Estamos a uns quinze quarteirões daí. Certo. O.k.

Margot desligou o celular com força e disse ao motorista:

— A entrada de emergência fica na Sétima Avenida.

O motorista assentiu e entregou-lhe o vale para que ela assinasse. Margot assinou e escreveu o código de cobrança da firma referente a desenvolvimento de clientes.

—Vai dar tudo certo — Margot disse a Aimee ao assinar pelo carro. Brooke estava enxugando as lágrimas dos olhos de Aimee e lhe dizendo a mesma coisa quando a ajudaram a entrar no pronto-socorro.

— É cedo demais — o jovem médico disse ao examinar Aimee. — Ela precisa de pelo menos mais seis a oito semanas antes de ser capaz de respirar sozinha.

— Ela? — Aimee perguntou. Margot e Brooke, ambas apertadas na sala de exame, olharam com surpresa. Brooke bateu palmas de alegria.

— Oh, me desculpe. Você e sua parceira não queriam saber? Me desculpe. Eu não li a ficha inteira. Puxa, sinto muito.

— Não tem problema — disse Margot.

— Sinto muito ter estragado a surpresa para vocês duas — o médico disse para Margot.

— Eu não sou parceira dela. — Margot riu. — Sou apenas amiga e motorista.

— Não olhe para mim! — Brooke disse porque ele havia olhado na direção dela de forma que exigia tal exclamação.

— Meu marido está fora da cidade por um tempo — Aimee disse, sorrindo à idéia de uma filha.

— Bem, ele deveria voltar porque, assim que a estabilizemos, você terá que ficar de repouso até o final.

— E o que exatamente ela poderá fazer, estando em repouso? — Brooke perguntou.

— Nada — disse o médico como se nada fosse realmente algo imenso.

— Nada?

— Você não pode se mover nem levantar da cama em absoluto. Aqui vamos te manter com uma sonda. Na semana que vem, poderá se levantar para ir ao banheiro, mas voltando para a cama imediatamente.

— E ela pode se levantar para comer, é claro — disse Margot.

— Não. Pode se sentar na cama para fazer as refeições, mas depois volta a se deitar.

— Mas não posso — Aimee começou. — Tenho que ir trabalhar amanhã. Tenho um monte de casos em aberto sobre minha mesa. Tenho advogados esperando por meus documentos. Não posso ficar sem fazer nada! Vou perder meu emprego!

— Sua mesa ainda estará lá quando você voltar — disse Margot. — E a firma cobre cem por cento do seu salário nesse caso de incapacidade temporária. Está no último pacote de benefícios. Sequer será descontado de seus dias de licença médica.

— Mas como se supõe que eu não faça nada? — Aimee reclamou diante dessa simples idéia.

—Você não pode exercer qualquer pressão sobre o colo do útero ou ele se abrirá novamente — o médico disse a ela. — Seu bebê só pesa um quilo e meio. Os pulmões dela ainda não funcionam. Ela precisa ganhar no mínimo mais um quilo ou você terá complicações. Ligue para o seu marido. Esta noite você ficará aqui. Amanhã à noite também.

Aimee dormiu enquanto Margot telefonou. Depois, Brooke telefonou, tentando rastreá-lo.

— Ele acabou de sair — disse a recepcionista.

— Você pode tentar encontrá-lo nesse número — disse sua agente.

— Você ter o number incorreto, idiota — gaguejou um homem exasperado na terceira vez que ela telefonou para o número de Tóquio que, supostamente, seria do celular dele.

Todos sabiam onde ele estava, mas ninguém podia de fato colocá-lo pessoalmente ao telefone. Durante dois dias, elas deixaram recados e esperaram que ele telefonasse. No fim do segundo dia, Margot e Brooke voltaram ao hospital e levaram Aimee para casa.

— Ele vai ligar — Aimee prometeu enquanto Margot a acomodava em sua cama. Brooke havia ido para casa, e Margot planejava passar a noite lá.

—Você não precisa ficar — Aimee disse.

— Eu quero. — Margot sorriu para sua amiga. Ela trouxe a televisão e o aparelho de DVD para o quarto de Aimee e quase engasgou quando Aimee pediu que todos os DVDs de *O Senhor dos Anéis* fossem colocados no aparelho.

— Mas não conte para a Brooke. — Aimee riu. — Ela acha que eu estou viciada.

— No momento, você pode fazer tudo aquilo que te deixar feliz — Margot disse, beijando a testa de Aimee. — Mas, se for passar esse filme de novo, irei para a sala ao lado ler o jornal.

—Vá para casa. Eu estarei bem.

— Olha só, eu não tenho mais nada para fazer — Margot confessou. — É legal estar aqui com você. É legal para mim, quero dizer. Vou me sentar aqui e ler umas coisas que tenho que examinar para o trabalho. Dentro de algumas horas, farei o jantar para nós. Se precisar de alguma coisa, é só gritar.

Margot ligou os aparelhos e entregou o controle remoto para Aimee. Ao sair do quarto, escutou o som baixo de flauta que indicava o início de outra viagem para a Terra Média. Após um minuto, Aimee desligou a TV e chamou Margot:

— Ei, Margot, você não quer vir aqui bater papo?

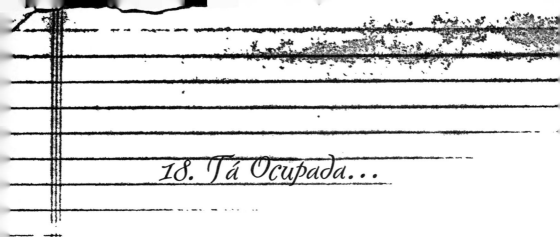

18. Tá Ocupada...

CARLOS ESTAVA SENTADO NO APARTAMENTO DE LUX, rodeado por latas de tinta branca brilhante acetinada, se masturbando. Ele tinha uma técnica completa para bater punheta que envolvia o gel de cabelo que sua irmã usava. Óleo de milho era mais barato e muito melhor para ele e para a pele de seu pinto, mas era mais difícil de transportar. O troço melequento de cabelo esquentava com a fricção da mão, mas se usado com demasiada freqüência lhe provocava brotoejas. No entanto, acondicionado em seu prático tubinho, era sua opção de fluido para se masturbar fora de casa.

Deitado sobre o plástico que protegia o piso da tinta, Carlos estava com uma das mãos acariciando a comprida vara que era seu pênis e com a outra enfiada dentro da camiseta, apertando o mamilo. Quando suas bolas começaram a se contrair, o esfíncter se apertou, e a respiração ficou cada vez mais pesada. Bem no instante em que ficou tão gostoso, ele diminuiu a velocidade dos movimentos da mão e se obrigou a parar. Carlos nunca gozava quando se masturbava.

— Ooooooooh! — Carlos gemeu e se enrolou em posição fetal no chão do novo apartamento de Lux. Ele estivera pensando nela e, portanto, foi particularmente difícil controlar o desejo de jorrar esperma por todo o chão. Lux, sua primeira garota, a primeira cujos ombros ele havia empurrado para baixo até seus joelhos se dobrarem e a boca ficar na altura de sua virilha, estava fora de seu alcance há quatro anos. Joseph o cortaria ou cortaria uma parte dele fora se ele se metesse novamente com ela. Carlos concluiu que aquilo tinha tudo a ver com a estranha desaprovação quase católica da sexualidade da única irmã e nada a ver com o fato de que ele havia torcido o dedinho dela a ponto de fraturá-lo, fazendo o osso sair através da pele.

Ele ficou deitado, encurvado, no piso de madeira de um apartamento que não sabia que era dela, tentando recuperar o controle de si mesmo e da lembrança da pele dela. Ele queria terminar de pintar as bordas antes que esquentasse demais. Talvez ele a levasse ao cinema, se o "Pau Velho", como ele gostava de chamar Trevor, a liberasse por uma noite.

A chave fez um ruído na fechadura, e Carlos ficou em pé de um pulo.

— Ei! Por que a corrente? — Lux gritou do corredor.

— Estou quase terminando — Carlos respondeu, embora não estivesse, em nenhum sentido. Carlos gentilmente deslizou o pênis ainda rígido para dentro da cueca e vestiu o macacão. Cuidadosamente, abriu três latas de tinta e as colocou no chão antes de caminhar com tranqüilidade até a porta.

— Quem você acha que virá te pegar? — Lux perguntou, indicando a corrente de segurança da porta com seu copo de café.

— É só um hábito — Carlos disse, removendo o gancho e abrindo a porta.

— Porra, você está linda — ele disse quando ela entrou.

— Pelo jeito, pulei da frigideira para a porra do fogo — Lux disse a ele, sabendo que ele não teria idéia do que ela queria dizer. Ele não se importava com o que ela dizia e raramente a ouvia, o que sempre dera a ela liberdade para falar como bem entendesse.

— Você acha que eu falo palavrões demais? — Foi a seguinte pergunta descabida a sair de seus lábios. Ela o seguiu pelo corredorzinho que levava à sala de estar. Carlos não respondeu. Escutou-a tagarelar enquanto esperava pela frase ocasional que fizesse sentido para ele. Só então ele responderia.

—Vá se foder, Carlos! — ela disse ao entrar na sala de estar.

— O quê? — ele respondeu.

— São onze horas! O que você fez a manhã inteira?

— Primeiro, busquei a tinta. Daí, tive que encontrar as chaves, e depois, quando abri a primeira lata de tinta, não parecia estar certa, aí abri mais algumas e elas também não pareciam bem, então estava a ponto de te ligar quando você entrou pela porta.

Lux olhou para a tinta.

— Qual é o problema?

— É branca.

— É.

— Pensei que deveria ser... vermelha.

Ser chefe não é fácil, pensou Lux. Ele está mentindo descaradamente, mas o que eu posso fazer?

— Não — disse Lux. — Branco está certo.

— Ótimo. Então, a não ser que você queira se deitar no chão para eu fazer sexo oral em você, e você não precisa nem me tocar, linda, será só você desta vez. Oh, sim, posso sentir você na minha boca agora mesmo.

Carlos mostrou a língua para ela, movendo-a para fora e para dentro da boca, chocalhando como se fosse a cauda de uma cascavel, a pontinha se acentuando e atenuando, prometendo uma dança de intensidade e precisão que, na experiência de Lux, só podia ser comparada ao chuveirinho da marca WaterPik.

Lux observou enquanto Carlos remexia o músculo de sua língua. Trevor havia emprestado a Lux um livro bem estranho, antigo, chamado *O Inferno,* e mostrara a ela como entender as palavras. Ela tinha devorado o livro, rindo a noite toda enquanto lia.

— Qual é a graça? — Trevor havia perguntado. Ele estava deitado a seu lado na cama, lendo uma biografia de uma lenda morta do esporte, respondendo a suas freqüentes perguntas sobre vocabulário e se maravilhando com o prazer que ela demonstrava pela leitura.

— Está escrito de um jeito engraçado — ela lhe dissera. — Mas, de fato, faz sentido, quando se sabe o código.

O limbo parecia estúpido e injusto, Lux havia declarado, mas ela se divertiu muito com as descrições das pessoas malvadas no inferno, sofrendo castigos apropriados a seus pecados: mentirosos mergulhados até o nariz na merda, amantes fustigados por ventos incessantes por terem submetido a razão ao desejo. Ela achou que era bom, num nível de história em quadrinhos. E, no entanto, ali na sala de estar de seu apartamento novo, encarando a língua bruxuleante de seu ex-namorado, Lux descobriu o abismo do inferno acenando para que ela se atirasse.

Carlos, pensou ela, Caaaaarrrrrlos. Carlos e seu beijo doce de pêssego poderiam cobrir meu corpo todo e aquele fiasco completo que acabou de acontecer com Trevor. Tudo aquilo poderia desaparecer na intoxicação de Carlos e sua língua de cobra. Eu poderia arquear minhas costas e zurrar como uma mula durante vinte minutos ou mais, todos os nós em meus músculos e em minha mente seriam lavados pelo fluxo de saliva e escorreriam por minhas coxas. Trevor não é meu dono, ela negociou consigo mesma. Só quero morar na casa dele até que possa comprar um segundo apartamento. Preciso de pelo menos doze meses de aluguel deste lugar antes de ter a entrada para outro. E o presidente Clinton disse que não é relação sexual se só usar a boca.

— Não — Lux disse a Carlos —, que nojento.

— O quê?

— Ponha essa coisa para dentro da boca antes que você azede a tinta.

— Tinta não azeda.

— Vai azedar, se você enfiar essa coisa comprida e nojenta nela. Agora, estou com um inquilino de mudança para cá amanhã e ainda não fizemos nenhuma borda. Então, vamos ao trabalho.

— Cadela mandona — Carlos disse e, então, mostrou a língua de cobra para ela de novo.

— Você vai acabar arrancando o olho de alguém com essa coisa, e aí? Como é que vai ficar?

— O Pau Velho deve ter se esquecido de onde mora sua xaninha e colocou a língua no seu olho. Pobrezinha, pobrezinha da sua xoxota.

Lux riu.

— Sei, vai pintando. Tenho que entregar as chaves amanhã, às nove da manhã, e não quero o lugar cheirando a tinta.

— E por que você se importa que o lugar esteja cheirando a tinta?

— Porque sim. Eu. Quero. Fazer um bom trabalho para que me contratem novamente. Foi uma boa grana e não foi tão difícil.

— Porque eu fiz tudo.

Ele havia feito a maior parte do trabalho. Sabia como colocar a fita adesiva para que a tinta branco-gelo das paredes formasse uma linha clara ao unir-se à tinta branco-neve do teto e das bordas. Ele havia encontrado o cara para refazer os assoalhos de madeira no fim de semana por um preço barato. Por quinze dólares por hora mais o almoço, Carlos havia sido sua mula durante seis semanas.

— Você fez um bom trabalho, Carlos. Se eu conseguir outro, vamos repetir a dose.

— O.k. Claro. Você acha que vai conseguir outro?

— Espero que sim.

— Pagando novamente por fora?

— Sim.

— O.k., mas você tem que fazer isso e não contar a Jonella porque ela e a cidade estão de olho no meu dinheiro por causa daquela merda de pensão alimentícia.

— Seu nariz está crescendo — disse Lux, e ela quis dizer de forma metafórica.

— Rã-rã — Carlos disse ao sair de sintonia e reajustar o filtro que o alertaria quando ela dissesse alguma coisa que tivesse a ver com ele. Carlos mergulhou um pincel limpo numa lata de tinta branca reluzente. Ela era uma garota bastante pirada. Em todo o tempo que havia passado com ela, poderia ter enchido um caderno com os troços estranhos que ela tinha dito; isso se ele tivesse, tipo assim, realmente escutado.

O *Clube do Conto Erótico*   **185**

Lux o observou trabalhar. Os inquilinos se mudariam na segunda-feira. Dentro de um ano, suas reservas financeiras teriam chegado a, no mínimo, trinta mil dólares. Seu advogado tinha dito que ela poderia comprar outra propriedade agora mesmo usando o valor líquido deste apartamento como entrada, mas parecia insano demais para ela. Não entendia bem o que ele queria dizer. E, como o advogado cobrava por hora, Lux tinha pensado em pedir a Trevor que lhe explicasse os detalhes sobre valor líquido de uma propriedade naquela manhã. E ela teria feito exatamente isso, se ele não tivesse sido tão antipático e possessivo.

Ele tinha ligado para seu celular quatro vezes na meia hora que ela levou para atravessar o parque entre o apartamento dele e o dela. Primeiro para se desculpar, depois para implorar e, então, para chorar. Na quarta vez, ela não atendeu.

Quando Aimee dissera que Trevor a amava e que a queria somente para ele, aquilo havia parecido não fazer o menor sentido. Mas então Brooke havia confirmado. Lux achava que Trevor gostava dela e que queria transar com ela, mas que não passava disso. Ele não a queria para sempre, assim como ela não queria ser sua esposa. Ela havia planejado morar no apartamento dele, se divertir, transar, jantar e conversar até que ele se cansasse dela e lhe pedisse para ir embora. Brooke a havia advertido de que tudo aquilo era uma cilada. E o comportamento dele hoje o havia comprovado. Lux sentiu que precisava agir, e agir rápido, se quisesse salvar a própria vida. Acreditava que tinha que cair fora antes que fosse tarde demais.

— Oh, que bucetinha mais doce que a minha Lux tem — Carlos cantava em voz alta e dissonante no cômodo ao lado. — E eu vou cair de boca nela assim que terminar de pintar essa borda. O que deve acontecer em menos de dez minutos.

Por que não?, pensou Lux. Não pertenço a ninguém além de mim mesma. Ela esperou até que ele estivesse quase terminando o trabalho. Então, tirou os sapatos.

— Vou testar o chuveiro. Garantir que esteja funcionando — ela gritou para Carlos, sabendo que ele viria correndo àquela idéia.

Ela enfiou a cabeça pela porta da sala onde ele estava para ver se tinha escutado. Ele estava removendo a fita adesiva e dobrando o forro do piso.

— Deixei um cheque para você na mesa da cozinha, Carlos. Ao portador, como você pediu. Só vou testar o chuveiro agora. Te vejo depois.

Ela fechou a porta, despiu a calça e a deixou formando uma pilha em frente à porta. Então, suas meias formaram uma segunda pilha. A calcinha ficou sozinha. Depois veio a camisa, a jaqueta e, finalmente, pendurou o sutiã na maçaneta do banheiro antes de entrar no chuveiro e abrir a água.

Carlos enfiou o cheque no bolso e pulou por cima dos sapatos, meias, calça e calcinha de Lux. Estava pensando no que faria com ela no chuveiro, como ia agarrar suas duas mãozinhas com uma das mãos e segurá-las acima da cabeça dela, deixar a água correr por seu corpo enquanto chupava seu mamilo e acariciava sua xoxota. Como iria provocá-la e lambê-la e fazê-la esperar até que estivesse implorando a ele para que a penetrasse profundamente.

Estava dando um passo sobre a camisa dela quando viu seu celular apontando pelo bolso. Ele o apanhou e pensou em telefonar para Jonella. Chamaria Jonella para que fosse até lá, e assim poderia excitar o clitóris de Jonella com a língua enquanto ela sacudia os peitos para que eles pulassem daquele jeito que o deixava louco. Talvez até comesse Jonella primeiro enquanto Lux ficaria esperando e olhando. Talvez comesse as duas ao mesmo tempo, só pelos velhos tempos. Enquanto considerava as combinações possíveis e tentava se lembrar de onde Jonella disse que estaria hoje, o pequeno celular de Lux tocou.

— Quem é? — Carlos disse ao atender o telefone no primeiro toque.

— Ah, bem, aqui é o Trevor. A Lux pode atender?

— Pode não, Pau Velho — Carlos gralhou no minúsculo telefone. —Tá ocupada.

19. O Soco

OI O SANGUE QUE O ENTREGOU. Apenas uma mísera gota de sangue que respingou do nariz de Trevor na blusa da pessoa errada. Se não fosse pelo sangue, tudo poderia ter ficado bem.

Em toda a sua vida, Trevor só uma vez havia levado um soco, acidental, de seu filho, durante um jogo de softbol com bandeira. O punho de Teddy havia se apertado em volta da bandeira de seu adversário e teria se erguido no ar em triunfo se não houvesse se conectado ao queixo do pai no caminho. A cabeça de Trevor fora lançada para trás, e ele foi visto durante várias semanas com um sólido hematoma, além de um colete cervical.

Quando Lux deu um soco em Trevor, no saguão da Warwick & Warwick Cia. Ltda., seu punho direito atingiu a lateral da cabeça dele, bem na têmpora. Os vasos rompidos derramariam sangue no branco do olho dele e deixariam a região imediatamente abaixo do olho primeiro negra, depois roxa e então verde, até desaparecer por completo.

Lux era forte, mas não era particularmente rápida e lhe dera uma série de advertências, ainda que numa linguagem que ele não pudesse entender:

— Se você não se afastar, Trevor, vou ser obrigada a tomar uma providência.

188 *Lisa Beth Kovetz*

Na língua que Trevor falava, a expressão "tomar uma providência" se traduzia numa ameaça vazia, ao passo que Lux sabia tratar-se de uma advertência justa sobre as conseqüências da repetição de um gesto tolo.

Após várias deliciosas e molhadas horas com Carlos, ela havia lutado para vestir suas roupas e encontrara dezessete mensagens de Trevor em seu celular. Ele também tinha ligado para a mãe dela, assim como para Jonella. Nem era tanto a quantidade de ligações, mas o fato de que ela nunca lhe tivesse dado nenhum dos dois telefones, o que fez com que o nó parecesse tão apertado em volta de seu pescoço. Ele sequer sabia o sobrenome de Jonella e, no entanto, havia conseguido encontrá-la. Lux sabia que a relação estava num mau caminho e não podia continuar correndo para que seu irmão Joseph a salvasse toda vez que as coisas começassem a feder. Portanto, ela resolveu pular daquele trem antes que ele colidisse. Na segunda-feira, após o trabalho, fez suas malas e se mudou para a casa da mãe.

Durante toda aquela semana, Trevor fez tudo que sabia para conseguir que ela voltasse. Flores. E-mails. Entradas para o teatro. Ela o estivera advertindo para que "desse um tempo, porra" há vários dias, mas, a despeito da simplicidade de suas palavras e atos, Trevor não soubera interpretá-los.

Nem mesmo no último minuto ele havia percebido o que estava a ponto de acontecer. Se houvesse, posteriormente, observado o fato em câmera lenta, Trevor teria claramente entendido que, quando a encurralou no saguão do trabalho e Lux disse: "Se você não se afastar, vou ser obrigada a tomar uma providência", ela já estava fechando as mãos em punhos. Ela lhe dera bastante tempo para se afastar dela. Em vez disso, ele se aproximou ainda mais, implorando: "Coelhinha, não podemos discutir o assunto?" Naquele ponto, Lux posicionou as pernas à distância uma da outra. Elevou as mãos em punhos diante do rosto.

Jonella saberia o que viria a seguir. Carlos, Joseph e qualquer outra criança do parquinho que já houvesse levado um soco teriam reconhecido que Lux, com seus punhos fechados à altura dos olhos, estava se preparando para golpear. Ela esperou, dando a ele mais uma chance de se afastar, mas Trevor era um estrangeiro, um turista caindo de pára-quedas em meio a uma insurreição. Ele se aproximou, estendendo a mão para tocá-la e, então... Pum.

O punho esquerdo ficou na frente do rosto dela para bloquear o soco que, reflexivamente, deduziu que ele lhe devolveria. O direito se afastou até a altura do cotovelo e zumbiu para atingir a lateral da cabeça dele. Péim.

O sangue e o ferimento no nariz dele não foram totalmente culpa de Lux. Trevor ricocheteou na parede atrás dele e, então, caiu para a frente, batendo o rosto numa mesa cheia de revistas. Depois de cair no chão, Lux saltou por cima dele e passou lentamente pela perplexa recepcionista, atravessou o labirinto que era o escritório de advocacia e foi até sua própria mesa. Os músculos em seu estômago estavam tão tensos que ela mal conseguia respirar. Seu futuro ex-patrão mais tarde a descreveria para os amigos como "ofegando feito um cão", o que realmente estava. Lux agarrou a bolsa, seu almoço, seu caderno e, então, passou novamente pela recepcionista.

Quando ela voltou para o saguão, o Sr. Warwick em pessoa, assim como Margot e alguns outros advogados seniores haviam se reunido em volta de Trevor e pressionavam lenços impecavelmente passados em seu nariz que sangrava. Trevor olhou fixamente para Lux conforme ela passava por ele. Notou que ela carregava sua bolsa e um saco de papel. Ela saiu do escritório e se dirigiu para os elevadores.

— Lá vai ela! Lá vai ela! — a recepcionista gritou quando Lux apertou o botão com a seta para baixo.

— Deixe-a, Sra. Deecher, deixe-a — Trevor gritou. O nome da recepcionista era Beecher, mas Trevor havia quebrado o nariz.

— Vou chamar a polícia — anunciou a Sra. Beecher.

— Na, na, não! — gritou Trevor e todos os demais concordaram.

— Nada de polícia! — disse Margot, um pouco alto demais.

— É melhor lidarmos com isso sozinhos — disse o Sr. Warwick. Ele se virou para Trevor.

— Que porra aconteceu aqui?

— Dão sei, senhor. Eu caí e bati na besinha de centro.

A Sra. Beecher ouviu com atenção. Se Trevor estava planejando mentir, ela teria que escutar a história agora para poder corroborá-la mais tarde.

— Foi só um acidente — Trevor disse com peso e finalidade. O assunto estava encerrado. Margot suspirou, aliviada que o incidente todo fosse se transformar em apenas um momento desastrado que poderia ser esquecido quando os ossos sarassem e o hematoma desaparecesse.

— Não foi não — disse Crescentia Peabody, raspando o pequeno círculo vermelho do sangue de Trevor que havia arruinado sua blusa de seda marfim. Era aquela que tinha babados no colarinho, a que ela gostava. Aquela mulher, Margot, a advogada que havia apresentado o contrato para o clitóris de Natal, em vez do catálogo de Natal, estava fazendo auê em cima do homem com o nariz sangrando. O que havia acontecido entre a garota magra e malvestida e esse homem de meia-idade não era da conta dela, a não ser pela mancha em sua blusa. Aquele pequeno círculo vermelho a tornava mais do que uma mera espectadora de suas vidas e, portanto, ela reportou o que havia visto.

— A garota ruiva, eles estavam discutindo e ela dizia para ele se afastar, para deixá-la em paz, mas ele continuou tocando-a e pedindo a ela que, por favor, fosse até o escritório dele para que pudessem discutir com calma, em particular. Ela começou a chorar, mas ele não a deixava em paz e, quando ele a agarrou pelo braço, ela o golpeou. Bem forte, inclusive.

Crescentia estava bastante certa em sua avaliação dos eventos. A Sra. Beecher tinha testemunhado a mesma porção da vida conjunta de Lux e Trevor e a teria descrito de forma similar, embora um pouco mais favoravelmente a Trevor porque ele sempre havia sido gentil com ela.

— Encontrem aquela mulher — Warwick instruiu. Então, ele apontou para Trevor. — Você. No meu escritório.

Margot queria desesperadamente seguir Trevor ao escritório de Warwick. Ele era um idiota tão honrado. Provavelmente contaria tudo a Warwick, inclusive as coisas de que Warwick não precisava saber. Mano

O *Clube do Conto Erótico*   **191**

a mano, Trevor entregaria ao velho munição suficiente para queimá-lo por sua indiscrição. Oh, na hora eles iriam rir daquilo, certamente, e Warwick poderia até dar um tapa nas costas de Trevor por ter mandado tão bem; porém, mais cedo ou mais tarde ele também daria um chute em seu traseiro por ter sido idiota e, no final, acabaria despedindo-o por comer uma secretária.

— Encontre aquela garota — Warwick disse para Margot quando ela tentou entrar no escritório.

— Mas eu acho que posso ser mais útil aqui, em seu escritório.

— Ainda sei como se escreve um contrato, Srta. Hillsboro. O que preciso de você é que faça uma contenção de danos. Não sei falar com as mulheres. Trevor é, obviamente, um completo idiota. Preciso que você faça aquela coisa da conversa que as mulheres fazem, aquela coisa de irmandade que vocês têm. Vá, não como advogada, vá como uma mulher, e a encontre, fale com ela e a convença a assinar o documento de quitação que Trevor e eu vamos escrever agora. Quero que você vá até o departamento de pessoal e pegue a ficha dela. Agora, mexa-se.

Margot olhou além do Sr. Warwick e viu Trevor afundar no sofá de couro bordô e apoiar a cabeça em sua mão. Ela rezou para que ele valorizasse a autopreservação acima da necessidade de confessar.

— E não volte até que tenha um acordo assinado, Hillsboro.

No caminho até o Queens, Margot começou a sentir-se um tanto incômoda com sua tarefa. Warwick havia escrito uma quitação eximindo a Warwick & Warwick Cia. Ltda. de responsabilidade legal em qualquer processo que Lux pudesse abrir contra Trevor. Em sua pasta, Margot levava dois cheques ao portador, de cinco e dez mil dólares, respectivamente. Se Lux quisesse mais que quinze mil, ela teria que fazer uma chamada telefônica. Warwick estava de plantão, esperando pelo telefonema.

Lux estava sentada na varanda da frente da casa de sua mãe quando Margot chegou.

— Por que não entramos? — disse Margot.

— Humm, não, acho que não.

— Nunca fiz negócios numa varanda e não estou preparada para começar agora.

—Tem um café descendo a rua, se você não se importar em caminhar até lá — ofereceu Lux.

— Não, temos algumas coisas pessoais a discutir. Acho que um café seria público demais.

Lux postou-se de forma protetora na frente da porta da casa de sua mãe. Lá dentro, a mãe e o irmão estavam largados no sofá, doidões. A cozinha estava suja. O piso de linóleo estava amarelado, à exceção dos pontos em que o amoníaco do xixi do gato havia produzido manchas brancas.

— Você não pode entrar na minha casa.

Xi, merda, ela vai processar, pensou Margot. Ela vai processar pra valer. Esta situação é claramente hostil. Como é que vou fazer com que ela assine isto?

— O que que eu posso fazer para que você me convide a entrar na sua casa?

Os olhos de Lux se acenderam. Ela lambeu os lábios. Respirou fundo e fez seu pedido.

— Está bem, me explique por que se pode pegar dinheiro emprestado com a garantia do valor líquido de uma casa?

— Hã? — Margot não entendeu.

—Você é surda?

— Não, eu só, hã, bem, o.k., você tem o direito de fazer um empréstimo dando em garantia o valor líquido de sua casa porque se trata do seu dinheiro e você pode fazer o que quiser com ele.

— Qualquer coisa que quiser?

— Sim.

— Você pode comprar outra coisa com ele?

— Claro. É seu.

Lux permaneceu calada e pensou sobre aquilo até que Margot a interrompeu:

— Podemos entrar agora?

Lux abriu a porta da frente e deixou que Margot entrasse na casa de sua mãe. O cheiro de mijo de gato era avassalador.

Pela porta da cozinha, Margot podia ver uma mulher mais velha e um rapaz jovem rindo de um programa vespertino na TV. A cozinha estava pintada de laranja com bordas cor-de-rosa e havia uma coleção de Nossas Senhoras que brilhavam no escuro, cobrindo a fórmica lascada da mesa da cozinha. Era, na opinião de Margot, uma paisagem social criada por Federico Fellini.

— Então? O que você quer? — Lux perguntou ao sentar-se de frente para Margot e brincar com uma das muitas Nossas Senhoras esverdeadas. Margot hesitou, momentaneamente paralisada pelas pinturas de palhaços sobre veludo que, de repente, notou atrás da cabeça de Lux. Lux se virou para ver o que Margot estava olhando.

— Pois é, meu pai tem uma das melhores coleções de pinturas de palhaços em acrílico sobre veludo da nação. Pode ser que você tivesse ouvido falar se, você sabe, lesse as revistas certas.

Os olhos de Margot começaram a lacrimejar por causa dos odores animais da cozinha da mãe de Lux.

—Você poderia abrir a janela?

Lux se levantou e abriu a janela sobre a pia. Ficou ali e não retornou à mesa de fórmica.

— Então? O que você quer? — Lux perguntou a Margot.

— Hã, bem, o escritório de advocacia Warwick & Warwick quer pedir desculpas pelo que aconteceu com você hoje.

As sobrancelhas de Lux se ergueram quase até a linha do cabelo e um sorrisinho dançou por sua boca.

— É — disse Lux secamente. — Foi horrível.

— Tenho certeza que sim. Junto com o pedido de desculpas gostaríamos de oferecer cinco mil dólares pelo seu sofrimento, desde que você assine esse documento de quitação para a firma.

— Dá aqui — disse Lux, estendendo a mão para os papéis que Margot estava tirando de sua pasta. — Posso pedir um dia para limpar minha mesa e tirar o que for pessoal do meu computador?

—Você não foi despedida — disse Margot.

Lux ergueu os olhos do contrato, a caneta em posição para assinar seu nome.

— O quê? É meu aniversário? Ou 1° de abril?

— Você abre mão do seu direito de processar a firma, volta ao trabalho amanhã e nós te daremos cinco mil dólares.

— Acho que não quero ver Trevor novamente tão já.

— Trevor foi afastado.

— Tipo despedido?

— Não, não *tipo* despedido, despedido de verdade — Margot confirmou, em voz baixa.

Lux afastou os papéis.

— Dez mil, então — disse Margot.

— Você é uma puta de uma vampira, não é? — disse Lux.

— Quinze mil é minha oferta final. Vou te dar cinco minutos para pensar. Depois disso, estará acabado — Margot disse.

Lux avaliou Margot como se ela fizesse parte de alguma espécie nova e estranha de ser humano.

— Vou tentar adivinhar, certo, e dizer que você fugiu de alguma cidadezinha do Meio-Oeste cheia de brancos idiotas e bundões que batem palmas no primeiro e no quinto. Você está entendendo o que eu estou falando?

Margot olhava para ela sem expressão. Não fazia a menor idéia do que Lux estava dizendo.

— Estou falando sobre, tipo, pessoas que viajam de férias usando camisetas *tie-dyed* idênticas para não se perderem, certo? Então você, tipo, vem para cá para fugir, só que uma pessoa não consegue fugir, certo? Você nunca, entende, consegue fugir do lugar em que fez o ensino médio. O que estou tentando dizer é que a pessoa pode abandonar tudo isso e dizer que não gosta, mas mesmo abandonando, a coisa ainda te contamina. Tipo me tome como um exemplo: não importa para onde eu corra, sempre estarei levemente danificada e quebrada. Eu vivo com isso. Mas, você sabe, o Trevor, ele é um cara limpo. Está me entendendo?

Claro, ele acha que sofreu por ter sido abandonado e por ter que abrir mão de sua casa de verão, oh, coitadinho, mas ele não sabe o que é se quebrar. Se eu fizer isso com ele, ele vai se quebrar.

— Não temos a intenção de punir ninguém, apenas de proteger a firma de publicidade negativa e de processos custosos.

— Eu quero o dinheiro — Lux começou —, mas o Trevor fica. Eu pedirei demissão. Ele fica com o seu emprego idiota e eu fico no dois e quatro.

— Não, o trato é de quinze mil — Margot a informou em tom arrogante.

— Claro, quinze mil. Dois e quatro significa que eu sempre sei a marcação da música, Margot.

Margot achou curioso estar numa cozinha laranja e rosa, rodeada por uma coleção do mais absoluto *kitsch* e ser corrigida por Lux Fitzpatrick. Talvez fosse apenas o efeito da fumaça vindo do cômodo vizinho.

— Estamos falando sobre música?

— Sim, as pessoas com, digamos, espírito frágil, certo? Essas pessoas tendem a bater palmas no primeiro e no terceiro compasso porque não sentem o ritmo que bate, tipo, no segundo e no quarto. Você sabe que bate, porque estamos falando de música, entendeu?

— Eu não sabia disso.

— Agora sabe.

— Obrigada.

Lux assentiu com a cabeça.

— Retribua o favor e me explique por que, tipo assim, é bom tomar um empréstimo com a garantia do valor líquido da sua casa — Lux ordenou.

— Oh, ah, bem, o.k. Dinheiro é bom e é uma ferramenta, e se trata do seu dinheiro e você deve usá-lo. Não o deixe ficar lá à toa, ponha-o para trabalhar. Se você tem um martelo e o deixa trancado no armário e não o usa, não é muito útil.

— E como se chega a ele? Como é que, você sabe, se disponibiliza dele?

— Você faz uma segunda na sua casa.

— Uma segunda o quê?

— Hipoteca.

— E se não tiver uma primeira hipoteca?

— Bem, então você está em excelentes condições. É provável que qualquer banco conceda uma linha de crédito se você possui totalmente um bem imóvel.

— Então você pede essa coisa de crédito num banco. Quando você vai ao banco, o que eles precisam saber sobre você? Você sabe, quero dizer, sobre a pessoa que está pedindo o dinheiro.

— Tudo.

— Ah — disse Lux, murchando.

— Quer dizer, tudo que for financeiro. Não seus assuntos pessoais.

— Você precisa ter um emprego?

— Ajuda. Mas se houver valor líquido suficiente, você pode obter um empréstimo sem comprovar renda.

— Entendo.

Lux se levantou, efetivamente encerrando a reunião.

— Obrigada por ter vindo.

As mãos de Margot tamborilaram sobre sua pasta e seus papéis quando ela se levantou da mesa de fórmica. Ela estava se acostumando com o fedor e sentia um estranho impulso de examinar cada uma das Nossas Senhoras fosforescentes, mas Lux já estava postada na porta da frente, abrindo-a.

Margot se levantou e seguiu Lux até o vestíbulo. Não queria ir embora. Queria espiar pela porta da sala de estar e ver as figuras que estavam em frente à TV. Queria penetrar o quarto de infância de Lux e ver se ainda havia pompons de líder de torcida pendurados na parede. Lux abriu a porta e acompanhou Margot para fora da casa de sua mãe.

— O que você vai fazer quanto a emprego?

— Vou arrumar um.

— Fazendo o quê?

— Sei lá.

— Farei com que o Sr. Warwick te escreva uma boa carta de recomendação.

— Que seja. Deixarei o telefone do meu advogado na sua caixa de mensagens. Você pode enviar para ele a quitação por fax e mandar um mensageiro com o cheque. Quinze mil; Trevor fica. Eu saio. Tenho certeza de que Aimee ficará encantada — Lux disse, em pé na varanda da frente.

Margot assentiu, não disse nada. Quando foi que Lux se tornou uma mulher, e uma mulher de negócios ainda por cima? Quando foi que arranjou um advogado? Margot olhou para Lux ali na porta. O mesmo cabelo feio. As mesmas roupas feias. Lux se virou e entrou na casa.

— Almoce comigo — Margot gritou pela porta de tela. Lux se voltou e olhou para ela como se estivesse louca. Margot aumentou a oferta.

— Se você almoçar comigo, te explicarei tudo sobre juros compostos.

— Trevor já me explicou. — Lux riu ao fechar a porta. Um instante depois, ela saiu novamente.

— E se você ama Trevor tanto assim, por que cargas d'água não está tentando livrá-lo dessa? — questionou Lux.

— Eu não amo — Margot começou a mentir, mas, então, mudou de rota: — Como você sabe o que eu sinto por Trevor?

— Eu sou o quê? Uma pedra? Sentei naquela sala de conferências e escutei suas histórias inteiras sobre Atlanta Jane e o homem dela que se parece tanto com Trevor. Eu te conheço porque sei como você quer fazer sexo. E você quer fazer sexo com ele, contra o móvel da casa dele. Mas agora você não pode, porque eu cheguei primeiro. Portanto, se você o ama tanto, como é que sou eu que tenho que protegê-lo?

— É, hã, é que, você sabe, não é minha firma. Sequer sou sócia. Só trabalho lá. E tenho que tomar cuidado com o meu próprio emprego.

Lux encarou Margot e, então, balançou a cabeça com desgosto. Entrou na casa da mãe e, embora Margot ficasse ali, aguardando, esperando que acontecesse algo mais, Lux não voltou a sair.

20. Putas

EU DEI TUDO DE MIM, Trevor. Eu argumentei, negociei e consegui convencer Lux a deixar o emprego dela para que você pudesse manter o seu. Foi duro. Quer dizer, ela gostava muito de trabalhar conosco, mas dei um jeito de convencê-la de que seria mais fácil para ela conseguir um novo emprego do que para você começar tudo do zero. No final, tive que aumentar a oferta para quinze mil, mas ela finalmente assinou e agora tudo está resolvido. Então, tire a calça e faça amor comigo, rápido.

— Não posso dizer isso a ele. — Margot ofegou.

— Está perto da verdade — Brooke rebateu. — Você foi até o Queens, salvou o rabo dele, livrou-o de problemas e custou quinze mil dólares para a companhia.

— Ela assinou de boa vontade e abriu mão do emprego antes mesmo que eu sugerisse. Foi tudo bastante... qual é a palavra certa?

— Estranho? — sugeriu Aimee, deitada de costas.

— Honrado. Mas algumas partes foram estranhas, considerando a casa e os zumbis no sofá. Cara, a Lux mora na Casa dos Doidos.

— Você acha que ela é lésbica? — Brooke perguntou, esperançosa.

— Não — disse Margot. — Ela definitivamente estava transando com Trevor e parecia gostar. Muito.

— Talvez ela dê umas passeadas por esse outro lado, às vezes, quem sabe? — Brooke perguntou novamente.

— Não deu nenhuma indicação disso, embora não estivéssemos falando sobre sexo. Bem, não estávamos falando sobre mais sexo, apenas sobre o sexo que ela já tinha feito com Trevor e como isso se refletia em sua situação de trabalho.

— E como ela vai fazer com relação a dinheiro? — perguntou Aimee do conforto de sua cama aconchegante. Ela estava presa à cama durante semanas e havia perdido totalmente o episódio "Lux Espanca Trevor" no trabalho.

— Morar na casa da mãe, imagino, e Deus do céu, vocês não acreditariam como é aquela casa. Está decorada no estilo que eu chamaria de Escola de Decoração do Moleque Doido. Cada parede é de uma cor diferente e há essas coleções de brinquedos antigos e coisas *kitsch* por todos os lados. Explica muitas coisas! É claro que ela tinha que se vestir daquele jeito. Cresceu dentro de um programa infantil psicodélico. Bem, de um programa infantil de bêbados e drogados. Meu Deus! O cheiro de mijo de gato e maconha na cozinha da mãe era avassalador! Fico surpresa e impressionada que ela tenha chegado tão longe na vida.

Margot e Brooke olharam involuntariamente para Aimee.

— O quê? — Aimee perguntou.

— Você não se importa que a gente fale sobre a Lux?

— E por que deveria me importar?

Quer ela percebesse ou não, Aimee havia se imposto às amigas, fazendo com que evitassem Lux ou, pelo menos, que fingissem evitá-la. E apesar de estarem velhas demais para ceder completamente à sua vontade, nem Margot nem Brooke falavam sobre Lux com Aimee.

E, no entanto, elas mantinham contato com ela. Margot tinha necessidade profissional de telefonar para Lux novamente e estava ansiosa para fazê-lo por motivos pessoais. Brooke convidou Lux para ir a Croton-on-Hudson, à casa de piscina de seus pais, para começar seu retrato. O quadro iria requerer várias sessões e Brooke esperava que elas continuassem sendo amigas. As mulheres já eram suficientemente grandes para fazer o que bem entendessem, mas não eram capazes de sugerir a inclusão de Lux em seus saraus inteligentes e espirituosos em volta da cama de Aimee.

Elas tentavam dar uma olhada em Aimee pelo menos uma vez por dia. Brooke e Margot passavam pelo apartamento de Aimee levando alimentos, DVDs e ânimo. Nas tardes de terça, levavam o Clube do Conto Erótico.

— Quem quer ler primeiro? — Margot perguntou.

— Eu — Brooke e Aimee disseram, ao mesmo tempo.

— Não, não, pode ir você — disse Brooke. — O meu é só uma coisinha que escrevi na sexta passada no trem A.

Aimee abriu seu manuscrito. Era impossível usar o computador enquanto estivesse deitada na cama e, portanto, havia escrito seu texto à mão. Ela sentira profundamente a falta do corretor ortográfico do computador. Depois de tantos anos digitando, descobriu que não se lembrava de como escrever em letra cursiva. Letra de forma lhe dera câimbra na mão e, obviamente, apagar era o cão. No fim, tinha rabiscado os trechos que não queria e, relendo o texto, percebera que seus esforços não pareciam muito diferentes dos papéis que Lux produzia.

— *Estou parada à porta* — Aimee leu. Deitada de costas, ela segurava o papel acima da cabeça. — *Ele coloca o dinheiro sobre a mesa e eu começo a fazer todas aquelas coisas que se parecem ao amor, mas que, na verdade, têm a ver com dinheiro e sobrevivência. Estou usando um vestido que mal cobre meu corpo. É fácil de tirar e a sujeira não aparece. Ele já esteve aqui antes, então eu sei do que ele gosta. Espero até que ele me mande tirar o vestido.*

"Ele me diz para mostrar meus peitos, então eu deslizo a parte de cima do vestido pelo corpo, revelando meus seios um de cada vez. Ele gosta de olhar para as partes do meu corpo de forma individual. Eu, inteira, não lhe provoco nada. Ele gosta dos meus seios apertados um contra o outro criando uma fenda voluptuosa, então eu aperto um seio contra o outro, tomando cuidado para não tapar os mamilos. Ele gosta de ver os mamilos rosados apontando entre os meus dedos. Meus seios são flexíveis. Aquilo não dói.

"Ele se levanta da cadeira. É um movimento repentino e compulsivo, como se ele também tivesse necessidades urgentes a satisfazer. Agarra meus seios em suas próprias mãos e eu perco o equilíbrio quando ele coloca um mamilo na boca. Ele me empurra contra a parede, arrancando o resto do vestido do meu corpo.

O Clube do Conto Erótico **201**

"'São cinqüenta extras, pela parte de baixo', eu o lembro. Ele assente e resmunga, concordando com o preço, prometendo pagar quando tiver terminado.

"'Dinheiro na mesa', eu sussurro, afastando suas mãos, para que ele não se esqueça de quem somos e do que estamos fazendo. Ele tira o dinheiro do bolso e o coloca sobre a mesa, onde eu possa ver. Ele está aliviado? Ou irritado? Não importa. Ele volta para mim. Empurra meu corpo até o chão e abre minhas pernas. Ele pagou pela parte de baixo, então pretende usá-la."

Aimee parou de ler. Deixou o manuscrito cair sobre seu peito.

— E daí, o que acontece? — Brooke perguntou.

— Bem — disse Aimee —, depois de escrever essa última frase, fiquei aqui sentada na cama vendo o sol se mover por esse quadradinho da coberta. Não me mexi nem fiz qualquer outra coisa durante um longo tempo. Quando a luz chegou ao meu peito, telefonei para o banco e transferi todo o dinheiro que ele me enviou de nossa conta conjunta para minha poupança particular. Então, telefonei para a agente dele e peguei o número do telefone do hotel em que ele está hospedado em Tóquio. Daí, liguei para o meu advogado e lhe pedi que enviasse os papéis iniciais do divórcio por fax para Tóquio.

Margot e Brooke ficaram quietas, incertas do que dizer.

— Aí já eram mais de seis horas. E simplesmente fiquei aqui na cama, até que, de repente, eram dez horas. Acho que estava esperando pelas lágrimas. Não vieram. Eu não podia me mover. Acho que, se tivesse que me levantar e ir trabalhar, não conseguiria. Sentia como se não fosse capaz de fazer nada além de ficar deitada olhando para o teto, coisa que funciona bastante bem, levando em conta que eu não devo mesmo fazer nada além de ficar deitada olhando para o teto. Em algum momento, provavelmente terei que sair — Aimee disse finalmente. — Sair do apartamento, quero dizer. Não tenho condições de manter este lugar enorme sozinha.

— Uau — Brooke disse.

— É por isso — Aimee declarou, sacudindo seu manuscrito no ar. — Pensei em brincar um pouco e explorar como seria ser uma prostituta e, adivinha só, todos os sentimentos já estavam aqui, no meu peito.

Quer dizer, não sou a puta sexual, mas uma puta do amor e da afeição. Ele me manda dinheiro, então pode me tratar feito merda. Assim, ele pode ser amado quando sentir necessidade de submergir em uma família. Ele que se foda. Eu não sou assim.

— Putz — disse Brooke —, a partir de agora vou tomar muito cuidado com o que escrevo.

Margot e Aimee riram.

— Como você está se sentindo agora? — Margot perguntou.

— Triunfante e, em seguida, aterrorizada. Aliviada e, em seguida, assustada. Tipo, nesse momento, tudo está bem, mas eu não queria, na verdade, ser mãe solteira. Quando contei a minha mãe que o tinha largado e que estava com medo de ser mãe solteira, ela me disse: "Mulheres muito menores sobreviveram."

— Ela tem razão — disse Margot.

— Sim, mas eu estava esperando que ela dissesse algo do tipo "você não está sozinha, meu bem; o papai e eu estamos aqui para te ajudar".

— Eu vou ajudar — Margot deixou escapar.

— É claro, nós duas vamos te ajudar, Aims — disse Brooke, baixinho.

Aimee sabia que um bebê começava a vida como um poço tão fundo de necessidade que quase chegava ao centro da Terra. Tinha medo de que se ela e o bebê começassem a pedir ajuda, nunca mais parariam. Brooke e Margot, naquele mesmo instante, pensavam que, se pudessem compartilhar do fardo, também poderiam compartilhar do amor.

— Obrigada — disse Aimee. — Acho que vou ficar bem.

— Não, sério — disse Margot —, eu quero ajudar.

— O.k., mas pode ser mais do que simplesmente navegar por uma loja de brinquedos — Aimee advertiu.

— Estamos aqui para te ajudar — disse Brooke.

Aimee sorriu e ficou surpresa em perceber que suas bochechas estavam vermelhas e que seus olhos começavam a se umedecer. O corajoso ato de entrar com o pedido de divórcio a havia feito se sentir tão forte, até o momento em que o fez.

O Clube do Conto Erótico   **203**

— Então, alguém tem mais alguma coisa para ler? — ela perguntou, passando a mão pelo rosto. Não queria se deixar dominar por nada, fosse tristeza ou amor. Queria se livrar da dor que ele havia lhe causado e seguir adiante com sua vida.

— Nada que se compare ao seu fantástico insight pessoal — disse Brooke —, mas eu fiz uma tentativa de escrever um poeminha sobre masturbação.

— Deixe-nos impressionadas — disse Aimee.

— Então tá, lá vai — disse Brooke. Ela recitou seu novo poema de memória:

— *Apoiando os quadris num cobertor,*
Entreguei-me a meu ato pecador.
E tentei não pensar
Em como minha mãe iria se embebedar
Se eu me casasse com meu vibrador.

— Oh! Bravo! Bravo! — Margot aplaudiu.

— Não é lá essas coisas — Brooke confessou —, mas também o que mais poderia rimar com "vibrador"?

— Bem, "dos Anéis o Senhor" — ofereceu Aimee —, mas não vejo como isso se encaixaria no seu poema. — Enquanto elas tentavam encontrar a rima perfeita para o poeminha de Brooke, os pensamentos de Margot fluíram de "vibrador" a "sexo", a "amor" e, então, fixaram-se em "dinheiro".

— Você acha que é realmente assim que acontece? — Margot perguntou. — Quero dizer, ser prostituta.

— Não faço idéia — Aimee disse. — Pergunte a Lux.

— Isso é crueldade — disse Brooke.

— Não quis dizer de forma vil — disse Aimee. — Quis dizer que ela teve uma explosão enorme, e eu só havia sugerido que estivesse se vendendo. E estou pensando que talvez tenha chegado mais perto da verdade do que jamais poderia entender. Quer dizer, se não é uma possibilidade, então você não tem medo daquilo e... oh, meu Deus, vocês acham que Lux era realmente uma prostituta?

— Ela, de fato, tem dinheiro guardado em algum lugar — disse Margot. — Não está pedindo referências e não parece ter nenhuma intenção de arrumar um emprego. Ela tem um advogado contratado, um cara bem velho. Desse tipo que já morreu há três anos, mas que continua aparecendo para trabalhar mesmo assim. Dei uma investigada nele e, batata, seus principais casos eram referentes à prostituição. Ele só tem Lux e outra senhora de idade como clientes.

—Você não acha que ele é cafetão dela, acha? — Aimee perguntou.

— Nós deveríamos denunciá-lo. Quer dizer, não deveríamos protegê-la de alguma forma?

— Não, não. Não pode ser. Pode? Os cafetões têm que ser uns filhos-da-puta durões, certo? — Margot perguntou a Brooke.

— E por que você está perguntando para mim? Cresci na Quinta Avenida. O mais perto que cheguei de uma prostituta foi com a minha babá. Ela me amava pelo salário.

— Bem, esse velho não é cafetão dela. Ele mal consegue segurar o lápis. Apesar de ter verificado item por item do meu documento de quitação.

Houve silêncio por um momento, as três mulheres analisando seus próprios pensamentos.

—Tenho sido uma bruxa ultimamente, não? — Aimee perguntou.

— Claro que sim. — Brooke riu. — Em que sentido?

— Com relação a Lux. Ela se veste terrivelmente. E é grossa e vulgar. E é jovem demais e bonita demais. Oportunidades demais à sua frente. Mas aqui estamos nós, falando sobre a possibilidade dessa coitada ser ou não uma prostituta e percebo quantas coisas eu tenho a que não dou o devido valor. Preciso ser mais gentil com ela. Tenho sido Grima Língua-de-Cobra quando deveria ser Aragorn.

— Não entendi nada dessa última frase, mas o primeiro pensamento está certíssimo. Sim, você tem sido uma verdadeira bruxa com ela — Brooke concordou.

—Vou me comportar melhor. Vou ser mais legal com ela. Por que vocês não a convidam para vir também na próxima vez que vierem aqui?

O Clube do Conto Erótico **205**

— Claro — disse Margot. — Assim que ela assinar a quitação, posso falar com ela de novo.

— Será que deveríamos fazer um *make-over* com ela? — perguntou Aimee. — Levá-la para fazer compras e fazer um corte de cabelo adequado?

— Gosto dela como ela é e, de qualquer jeito, você não pode sair da cama — Brooke a lembrou.

— Vou convidá-la para almoçar com a gente quando entregar os papéis finais e o cheque dela. Mas lembre-se, Aimee, ela não é um cachorrinho nem uma órfã — Margot criticou e teria dito mais não fosse pela campainha ter tocado.

— Está esperando alguém? — Margot perguntou.

— Sim, estou — disse Aimee. — Estou vendendo a vagina.

— E tem alguém que a quer? — Brooke perguntou educadamente.

— Você ficaria surpresa com a popularidade daquela vagina — disse Aimee.

Margot olhava para as amigas com horror.

— Do que — Margot perguntou — vocês estão falando?

— Da enorme vagina loura que ele pendurou naquela sala de estar.

Margot ainda não podia imaginar sobre o que Aimee estava falando.

— Eu a vendi para um clube no distrito de manufatura de carnes por doze mil — disse Aimee. — Com a moldura, é claro.

— Uma fotografia! — Margot disse, triunfante. — Vocês estão falando sobre uma fotografia.

— É claro. — Aimee riu da cama. — Estou começando uma nova vida onde não há espaço para uma vagina loura de um metro e meio de largura por dois de altura.

21. Viagra

— VOCÊ NÃO GOSTOU do vestido que lhe comprei — disse Bill em vez de olá quando Brooke girou sua chave e entrou no apartamento dele. Na fresca penumbra, Brooke se apoiou num exótico painel de madeira entalhada e o examinou por cima de seus óculos escuros. O apartamento de doze cômodos, embora decorado suntuosamente, estava sobrecarregado de móveis caros revestidos por tecidos delicados demais que faziam Brooke sentir que não havia lugar onde descansar seu traseiro. Brooke havia herdado uma propriedade similar de sua avó materna e morara lá brevemente, antes de se mudar para uma parte mais animada da cidade.

— Querido, você é um retardado antiquado que ainda pensa que Bean, Bass e Brooks Brothers formam o triunvirato do universo da moda.

— Mas foi melhor, certo?

— Melhor?

— Do que o último vestido que comprei.

— Oh, Deus, sim. Aquele vestido de formatura pêssego! Este foi muito melhor.

— Bem, pelo menos é alguma coisa. Você não se importa se eu continuar tentando, não é?

— Sou sua boneca. Me vista como quiser.

—Verdade?

— Bem, não. Quero dizer, sim. Você pode me comprar roupas, mas, sério, Bill, não posso prometer que vou usá-las. Quer dizer, fora de casa, é isso.

Brooke ficou na ponta dos pés para beijá-lo. Perdeu o equilíbrio e se apoiou levemente nele. A sensação de seu corpo delicioso, tonificado, acionou um interruptor nela que Brooke, imediatamente, desligou. Eles tinham uma linda noite planejada, e ela não queria pressioná-lo. Talvez mais tarde, ou amanhã de manhã, ela abordasse aquele assunto difícil. Não tinha provas de que ele estivesse dormindo com outra pessoa, apenas uma suspeita. Quando ele estivesse pronto, diria a ela o que estava errado.

Os escarpins rubi a deixariam praticamente da altura de Bill. Assim como Brooke, Bill era longilíneo, magro e louro. Como um par de deuses patrícios, eles pareceriam incríveis juntos naquela noite.

—Você acha que eu deveria usar o colarinho com botão ou aquele mais pontudo? — Bill perguntou a ela.

— Os pontudos estão na moda, acho.

— Minha mãe disse para usar o colarinho de botão.

Brooke ouviu, mas não respondeu. Bill tinha uma ampla seleção de smokings e um era tão bonito quanto o outro.

O Lanvin rubi dela havia chegado e a criada o pendurara atrás da porta do quarto de Bill. Brooke despiu suas roupas e se enfiou no chuveiro. Embrulhada numa toalha, ela espalhou creme hidratante pelo corpo e aplicou maquiagem no rosto. Levantou o vestido por cima da cabeça e o deixou acomodar-se sobre o corpo. Brooke era escolada no processo de ficar estonteante.

Ele estava esperando no vestíbulo quando ela desceu as escadas, o vestido vermelho dançando ao redor dos tornozelos. A bolsa tinha uma tira dourada que ela deixou no pulso para que pudesse colocar sua mão na dele ao dançar. Ela deixou a bolsa pender por um instante quando ele se virou, e ela fez sua pose de "tcharan!", para que ele admirasse seu vestido.

Pelo modo como ele a olhou, ela soube que a amava. Ele amava suas piadas, e amava seu estilo. Havia chegado ao ponto de amar as tatuagens que um dia o haviam horrorizado. Amava seus quadros e aquilo, para ela, era como amar sua alma. Amava seus pés e amava suas pernas, seus dedos e seus olhos. Com todo aquele amor fluindo dele, certamente encontrariam uma maneira de recuperar sua vida sexual.

— Meu celular cabe na minha bolsa, mas, se o levar, não caberá mais nada. Então, é o celular e o batom, ou dinheiro, escova e batom? O que você acha?

Bill sorriu inexpressivamente para ela.

—Vamos — ele disse e um sorrisinho travesso brincou em seus lábios.

O baile beneficente para distrofia muscular daquela noite aconteceria no Guggenheim, um dos lugares favoritos de Brooke na cidade. Agora que ele era um juiz, todos os seus antigos colegas advogados requeriam sua presença com uma intensidade fervorosa. Bill e Brooke estariam no centro de uma feroz tempestade social que era, ao mesmo tempo, lisonjeira e irritante. No entanto, Bill adentrou o museu com Brooke ancorada a seu braço como um navio enorme navegando em águas tranqüilas. Seu rosto suave e plácido escondia o turbilhão que ele começava a sentir em suas pernas.

— A senhora está linda esta noite, Sra. Simpson — gralhou um jovem advogado que teria adorado tirar seu Lanvin com os dentes. — Ei, Meritíssimo, importa-se que eu dance com a sua garota?

— Na verdade, sim — Bill disse ao levar Brooke para a pista de dança.

Tendo freqüentado os mesmos bailes de debutantes e as mesmas festas escolares, Bill e Brooke conheciam as mesmas valsas como um cachorro conhece sua cama de flanela xadrez. A mão dele encontrou a parte baixa de suas costas, e ela descansou a sua na maciez do pescoço dele. Colocou o rosto contra o dele e o peito de encontro à frente do seu smoking. Quando ela pressionou o corpo contra a parte de baixo do dele, sentiu que ele tinha uma ereção.

Brooke tropeçou um pouco em seus escarpins vermelho-rubi.

— Isso é para mim? — ela perguntou-lhe e, quando ele não respondeu, olhou em volta procurando o que quer que houvesse passado recentemente pelo campo de visão de Bill. Seria o desejo de triunfar sobre o jovem advogado que havia acelerado Bill?

— São os quadros?

— Não.

— Os móbiles? — ela perguntou e pressionou o corpo de novo contra o dele ao dançar, só para ter certeza de que realmente estivesse ali. De fato, algo grande e quente estava arruinando o alinhamento da calça do smoking de Bill.

— É meu vestido, talvez? — Brooke adivinhou.

— Psiu. Apenas dance comigo.

Eles deslizaram pela pista de dança, com o corpo bem junto um do outro, e Brooke não podia evitar que seu sangue afluísse para a região entre suas pernas e começasse a criar uma esperança morna e úmida.

— Sou eu? — ela perguntou, finalmente.

— Não — ele disse. — Quer dizer, sim. É para você. Meu médico receitou uma coisa. Ele disse que levaria cerca de quatro horas para fazer efeito, mas errou por três e meia.

—Você está brincando? — Ela parou de dançar.

— Não, não estou brincando, e não se atreva a se afastar de mim — Bill disse e a puxou para mais perto de si.

— Você não pode me segurar a noite toda em frente do seu problema quimicamente aumentado.

— Posso sim.

Brooke se separou e foi direto para o bar, deixando Bill se sentindo exposto e tolo na pista de dança. Ele caminhou calmamente em direção à mesa designada para eles. Movia-se devagar, como se não tivesse preocupação nenhuma neste mundo. Qualquer pessoa que tivesse notado a inconveniente saliência no smoking de Bill teria, certamente, acreditado dever-se a uma sombra passando por sua virilha e não à mais gigantesca e incontrolável ereção que Bill Simpson já havia experimentado. Bill se sentou cuidadosamente à mesa e pegou seu celular.

— Brrrrrring ba ba du da! — cantarolou o celular de Brooke de dentro de sua minúscula bolsa de festa. Ela sabia que era ele. Estava sentado a apenas alguns metros dali, e ela o vira discando.

— Eu fiz por você — ele disse quando ela atendeu. — Fiz para te deixar feliz.

— EU ESTOU FELIZ! — Brooke gritou em seu celular. Ela o fechou com força e num instante atravessou a distância até onde Bill estava sentado. — POR QUE NINGUÉM ACREDITA QUE EU ESTOU FELIZ?

— Não grite — ele implorou ao acenar para um rosto conhecido e para a esposa grávida do rosto conhecido.

Brooke deslizou na cadeira ao lado dele. Passou o braço em volta de seus ombros e sussurrou em seu ouvido:

— Estou muito feliz. E te amo.

— Eu também te amo, Brooke. É só que eu...

— O quê? — ela perguntou. Ele olhou para o vermelho perfeito de sua boca. Analisou a forma como o rubi do batom fazia sua boca parecer úmida e promissora.

— Você o quê? — Brooke perguntou.

— Cheguei à conclusão de que, humm, eu, humm, não sou suficiente para uma mulher vibrante e excitante como você — ele disse, finalmente.

Brooke deixou a mão cair no colo dele e agarrou sua protuberante ereção.

— Que parte não é suficiente? — Ela abriu o zíper e afastou sua cueca. Bill ofegou quando ela segurou seu pênis. Ele colocou as duas mãos sobre a mesa e agarrou a toalha branca de linho.

— É suficiente que você me ame? Que tenha me amado durante mais de vinte anos?

Bill queria responder, mas não conseguia articular as palavras.

— Acho que é hora de nos assentarmos e casarmos — ela disse honestamente, enquanto acariciava a ereção dele.

O *Clube do Conto Erótico* **211**

Ele sabia que Brooke merecia mais do que podia lhe dar. Achava que ela merecia um homem melhor, mas, ao mesmo tempo, temia a idéia de que ela pudesse acabar encontrando alguém. Ele achava que algum dia eles superariam esse negócio de sexo e envelheceriam juntos, de mãos dadas. No presente momento, porém, ele achou melhor segurar-se na mesa conforme o sangue lhe fugia da cabeça.

— Brooke — Bill ofegou —, pare um momento.

— Não — disse Brooke ao puxar e soltar, puxar e soltar.

— Vamos lá lá lá lá lá para fora — ele implorou. — Preciso te contar uma coisa.

— Oh, olá, Sr. Adelman. Sra. Adelman — Brooke cumprimentou um casal mais velho que parou em sua mesa para cumprimentar Bill.

— Achei seu julgamento do caso Baldwin contra Sterling fantástico — disse o Sr. Adelman.

— Obrigado, Mark — guinchou Bill. Os Adelman pareceram preocupados.

— Laringite — Brooke explicou rapidamente. — A febre passou, e os médicos disseram que ele está bem, mas a voz ainda não voltou ao normal.

— Chá quente com mel é a melhor coisa para o seu problema — sugeriu o Sr. Adelman.

— Ohhh! Bill, mel seria perfeito — disse Brooke.

Bill só podia assentir com a cabeça para os Adelman conforme seus testículos se contraíam e soltavam, contraíam e soltavam no ritmo dos movimentos mais urgentes da mão de Brooke.

— Alivia a garganta de verdade — concordou a Sra. Adelman.

— Você quer que eu pegue um pouco de mel para você, Bill? — Brooke perguntou, movendo a mão apenas a partir do cotovelo, tomando cuidado para não alterar a linha reta de seus ombros.

— Acho que ficarei bem se ficarmos sentados aqui desse jeito, querida — disse Bill.

Os Adelman sorriram e seguiram adiante para cumprimentar outros amigos, completamente inconscientes do que estava acontecendo embaixo da toalha de linho da mesa cinco. Brooke era, afinal, uma debu-

212   *Lisa Beth Kovetz*

tante, e havia aprendido uma ou duas coisas em todos aqueles bailes intermináveis.

—Vamos para casa — Bill disse assim que os Adelman se afastaram.

—Vamos ficar — Brooke disse, sorrindo, puxando, esfregando.

— Eu acho que deveríamos ir.

— Ohhh! Olhe! É manteiga isso em cima da mesa?

Os olhos deles se encontraram e, num instante, Bill viu tudo o que iria perder se optasse pela honestidade. Repentinamente, puxou sua ereção da mão dela e enfiou para dentro da calça.

— Manteiga estragaria meu smoking — ele disse a ela enquanto, numa ação contínua, afastou-se da mesa e abriu o celular para pedir seu carro. Agarrou Brooke pelo braço e a arrastou através da festa em direção à porta.

— Boa-noite, Sra. Crane. Que bom te ver, Ed. Ei, Sal, como vai o tênis? — disse Bill, devolvendo sorriso por sorriso, cumprimento por cumprimento, cada piada e brincadeira vazia que ocultava o forte aperto com que segurava a mão de Brooke. O vestido ondulava atrás dela e seus sapatos batucavam no mármore enquanto ela dançava atrás dele.

— Boa-noite, Tomas. Que pena que temos que partir tão cedo. Bill está com uma dor de cabeça terrível. Sim, sim, me ligue e colocaremos o papo em dia.

Ele só parou para esperar que a porta giratória se esvaziasse.

— Excelente festa — Brooke exclamou para o anfitrião quando Bill a puxou pela porta de vidro até a rua. Seu carro já estava parando quando ele a beijou com força na boca e a empurrou para o banco de trás.

— Dirija devagar — Bill ordenou ao motorista ao fechar a repartição entre eles. Brooke teria ficado feliz em esperar até que chegassem em casa, mas Bill já estava levantando as dobras vermelhas de seu vestido. Ele teria arrancado sua calcinha se ela estivesse usando uma. Abriu o zíper de sua calça e, agarrando Brooke pelo dragão dela, recostou-se no banco e a penetrou com uma ereção total e grossa.

— Eu te amo, Bill — ela disse, mas um momento depois não ligava para o que ele respondesse. Havia coisas a discutir, mas os pensamentos inteligentes estavam desaparecendo em favor das sensações. Era como nos velhos tempos, quando Bill a estava recém-descobrindo e ainda podia se excitar com sexo em qualquer formato. Ele levantou a mão e tocou seus lábios enquanto ela se movia para a frente e para trás sobre seu pênis rígido. Lá pela rua 34, ela começou a gozar. Começou em sua nuca e desceu em ondas por sua espinha. Quando ela começou a dizer "Oh, oh, oh", Bill se sentou e beijou sua boca, seu pescoço e seus seios.

Quando ela estava terminando, quando sentia como se nunca mais pudesse fazer sexo novamente, começou a notar que ele não havia gozado. Nem chegado perto. Sua ereção estava esculpida em cimento.

O motorista estacionou em frente ao prédio de Bill e esperou mais instruções.

— Dê uma volta no quarteirão — Bill gritou roucamente do banco de trás. Mesmo com o tráfego, não foi tempo suficiente. Brooke encontrou seus sapatos, e Bill endireitou as roupas antes de correrem para ver quem chegava primeiro ao saguão e, depois, ao apartamento.

Ele se deitou de costas na cama, nu, com a ereção perpendicular ao teto. Um perfeito ângulo de noventa graus. Brooke veio do banheiro e ele se sentou. Ela deixou que a camisola escorregasse por seu corpo e deu um passo para sair dela. Bill ficou em pé (sua ereção, agora, exatamente paralela ao chão) e beijou o rosto dela, seus olhos e seus lábios.

— Você pode continuar? — ele perguntou.

Ela assentiu, surpresa e feliz por ele querer.

Gemido por gemido, a segunda vez não foi tão boa quanto a primeira. No carro, havia sido uma surpresa tão grande estar fazendo amor com ele que ela não tinha sido capaz de pensar em mais nada. Em sua cama, ela soube que ele não era mais o melhor parceiro sexual de sua vida. Ela podia sentir que ele não se deliciava com seu corpo da forma como ela se deliciava com o dele. Aquilo diminuiu sua paixão. Ela sabia, quando ele pegou o gel e a penetrou por trás, ainda que o corpo dela prendesse o dele com força, que ele não estava com ela da forma como estava com ele. E, no final, depois de dar a ela vários outros orgasmos satisfatórios, ainda não tinha conseguido gozar. Na verdade, a despeito do que fizessem, não conseguiam fazer com que a ereção desaparecesse e, no fim, decidiram entrar na banheira de água quente e tentar relaxar.

— Não toque nele! — ele advertiu quando ela escorregou para dentro da ampla banheira de mármore.

— Eu não ia tocar — ela prometeu. —Você quer que eu lave suas costas?

— Sim, por favor — ele disse fracamente.

Quando finalmente se encolheu a um tamanho humano, Bill saiu da banheira, se enxugou e deitou nu em sua cama ao lado de Brooke.

— Eu te amo — ele disse. Ela estendeu a mão pelos lençóis e disse:

— Eu sei que ama.

Uma exaustão silenciosa e alegre se abateu sobre os dois. Brooke achou que conhecia as limitações dele. Ele tinha mau gosto para vestidos, bom gosto para arte. Talvez com um urologista melhor eles pudessem superar essa fase tão dura, ou mole, no caso, em seu relacionamento. Apesar de tudo, ela acreditava que eles estavam ligados um ao outro. E nós temos muito de que nos alegrar, pensou Brooke, apesar das imperfeições primárias na cola que nos une.

22. Sexo Ruim

ELA TENTOU NÃO OLHAR para o hematoma no rosto dele e o sangue em seu olho onde o havia esmurrado. Lux estava dando duro demais para se incomodar com fracassos passados.

Ele não havia, como de hábito, tido uma ereção imediata ao ver o tecido escorregar pelos mamilos dela e cair ao chão. Ela remexeu as roupas de cama, puxou o lençol de cima de Trevor e pressionou seu lindo corpo contra o dele, mas ele continuou deitado ali, com uma expressão de confusão dolorosa no olhar e sem qualquer inchaço prazeroso para ajudá-lo a sair do incômodo. Ela se esfregou e acariciou, e lambeu, e provocou, mas, ainda assim, nada aconteceu, até que ela tocou a pequena porção de pele entre seus testículos e o reto. Só então ele gemeu e, repentinamente, se encheu de paixão. Lux pensou em como uma panela no fogo pode ferver de repente e espalhar tudo pelo fogão.

Os papéis tinham sido assinados e o dinheiro estava em sua conta no banco. Lux estava pronta para voltar à vida normal, exceto pelo fato de que teria que morar com a mãe e ter outro emprego. Seria melhor assim, ela sabia. Eles não iriam se ver todos os dias e, portanto, ela não iria se sentir tão ameaçada e presa pelo amor dele. Tarde da noite, quando enfiou a chave na fechadura da porta dele, pensou por um momento que deveria ter ligado antes. Mas aquilo teria estragado a surpresa. Ele provavelmente achou que ela precisaria de mais tempo, mas, na verdade, ela sentia sua falta. Lux entrou no apartamento e foi direto para a cama dele.

Ele ainda estava acordado, tinha acabado de sair do chuveiro e ficara deitado de costas, olhando para o teto e pensando sobre perdas e em sua recente experiência de quase-morte. Ele ficava dizendo a si mesmo que não se tratava realmente de morte. Ela só havia ameaçado seu emprego, sua reputação, mas não sua vida. Os hematomas iriam sarar. Ele se virou rapidamente para a porta quando ouviu a chave na fechadura, o pânico fazendo seus ombros se erguerem quase até as orelhas. Procurou por uma arma, por um esconderijo ou pelo telefone. Estava discando 911 quando a porta se abriu e ele viu que era ela. Ela, a que podia destruir sua vida por completo.

E, no entanto, quando ela ficou nua na frente dele, não pôde encontrar as palavras para lhe dizer que fosse embora. "Vá embora", sua mente gritava, mas ele não podia formar as palavras com os lábios. O medo que inibiu sua ereção inicial se aquietou quando as mãos dela passearam por seu corpo. Aquietou-se, mas não desapareceu. Ao olhar para baixo e ver o topo da cabeça super-ruiva dela abaixada sobre sua virilha, ele se sentiu como um animal muito grande e muito velho, esticando-se demais entre galhos de uma árvore alta demais, tentando apanhar uma fruta doce que estava simplesmente fora de seu alcance. Sentiu como se fosse cair e, no auge do prazer doloroso, Trevor chegou a tatear a roupa de cama procurando algum galho em que pudesse trepar para fugir dela. Ela iria destruí-lo, ele simplesmente sabia.

Lux estava se esforçando para dar prazer a seu homem. Margot havia se equivocado em sua conclusão, Trevor tinha muito material com que trabalhar, e, de repente, Lux estava pensando em tudo aquilo que Brooke dissera quanto ao fato de os grandes demais serem um problema. Trevor sempre tinha sido do tamanho perfeito, mas, esta noite, seu maxilar estava doendo e suas costas, cansadas. E ele não parecia nem um pouco mais perto de amá-la.

Ela colocou as mãos nas coxas dele e foi esfregando até o peito. Deixou o pênis cair de sua boca e empurrou o peito dele de leve para indicar que queria que ele se deitasse. Trevor não se mexeu. Ela se levantou e o puxou para que se estirasse na cama. Ficou ali enquanto ela subia sobre ele, o enfiava para dentro e começava a se mover. Como ele não estava ajudando, ela acariciou os próprios seios. Levou três ou quatro ciclos de se esfregar e se mexer para que ele entregasse os pontos.

Lux pensou no momento em que uma atração do parque de diversões dá a partida, uma arrancada forte e rápida e, de repente, você está a caminho de uma aventura. Quando Trevor finalmente se animou e começou a fazer amor com ela a sério, Lux pensou, finalmente, eu ganhei.

O sexo durou exatamente quinze minutos. Trevor gozou e Lux não. Então, ele rolou de cima dela e foi para o banheiro. Um instante depois, voltou, o rosto vermelho e úmido devido a uma esfregada rápida, embora agressiva demais. Lux, um pouco cansada e um pouco confusa, sorriu para ele, esperando receber o mesmo em resposta.

— Lux — Trevor disse —, preciso que me devolva a minha chave.

— Oh! — disse Lux. — Mas...

Mas, antes que ela protestasse, ele já estava com sua bolsa, removendo de seu chaveiro as duas chaves que a permitiam entrar no apartamento dele.

— Por favor, vista-se.

Lux sentou-se na cama dele, embrulhada nos lençóis caros de puro algodão que a ex-mulher havia comprado numa liquidação da Macy's. Ela presumira, ao entrar pela porta, que passaria a noite toda ali, se não o fim de semana. Era uma hora da manhã, e ela não sabia para onde ir. Parecia tarde demais para tomar o metrô de volta para o Queens e não tinha dinheiro suficiente para um táxi. Além do mais, por que ele iria querer que ela fosse embora? Ela havia conseguido o emprego dele de volta. A confusão no trabalho estava terminada. Com o simples fato de ter vindo a seu apartamento, dissera que ele poderia tê-la novamente. Que parte disso ele não entendera?

—Vista-se, Lux — ele repetiu, e ela continuou ali, não entendendo patavinas.

— Você tem que ir. Vá embora. Você não pode voltar aqui, nunca mais.

— Posso sim. Posso fazer o que bem entender agora. Não trabalho mais lá. Você não precisa se preocupar. Tenho algum dinheiro, Trevor. Não preciso de nada de você. Nunca te pedi dinheiro e, sabe de uma coisa? Não preciso, então, foda-se com o dinheiro. Só quero estar com você.

— Juntei as suas coisas e as mandei para o escritório do seu advogado.

— Por quê?

— Simplesmente vá embora — Trevor disse, começando a ficar irritado. Nada havia sido dito a ele, mas acreditava estar em condicional no trabalho. Acreditava ter perdido todos os benefícios da hierarquia e que seria o primeiro a ser mandado embora quando a situação ficasse ruim. No final de sua carreira, ele havia retornado ao início, quando tinha que dar tudo de si e puxar saco todo o tempo. Havia custado à firma quinze mil dólares sem qualquer justificativa. Tinha 54 anos e, se perdesse o emprego, não achava que seria capaz de arranjar outro. Todo o seu conforto estava pintado em aquarela sobre lençóis de seda, e ele havia gozado por cima de tudo, borrando e arruinando sua vida por essa garotinha linda e suja. Não podia arriscar que alguém soubesse a respeito desta noite.

— Você não me amava? — Lux perguntou, furiosa, como se ele tivesse quebrado sua promessa.

— Lux, você tem que ir — Trevor disse.

Lux não estava preparada para encarar a realidade de ser dispensada por ele. Durante toda a sua vida, havia lutado contra o problema de homens que queriam roubá-la, aprisioná-la, ser donos dela e controlá-la. Lux não entendia o conceito de que alguém, de fato, a mandasse embora e, portanto, só podia se concentrar no problema físico de aonde ir. Seu apartamento ficava perto, mas os inquilinos já haviam se mudado para lá. Era um percurso longo até o Queens, e ela não queria tomar o metrô com sua microssaia.

— Preciso de dinheiro — Lux o informou — para o táxi.

O Clube do Conto Erótico   **219**

Ela saiu da cama de Trevor e caminhou nua até o chuveiro. Encheu o banheiro de vapor e se lavou até sentir-se limpa. Usou um par de toalhas limpas e deixou ambas no chão, amontoadas. No quarto, Trevor observava enquanto ela se vestia em silêncio, levando todo o tempo que queria.

Lux fechou o sutiã cor-de-rosa de babadinhos que deixava ver tanto o sutiã quanto os seios sob a blusa branca sem mangas que ia por cima. Encontrou a minúscula tira de tecido que fazia as vezes de calcinha, mas não a vestiu. Intencionalmente, calçou os sapatos de salto alto que pegara emprestado de Jonella e desfilou pelo quarto, a calcinha pendurada em um dedo, procurando pela saia. Quando a encontrou, virou-se de costas para ele e se inclinou profundamente para apanhá-la no chão. Ficou atenta aos gemidos e assovios e "oh, querida, querida" que deveriam estar se derramando dos lábios dele, mas Trevor ficou sentado na cama, parecendo um tanto enrugado. As palmas de suas mãos estavam pressionadas uma contra a outra, e ele estava analisando as curvas gêmeas das cutículas dos polegares.

— Trevor — ela disse. Não tinha tido a intenção de soar tão irritada. Queria parecer suave e carinhosa, mas sua voz estava endurecida pelo Queens e pelo queixume de vira-lata rejeitado, um cão de briga que conhecia o canil e tudo o que lá esperava por ele. Ficou ali, no auge de sua juventude, seus saltos altos e nada mais, esperando que ele a visse. Levou um tempo e, quando ele finalmente olhou para ela com tudo, exceto amor e desejo escrito no rosto, ela finalmente entendeu que havia terminado. Passou as longas pernas pela minúscula calcinha e pela saia. Então, agarrou a bolsinha e se postou na frente de Trevor com a mão aberta estendida.

Ele abriu a carteira e colocou trinta dólares na mão dela. Era quase suficiente para tomar um táxi de volta à casa da sua mãe, mas ela continuou ali e exigiu mais. Ele colocou mais vinte dólares em sua mão, porém ela não a fechou sobre o dinheiro nem foi embora. Ele acrescentou mais duas notas de vinte.

— Mais — ela disse.

Uma nota de cinqüenta estalou no alto da pilha, mas não pareceu apaziguar a raiva de Lux. Outro par de notas de cinqüenta e três notas de cem. Ela continuava olhando para ele.

— É tudo o que tenho na carteira, Lux.

Ela imaginou arrastá-lo até o caixa eletrônico e fazê-lo sacar seu limite diário, mas então já poderia ter começado a tremer e não queria que ele visse aquilo. Fechou a mão ao redor do dinheiro, bateu os saltos até a porta da frente e lhe mostrou o dedo do meio ao deixar o apartamento. Vá se foder, Trevor, ela queria gritar para ele, mas, como mal podia respirar, não quis arriscar-se a gritar.

Os 540 dólares de Trevor pareciam densos e duros em seu bolso, e Lux se perguntou se a tia Pul-ta havia sentido tanto ódio de todos os seus clientes. Ela desceu até a rua e tentou achar um táxi, mas no calmo quarteirão residencial de Trevor havia pouco tráfego àquela hora. Lux andou até a esquina, subitamente desconfortável em seus saltos altos demais e com a roupa curta e colorida que havia vestido na esperança de acender seu velho amante. O mundo estava silencioso e deserto, e Lux correu em direção às luzes de uma rua principal.

Escolheu uma lanchonete movimentada com uma garçonete que usava maquiagem demais, o tipo de garota que parecia tomar o ônibus de volta para casa ao amanhecer.

— A sopa de ervilha está boa? — Lux perguntou, o nariz enfiado no cardápio.

— Se você gosta dela grossa e cheia de presunto — a garçonete confirmou.

Lux ergueu os olhos, mostrando à garçonete manchas escuras e reveladoras de rímel escorrido, o símbolo ocidental subentendido de encontro amoroso terminado em tragédia.

— Que tal um café? — Lux perguntou.

— A essa hora? — a garçonete advertiu. — Vai te deixar acesa. Eu posso te fazer uma gemada.

— Meu irmão costumava me levar a um lugar lá perto de casa para tomar gemada quando minha mãe estava doente demais para cozinhar. Ele me dizia que era feita com ovos e que era saudável.

— É saudável — a garçonete confirmou. — Vai querer uma?

— Não. Só a sopa. Mas obrigada.

Lux devolveu o cardápio. A garçonete deu prioridade ao pedido e trouxe a sopa com pão quente extra, manteiga e uma caixa de lenços de papel. Ela queria dizer à sua linda cliente com olhos de guaxinim que, fosse quem fosse o cara, não valia a pena. Ah, as histórias que a garçonete poderia contar sobre amores perdidos e homens bonitos que não passavam de imbecis trágicos.

—Você está bem? — ela perguntou ao colocar o pão sobre a mesa.

—Vou ficar.

— Claro.

Lux passou a primeira folha de papel branco áspero pelos olhos e pressionou, deixando que o lenço absorvesse a cachoeira seguinte de lágrimas que lavou mais maquiagem de seus olhos, fazendo-a escorrer pelo rosto. Se a vida vai ser assim tão difícil, Lux pensou, vou ter que comprar um delineador à prova d'água. E então ela soluçou uma risada que reiniciou as lágrimas. Muco e rímel escorreram para os frágeis lenços até que Lux, finalmente, se levantou e foi ao banheiro.

Sentada no vaso sanitário, Lux tentou decidir o que fazer e aonde ir. Ela facilmente podia escrever a cena completa com Jonella. O que Jonella diria e como iria rir de Lux ter sido chutada pela primeira vez, como iria gralhar com relação à mão cheia de dinheiro.

— Me dá um pouco aí — Jonella exigiria. —Vamos comprar umas roupas, um pouco de erva. Ir a uma boate. Vamos lá, princesinha, este é o pagamento final. Vamos nos divertir!

Lux riscou Jonella de sua lista. Não tinha a menor vontade de se divertir; havia perdido o gosto por drogas no colégio. E pretendia gastar o dinheiro de Trevor numa pia nova para o próximo apartamento.

Se contasse para Carlos, ele seria carinhoso (mais ou menos), mas somente para conseguir transar com ela. Se fosse para casa, os fantasmas que haviam sido sua família, os velhos e cansados doidões tomando cerveja e fumando maconha em frente à TV apenas olhariam e diriam algo que poderia se aproximar a um consolo, ou a filosofia, caso soasse suficientemente claro para ser entendido. Todas aquelas pessoas a amavam, e Lux sentiu o amor delas como um veneno. Assim, sentada no vaso sanitário da lanchonete, Lux abriu o celular e telefonou para Brooke.

23. Queijo e Solidariedade

—BRRRRRRRING BA BA DU DA! — cantarolou o celular de Brooke de dentro de sua minúscula bolsa de noite. Bill olhou para ela do outro lado dos lençóis. Estavam deitados nus na cama dele, de mãos dadas e conversando sobre tudo, menos aquilo que ele realmente precisava contar a ela, quando o celular de Brooke tocou. Ela se inclinou por cima do peito nu dele e apanhou o telefone.

— Hãããã, alô? — Brooke disse, curiosa quanto a quem iria ligar para ela àquela hora. — Lux? Não, sim, claro que tudo bem me ligar. Eu disse a qualquer hora, certo?

— Você conhece alguém chamado Lux? — Bill perguntou.

— Psssiiu! O que aconteceu? Sério? Merda. Uau. Sinto muito. É, não, adoraria recebê-la, mas não estou em casa.

— O nome dela é Lux mesmo? — Bill perguntou.

— Psiu! Não, estou na casa de um amigo. Mas tenho um carro, bem, o carro é da minha mãe e poderia ir buscá-la.

— Você pode trazê-la para cá — Bill disse. — Vou preparar uns queijos. Quer dizer, se o nome dela é mesmo Lux. Quem põe num filho o nome de Lux? Talvez os pais dela sejam professores de latim. Ela é francesa? Como ela é? É interessante? De onde ela é?

— Psiu! Escute, estou na casa do meu amigo Bill. Ele mora na Oitava Avenida. Você consegue vir para cá? Na cobertura. Oh, você vai

224 *Lisa Beth Kovetz*

ter que dizer ao porteiro que veio visitar o Excelentíssimo Bill Simpson. Ele é muito rigoroso, principalmente depois da meia-noite, mas vou deixar seu nome com ele para que te deixe subir. Sua voz parece péssima. Não, claro que não tem problema. Não, não estamos fazendo nada. Eu disse a qualquer hora, certo? Então, venha para cá. Bill disse que vai servir uns queijos.

— Queens — Brooke disse ao fechar o telefone.

— Você conhece gente do Queens?

— Só uma pessoa, e ela está vindo para cá; então, vista-se.

Quando disse que serviria uns queijos, Bill Simpson quisera dizer que serviria uma seleção de queijos, com biscoitos salgados, um pouco de *foie gras* e salmão defumado que havia sobrado, tudo arrumado numa bandeja de prata com guardanapos de linho. Ficou espantado quando Lux, em sua microssaia de cor berrante, atravessou o chiquérrimo assoalho de madeira que ele havia herdado da avó.

Quando Lux saiu do elevador e parou em frente às enormes portas de mogno, tingidas de vermelho-sangue e envernizadas até o mais alto nível de brilho, pensou que certamente estava no lugar errado. Tocou a campainha e ouviu a voz de Brooke lá dentro dizer:

— Está aberta.

Lux entrou na casa de Bill Simpson e olhou ao redor. Seus olhos se arregalaram de surpresa. Isso não era um apartamento, era o escritório principal de um banco importante numa cidade de médio porte. Um quadro enorme pintado por Brooke decorava o vestíbulo. A pintura representava dois homens vestidos de terno completo, sentados em extremidades opostas de um grande e belo sofá. Um cocker spaniel deitado no tapete olhava carinhosamente para o cavalheiro sentado à direita. O cavalheiro da esquerda acariciava um gatinho adormecido em seu colo. Os dois belos homens mantinham poses rígidas e perfeitas, separados por um oceano de tapeçaria fina.

— Você gostou do meu quadro? É o meu favorito — Bill começou, alegremente, quando pareceu que Lux jamais pararia de olhar para o quadro.

— Esta é sua casa — Lux disse como uma afirmativa, ainda olhando para a pintura.

— Sim, agora é.

— E este é o quadro que você escolheu. Ou você pediu que Brooke o pintasse para você?

— Eu o comprei em uma de suas primeiras exposições. Simplesmente me apaixonei por ele. Como você soube que era um dos quadros de Brooke?

— Dã — Lux disse, ainda olhando para o quadro. A assinatura era pequena demais para ser lida de onde ela estava, mas depois de várias visitas ao ateliê de Brooke, seu estilo se tornara óbvio para Lux.

— O que você acha dele? — Bill perguntou.

— Não entendo nada de pintura, exceto que mais gente gosta de bege do que de roxo, o que é maluquice, mas acho que você deveria viver num lugar onde se sentisse realmente à vontade.

— O que você quer dizer? — Bill perguntou enquanto seu olhar passeava por seu suntuoso lar.

— Não, quero dizer que aqui é bem legal — Lux disse —, mas todos os caras gays da minha escola sonhavam em morar, tipo, no Greenwich Village, certo, ou naquele lugar em Rhode Island. Ou será que é em Cape Cod?

— Cape Cod — disse Bill e sua boca ficou seca.

— Oh — disse Lux. Ela não pretendera que aquilo parecesse um teste, mas o fato de Bill ter imediatamente entendido que ela se referia à comunidade gay em Provincetown confirmava, para Lux, que Bill era ou homossexual ou clarividente.

Como juiz, Bill Simpson era treinado para não demonstrar seus pensamentos e, portanto, apenas olhou para Lux, que olhou de volta para ele. Parada na grandiosa escadaria e assistindo à cena se desenrolar, Brooke começou a rir.

— Bill não é — Brooke disse, mas as engrenagens em seu cérebro já haviam começado a girar — gay, Lux.

226   *Lisa Beth Kovetz*

A cabeça de Brooke estava rodando. Lux acabou de chamar Bill de homossexual, pensou Brooke. Daqui a pouco, estará chamando-o de cocker spaniel.

— Não é? Putz, me desculpe. Eu, ah, putz, eu, ah, acho que não conheci muitos caras tão, ah, sei lá, tão arrumadinhos quanto você — Lux balbuciou, sentindo como se tivesse entrado ali com cocô no sapato. Cocô de verdade, não imaginário. Pelo que Lux podia ver, o cara da Brooke era gay sim.

— Não se preocupe — Bill assegurou ternamente a Lux.

— Hã, o.k. — ela disse. — Eu sou a Lux.

— William Bradley Simpson IV, eu gostaria de te apresentar Lux Kerchew Fitzpatrick — disse Brooke, perguntando-se que outras chispas coloridas poderiam voar se a estranhíssima Lux trombasse com o rígido e conservador Bill. Bill, gay? Que estranho Lux dizer uma coisa daquelas.

— *Lux et Veritas?* Seu pai estudou em Yale? — Bill perguntou.

— Não — disse Lux.

— Sua mãe, então? — ele perguntou.

— Que tem ela?

— Ela freqüentou Yale?

— Não. Ela é de Jersey, mas se formou na Escola Secundária Thomas Jefferson, no oeste de Nova York, porque eles se mudaram para lá depois que meu avô morreu, mas ela ainda se considera uma garota de Jersey. Estranho, né?

— Hã. Sim.

— Escute, você sabe o que quer dizer a palavra "lux"? — Lux perguntou.

— Sei — disse Bill, alegremente, e esperou que ela dissesse a ele.

— O que significa?

— Ah. — Bill riu, pego de surpresa. — Significa "luz" em latim. E a frase em latim *Lux et Veritas* significa "Luz e Verdade". É o lema da minha *alma mater*. Yale. E é por isso que pensei que talvez seu pai tivesse estudado lá também.

— Na Thomas Jefferson. Também.

— E Kerchew? — continuou Bill, na educação de sua avó. — É um nome de família?

— É o som de um espirro — Lux disse, distraída, os olhos passeando pelos demais quadros e pelos livros que forravam as paredes da sala adjacente. Bill, nas nuvens, a seguiu até a sala de estar oferecendo-lhe chinelos confortáveis, um roupão de banho e um hidratante realmente bom para combater o dano causado pelos lenços de papel baratos e pelas lágrimas.

Eles se acomodaram na cozinha, e a história toda foi desembuchada. Lux começou em ordem cronológica reversa, com ter levado o fora seguido pelo sexo ruim e, depois, os papéis legais. A linha cronológica ficou bagunçada quando Lux contou a Brooke e Bill sobre Carlos, Jonella e a situação imobiliária verdadeira da tia Pul-ta. Bill ofegou quando Lux mostrou seu dedinho ainda deformado. Brooke segurou a mão dela e concordou que Trevor tinha sido um completo suíno com ela, mas não mencionou que também entendia o lado dele.

— Você pode achar outro emprego ruim — Bill disse ao besuntar queijo Brie num biscoito e entregar a Lux. — Mas tem que pensar além disso também. Deveria considerar obter um diploma de bacharel. A educação é muito importante, se você quiser manter seu dinheiro. E pode ser que você queira diversificar sua carteira de investimentos. Quer dizer, imóveis são um bom investimento, mas se esse barco afundar, toda a sua carga estará nele.

— Oh, meu Deus, você tem toda a razão — disse Lux. — O.k., mas, tipo assim, digamos que você queira comprar alguma coisa, como ações, certo? Como você, tipo, como se faz? Quer dizer, tipo, como você escolhe o que comprar? E daí, tipo, tá, quem pega o seu dinheiro e como você o entrega a eles?

Toda Cinderela precisa de uma fada madrinha, Brooke pensou, enquanto Bill explicava os fundamentos básicos da criação de um relacionamento com uma corretora de ações. Bem, não "fada", ela se corrigiu. E daí ficou preocupada com o porquê de ter sentido necessidade de se corrigir naquela alusão cultural perfeitamente razoável. Brooke ouviu

Bill começar a contar a Lux sobre a enorme cobertura que havia herdado de sua avó, as origens dos trabalhos em madeira, dos azulejos importados e da mobília inglesa da biblioteca. Brooke ficou surpresa em ouvi-lo dizer a Lux como os cômodos o deprimiam, como ansiava em viver num lugar sem um porteiro anotando todas as idas e vindas. Brooke tentou se concentrar em Bill e Lux no tempo presente, mas sua mente estava repassando e reexaminando cada coisa erótica que Bill já houvesse dito ou feito.

— É, eu vi alguns daqueles lofts no centro da cidade. São bonitos, mas totalmente fora do meu alcance — Lux dizia a Bill. — Estou me concentrando nos apartamentos pequenos em bairros bons que precisem de reforma. Porque posso providenciar a reforma, mas tenho medo de morrer com uma hipoteca gigantesca se um inquilino, você sabe, der pra trás. Meu advogado diz que devo ser ousada porque eu posso, tipo, fazer um empréstimo dando o valor líquido do meu próprio apartamento, mas sei lá, parece arriscado demais. Você entende o que quero dizer? Tipo uma pirâmide que pode cair num, hã, você sabe, num abrir e fechar de olhos.

— Acho que, quando você tiver três ou quatro imóveis no seu nome, alugados para inquilinos decentes a longo prazo, vai se sentir mais à vontade para expandir seu capital a outros...

— O que é meu capital? — Lux o interrompeu.

— Seu dinheiro — Brooke intrometeu-se, oferecendo uma fatia de *foie gras* para Lux.

— O que é isto? — Lux perguntou, olhando a massa cinza-amarronzado.

— *Foie gras* — disse Bill.

— Sério? — disse Lux, mergulhando uma faca no *foie gras* e levando diretamente à boca. Ela o empurrou com a língua de um lado a outro, amassando-o contra o céu da boca, e, então, parou no meio de um movimento.

— Você não gostou? Está estragado? Não presta? — Bill perguntou, cheirando o patê.

O *Clube do Conto Erótico* **229**

— Do jeito que todo mundo fica excitado por causa disso, pensei que fosse doce — Lux disse ao tentar passar o incontrolável patê de fígado pelo controle de sua boca. — Tem gosto de fígado.

— É fígado.

— É? Blargh!

Bill lhe entregou um guardanapo de linho bordado com o brasão de sua família. Lux cuspiu o fígado no guardanapo e o jogou no lixo. Bill sorriu. Eles comeram e conversaram sobre o quadro mais recente de Brooke, sobre com quem Lux deveria conversar a respeito de um novo emprego, sobre as novas cortinas de Bill para seu escritório de casa, onde Lux deveria fazer aulas, o que Lux deveria fazer com seu capital, com seu cabelo, o que Lux deveria fazer com sua linda vida. A conversa estava boa. Enquanto conversavam, a longa noite de sexo e rejeição começou a cobrar seu preço nos músculos do pescoço de Lux. Quando descobriu que não conseguiria manter a cabeça erguida nem mais um minuto, Bill a encorajou a escolher um quarto e dormir. Lux escolheu o quarto lilás. De manhã, ela ficaria deitada sobre lençóis lilás e analisaria as paredes lilás combinando, maravilhada que seu amado roxo pudesse ser tão discreto e de bom gosto.

Brooke disse boa-noite para Lux e fechou a porta. Caminhou de volta ao centro do apartamento e encontrou Bill no vestíbulo, parado em frente ao quadro que comprara dela havia tantos anos. Brooke colocou o braço ao redor das costas macias de Bill e deu uma risadinha em seu ouvido.

— Podemos ficar com ela, papai? Podemos ficar com ela, hein, hein?

— Ela é uma coisa — Bill concordou, ainda olhando para o quadro.

— Podemos adotá-la?

— Hummmmm — disse Bill, sua mente em outro lugar.

— Em que você está pensando? — Brooke perguntou.

— Em como é levar uma vida desprovida de expectativas — disse Bill. — Em como seria se ninguém acreditasse que você tem algo a oferecer. Não haveria responsabilidades. E, então, digamos que você consiga chegar a um ou dois pontos à frente da fatídica estaca zero. Digamos, por exemplo, que um dia você consiga de fato abrir uma carteira de ações. Seria uma celebração gigantesca? Como seria não ter ninguém investindo em você? Ninguém te observando para ver sinais de felicidade?

— Livre, divertido, triste, assustador. Qual é a diferença? Não somos nós.

— Acho que eu teria sido um ótimo presidente — disse Bill, sem qualquer propósito.

— Presidente do quê? — Brooke perguntou ao deslizar os braços e abraçá-lo por trás.

— Dos Estados Unidos da América.

Brooke, que ria de tudo, não riu.

— Você pintou este quadro para mim? — Bill perguntou, indicando a imagem dos dois cavalheiros em extremidades opostas do sofá. — Teve a intenção de retratar dois gays, amantes, sentados em público, não demonstrando qualquer afeto um pelo outro?

— Não — Brooke disse, sentindo-se de repente com frio. — É isso que você vê nele?

— Não, não, não. Mas essa garota, ela viu em apenas um segundo. Será que alguém mais vê? Brooke? Você vê?

O pânico havia contraído a garganta dele, e as últimas perguntas saíram num tom mais agudo que o barítono normal da voz de Bill.

— Sobre o que você está falando? — Brooke perguntou. O som da voz dele a assustava.

Bill tomou a mão de Brooke e a levou aos lábios por um longo tempo antes de beijar a palma. Não queria perdê-la. Ela havia sido sua esposa em tudo, exceto quanto a sexo, fidelidade e coabitação, durante mais de vinte anos. Ele havia feito algo ao mesmo tempo tolo e especial para ela naquela noite, ao tentar mudar a si mesmo para fazê-la feliz.

— O que eu fiz esta noite, fiz porque te amo. Sinto como se tivéssemos filtrado a água da experimentação sexual e encontrado aquilo que às vezes resta quando a paixão e o romance morrem.

— Não entendo — Brooke disse novamente, embora em seu coração ela soubesse.

— Nada — ele disse —, eu, eu estou, acho que estou tentando dizer que amo você.

— Isso é tudo que você quer me dizer? — Brooke perguntou.

Depois de uma festa longa e cara, o avô paterno de Bill dera um tiro na cabeça em seu qüinquagésimo aniversário. O pai de Bill, apesar de conhecer alguns dos melhores oncologistas da cidade, não havia buscado tratamento para seu simples câncer até que houvesse se tornado tão complexo e invasivo que a morte seguiu-se rapidamente ao diagnóstico.

Ninguém falou com Bill sobre os sofrimentos desses belos e infelizes homossexuais, torturados pelo sexo, mas sua mãe e sua avó o haviam observado crescer feito um par de leoas protegendo o último filhote sobrevivente. Vigiaram-no muito de perto, esperando ansiosamente pelo surgimento de sua iminente sexualidade. O terror delas o contagiara.

A chegada da adolescente e casadoira Brooke tranqüilizou a mente de todos por muitos anos. Nos dias preliminares de sua vida sexual, a excitação de estarem nus e a sós superava qualquer detalhe dos desejos que eles pudessem ter dentro de si. Tudo era novo e tudo era bom. Na faculdade, ambos haviam experimentado coisas diferentes, às vezes juntos. Conforme o tempo passava, Brooke foi perdendo o gosto por muitas das coisas que lhe haviam atraído na juventude, como *ménage à trois*, rum com Coca-Cola e garotas. Os gostos de Bill haviam mudado de forma muito semelhante.

Quando Bill era jovem, despreocupado e bebia muito, era capaz de colocar o pênis praticamente em qualquer buraco, como é da natureza dos garotos jovens, despreocupados e que bebem muito. Aos 25 anos, seu amor por Brooke era mais forte, mas a paixão pelo corpo dela começava sua lenta decadência. Outros desejos começaram a cobrar exercício. Ele os afastou, apegando-se a Brooke e à sua negação. A mentira apodreceu, e ele não pôde evitar que o pus resultante se infiltrasse em suas relações mais significativas feito um veneno anônimo. Aos 37, após consultar-se com muitos urologistas, Bill ainda se recusava a admitir, inclusive para si mesmo, que era um homossexual excitado. Ele preferia ser um heterossexual impotente. Naquele ano, Brooke fez sua primeira tatuagem.

O traço de homossexualidade correndo por seu corpo era bastante tênue e simples. Bill queria corpos duros, rígidos, e não aberturas macias e úmidas. Continuou tendo relações sexuais com Brooke com o máximo de freqüência que lhe fosse possível porque tinha medo de perdê-la. Sexualmente, ele se desempenhava extremamente bem porque aquilo o ajudava a acreditar na mentira que contava a si mesmo sobre seus desejos. Representava o papel de amante de Brooke com grande ostentação, quase como se sua vida dependesse de convencê-la de que a paixão que sentia pelo corpo dela fosse real.

Mas fingir consumia uma enorme quantidade de energia e, no decorrer dos anos, aquilo o esgotou. Aos 39 anos, a mãe de Bill, Eleanor, começou a se preocupar com ele de uma maneira diferente. Quando viu a depressão que atormentara o marido surgir no filho, Eleanor decidiu que estava pronta para aceitar sua homossexualidade, mas, nesse ponto, ela já não podia reverter o medo e a auto-aversão que havia silenciosamente incutido em seu grande filhote louro.

Quando a avó morreu e Bill herdou sua grande fortuna e vastas propriedades, Eleanor saiu com ele, após o funeral. No calor de um mês de agosto em Palm Beach, ela o levou até a praia, longe da casa, onde ninguém poderia ouvi-los além das ondas, e disse que achava que não havia problema em ser homossexual.

— Por que você está dizendo isso, mamãe?

— Porque seu pai e Miles Randolph nunca jogaram uma partida de golfe em toda a sua vida.

— O Sr. Randolph?

— Sim.

— Oh, meu Deus, no funeral ele chorava tão alto!

— Pois é.

— Uau.

— Miles Randolph amava seu pai. E eu também.

A mãe de Bill tomou na sua a mão pálida do filho. Levantou a outra mão e afastou o cabelo louro dele de seus olhos verdes e disse para o seu menino:

— Billy, só quero que você seja feliz.

E ele tentou ser feliz. Foi para o México e tentou. Foi a Bangcoc e tentou com toda a sua força. Passou um tempão em Paris, tentando ser feliz e, algumas vezes, até foi; mas toda vez que voltava para casa, deparava-se com o peso do mogno e das ligações familiares, e os olhos de seus colegas rapidamente destroçavam a felicidade em mil pedacinhos. Mesmo dentro do convidativo mundo de seus amigos gays ele sentia que tinha de esconder seu desejo pelos belos homens que relaxavam à beira da piscina. Talvez tivessem sido todos aqueles anos vivendo sob os olhares vigilantes das leoas, procurando indícios de perigo, que o faziam sentir medo de sair de seu armário. No entanto, ele era um homem passional que precisava de sexo.

Quando precisava de amor, chamava Brooke. Ela via que a ereção dele diminuía quando tirava o sutiã. Ela se perguntava por que ele passava tanto tempo de suas férias saracoteando pela França. Não havia passado pela cabeça dela que ele estivesse jogando em outro time, até que Lux dera nome aos bois.

— Sei que você me ama, Bill, mas há mais alguma coisa que você queira me contar? — Brooke perguntou, ainda não preparada para acreditar que o homem que havia acabado de fazer amor com ela três vezes em uma noite não se sentia realmente atraído por mulheres. Ela se permitiu ignorar o fato de que ele havia usado um pênis quimicamente potencializado para fazer aquilo acontecer para ela, e que ele não havia gozado em absoluto.

— Brooke, eu te amo — Bill explodiu.

— Isso já foi devidamente estabelecido — ela disse.

— E eu sou... — Bill disse e, então, parou. Ele se recusava a submeter-se a um adjetivo específico.

Brooke esperou. O silêncio cresceu até Bill sentir que teria de quebrá-lo:

— Acontece que, em algumas ocasiões, eu me vejo olhando para homens bonitos — Bill disse como se não fosse mais que um ponto muito delicado de uma legislação específica. — Tom McKenna, por exemplo, o jogador profissional do clube de golfe. Ele é um homem muito atraente, e eu, hã, não acho que seja uma atração pouco natural. E termina aí.

O besteirômetro de Brooke disparou de repente, registrando uma alta porcentagem de engano na declaração de Bill. Ela poderia ter ficado furiosa com ele não fosse pelo fato de que ele estava, obviamente, sofrendo muito.

— Há quanto tempo você tem sentido essa atração? — Brooke perguntou e, simultaneamente, perguntou a si mesma há quanto tempo sabia que isso estava ali. Quando Lux chamou a coisa pelo nome certo, um vírus informativo começara a trabalhar pela memória de Brooke, destacando um momento em particular, um olhar, um gesto. Há quanto tempo aquilo estivera ali?

— Desde Jack Berenbott — disse Bill.

Jack era um velho colega de escola com quem haviam se encontrado durante umas férias em St. Kit. Ele flertara com Brooke, e Brooke flertara com ele. Quando Jack sugeriu um *ménage à trois*, Bill concordou, achando que queria ver Brooke profundamente satisfeita. Depois que terminou, ele tentou dizer a si mesmo que havia feito por ela, mas, na verdade, fizera para ver Jack.

— Tanto tempo assim? — Brooke ofegou, sentindo-se uma idiota.

— Pensei que poderia ultrapassar isso — disse Bill.

— Ultrapassar! — disse Brooke. — Não é um pônei, Bill.

— Não sou totalmente gay, Brooke — disse Bill. — Não sou gay de verdade. Quero dizer, se você fosse fazer um gráfico de curva de Gauss, veria que tenho muito, muito mais pontos na parte hétero da curva que na gay.

— A não ser pelo fato de querer transar com homens — Brooke disse.

— Não. Experimentei algumas vezes. Isso é tudo — Bill enrolou —, meu coração é seu.

— Mas seu pau é do Jack Berenbott.

Bill ficou quieto por um longo tempo.

— Eu posso cortar — ele disse, muito sério.

— Seu pau? — Brooke perguntou.

— Não! Esse lance gay. Não é uma parte importante de mim. De verdade. Eu amo você. Amo você desde aquela primeira ressaca que compartilhamos no apartamento da sua avó. Posso mudar por você.

Brooke não respondeu.

Ela se virou para olhar seu quadro dos amantes que não se tocavam. Ela queria fingir que Lux estava completamente errada. Lux tinha entrado no apartamento de Bill e falado olá para o gorila de novecentos quilos vestido em um *tutu* de bailarina que havia vivido ali em silêncio por tantos anos. Agora que o gorila havia recebido um nome, não iria querer voltar a se esconder nas sombras.

— Só houve alguns homens — disse Bill, sinceramente. E, já que ele deduzira que todas as vezes que fizera sexo fora dos Estados Unidos não contavam, acreditava sinceramente que aquilo fosse verdade. — E não transei com ninguém além de você pelo menos nos últimos cinco anos. Quero ficar com você mais do que qualquer coisa neste mundo. Você é a melhor coisa da minha vida.

Brooke tentou processar a informação. Pensou em todas as vezes que havia feito sexo com Bill. Lux tinha que estar errada. Garota maluca do Queens. O que ela podia saber?

Brooke ficou parada no vestíbulo do apartamento de Bill. De repente, tudo que podia ver era aquela noite em St. Kit em que haviam feito amor com Jack Berenbott. Ela analisou a noite, mas não pôde encontrar uma só pista. Eles tinham se divertido com Jack, voltado para o quarto deles e feito novamente, só os dois. Haviam passado anos de bom sexo entre aquela época e agora. Aquilo tinha que valer alguma coisa.

Então, ela pesou o sexo do passado contra a impotência do presente. Talvez eles só precisassem dar um tempo. Talvez ele pudesse controlar aquilo. Mas será que queria que ele controlasse? Queria estar envolvida com alguém que estivesse sempre prendendo a respiração? Sua cabeça começou a doer. Era grande demais. Ela estava parada na ponta da plataforma continental. Tudo à sua frente era, subitamente, oceano.

—Vou para casa agora — Brooke disse. —Você poderia, por favor, pedir meu carro?

24. Vencer

MARGOT FICOU DEITADA NA CAMA, pensando em masturbação. O sol de sábado penetrava pelas venezianas e não havia nada em sua agenda. Ela poderia, se quisesse, dedicar a manhã inteira a ficar na cama com o amante mais persistente e confiável que já tivera. Pensando em si mesma, despiu a camiseta e a calça de ginástica e começou a girar a pélvis num prazeroso movimento em oito, esfregando as coxas nuas contra a maciez dos lençóis.

Margot considerou a possibilidade de se presentear com um longo e delicioso banho. Começou a planejar sua manhã. Encheria a profunda banheira com água quente apenas até o ponto em que lambesse o fundo de sua vagina aberta enquanto seus dedos massageariam a parte de cima. Então, logo antes de gozar, se levantaria da banheira e voltaria para a cama, onde levaria a si mesma ao orgasmo perfeito, do tipo que a fazia arranhar os lençóis e gritar para o teto. Então, planejou Margot, ela se convidaria para sair e tomar um excelente café-da-manhã.

Quando estava se levantando da cama para ir rumo à banheira, o interfone tocou. Havia alguém na porta da frente. Margot deduziu que fosse o entregador de jornal, incapaz de entrar no saguão. Ela e seu corpo provavelmente iriam querer o jornal mais tarde; portanto, atravessou a sala de estar e apertou o interfone da frente.

— Quem é? — Margot perguntou.

238　*Lisa Beth Kovetz*

Se ele tivesse telefonado antes, ela teria dito para ele ficar em casa. Mas Trevor estava parado na frente de seu prédio, tocando seu interfone inesperadamente e sem qualquer aviso prévio. Ele disse que havia saído para correr e que, por acaso, passou pela casa dela. Será que poderia subir para tomar um cafezinho rápido?

— Ahhhhh — Margot entoou no interfone ao olhar para baixo e contemplar seu expectante corpo nu.

Através do chiado do interfone de Margot, o hesitante "ahhhhh" soou como um grunhido, e Trevor desejou, por um momento, não ter tocado a campainha. Ela iria rir dele ou, pior, dar um sermão sobre as políticas do escritório, de novo. Mas seu apartamento tamanho família havia parecido vazio demais naquela manhã. Ele saíra de casa com a intenção de correr, sozinho. Pararia no caminho de volta para tomar um café com *bagel*, sozinho. Apanharia o jornal e voltaria para o seu apartamento, sozinho. Quando se viu correndo pelo quarteirão de Margot, de repente não pôde suportar nem por mais um minuto o fator "sozinho" de seu dia e, portanto, tocara seu interfone. Estava a ponto de se desculpar por ter interrompido o sábado dela e voltar para casa quando ela lhe disse que estava mandando o elevador central para baixo. Ela lhe deu instruções para entrar no elevador e girar a chave em sua fechadura particular. Aquilo enviaria o elevador direto ao apartamento dela.

Este é o momento que justifica as compras compulsivas, Margot pensou ao correr para o closet e tirar uma deslumbrante camisola de seda com o robe combinando. Era uma coisinha sedosa, pêssego, cintilante, com ornamentos bem aplicados de renda marfim. Ela cortou as etiquetas da loja e deslizou a camisola sobre o corpo.

— Ei, Trev, venha para a cozinha — chamou Margot quando a porta do elevador se abriu. — Comprei um café especial no mercado de produtores. Irá certamente te animar.

— Estou com cara de quem precisa de animação? — Trevor perguntou ao entrar na impecável cozinha de Margot.

— Hummm, você está um tanto quanto cabisbaixo.

— Sim, bem, não me sinto cabisbaixo. Na verdade, estou me sentindo bastante feliz em estar novamente em terra firme.

Foi então que Trevor olhou para Margot. As bochechas dela estavam rosadas como se ela estivesse fazendo exercícios.

— Você está linda. E que camisola! Minha nossa, Margot, você realmente dorme com isso?

Margot assentiu calmamente ao pegar um bule de café da prateleira e deslizá-lo sobre o fogão. Ela o encheu de água, café e açúcar e colocou para esquentar.

— Você estava dizendo alguma coisa sobre terra firme? — ela perguntou e começou a preparar torradas.

— Sim, estou feliz que tudo tenha terminado — disse Trevor.

Margot não respondeu, enquanto remexia seu bule de café turco e olhava para Trevor. Ela gostava daquele perfil forte e grisalho nas têmporas. Em suas histórias, Lux sempre o descrevera como um excelente amante, tão gentil quanto excitante.

Eles beberam o café em silêncio por um tempo, cada qual remoendo os próprios pensamentos.

— Então — ele disse, por fim —, o que estão falando sobre mim?

— Quem?

— No escritório — Trevor disse, desejando que ela parasse de obrigá-lo a arrancar as informações dela.

— Bem, se divide em duas categorias: intra-escritório e extra-escritório. Dentro do escritório, nós achamos que você é um otário. Um otário caro que custou quinze mil dólares à firma, além de uma secretária decente. Warwick ficou fora de si na segunda-feira porque um estagiário mandou um relatório confidencial ao advogado da parte contrária. Ele reclamava de Lux o tempo todo, mas, agora que ela se foi, ele percebeu que ela era uma excelente secretária.

— E fora do escritório? — Trevor gemeu, esperando o pior.

— Infelizmente, fora do escritório todos acham que você é um garanhão sexy e que deve ter um carrão para ter conseguido comer a gostosa que ninguém mais conseguiu.

— Sério?

— Infelizmente, sim.

— A que distância estou de ser mandado embora?

Margot levantou as mãos e manteve as palmas afastadas uns sessenta centímetros uma da outra. A informação elevou um pouco o ânimo de Trevor.

—Você a viu novamente? — Margot perguntou.

— Não, não, claro que não — Trevor mentiu e ela deixou. Margot já havia obtido a história toda de Brooke.

— Margot, você acha que cometi um erro?

Margot segurou sua fumegante caneca de café próximo ao rosto, sentindo seu calor. Ela acreditava que Trevor tinha cometido tantos erros que não sabia nem por onde começar. Ele havia preferido uma mulher jovem e volátil a uma linda colega e, então, se havia deixado arrastar pelo pênis no local de trabalho, onde havia transtornado o escritório e destruído sua própria reputação suada como advogado cabeça-fria e confiável. Ele nunca se tornaria sócio na Warwick e era tarde demais para começar do zero numa nova firma.

— Sim. Acho que você cometeu sérios erros — disse Margot. Tinha mais a dizer, mas Trevor já estava explicando:

— Eu me sentia tão pequeno depois que minha mulher me deixou. Lux era tão linda e tão jovem. Ela ficou tão...

A voz de Trevor diminuiu até um envergonhado silêncio. Porém, ele estava claramente satisfeito com seja lá o que o envergonhava dizer.

— Ela ficou tão... o quê? — Margot precisava saber.

—Tão molhada — Trevor disse, sorrindo. — Bem, você sabe o que quero dizer.

— Molhada?

—Você sabe como isso é excitante. Você sabe, quando você consegue deixar uma mulher toda molhada daquele jeito.

Margot sorveu seu café turco. O vapor adocicado se curvou ao redor de seu olho e, então, se dissipou. Ela se inclinou sobre o balcão de sua cozinha e tentou digerir o que Trevor havia acabado de dizer. Trevor seguiu adiante com sua confissão:

— Lux fazia com que eu me sentisse bem de verdade e sinto muito por ter tido que magoá-la.

— Entendo — disse Margot.

— Você acha que eu deveria mandar dinheiro para ela?

— Não.

— Mas ela não tem um emprego. O que ela vai fazer?

— Ela está bem.

— Ela precisa de alguma coisa?

— Acho que ela disse a Brooke que está economizando para uma nova pia, mas isso é informação de segunda mão. Escute, Trev, podemos voltar para a parte molhada?

— Que parte molhada?

— A parte em que você disse que eu sei como é deixar uma mulher molhada.

— Sim.

— E por que eu conheceria a emoção de excitar outra mulher?

— Porque você e essa tal de Brooke...

— Não.

— Não?

— Não — disse Margot, de forma definitiva.

— Oh.

Ambos ficaram sentados por um momento na cozinha de Margot, sorvendo suas minúsculas xícaras de café fervido.

— É que quando eu dei em cima de você, você claramente não estava interessada em sexo — disse Trevor.

— Você deu em cima de mim?

— Comida chinesa? Frango *mu shu*? Lembra?

— Isso foi dar em cima?

— Bem, sim, Margot, isso foi dar em cima — Trevor disse, sua voz endurecendo um pouco. — E você não estava interessada em mim.

— E, portanto, isso faz de mim uma lésbica?

— Bem, isso e eu ter notado que você e Brooke almoçam juntas pelo menos uma vez por semana e, às vezes, depois do almoço você volta para o escritório toda, bem, calorosa. Imagino que eu tenha preenchido as lacunas para me sentir melhor. Então, a verdade é que você não é lésbica e a rejeição da comida chinesa foi para mim. Você simplesmente não me queria, então.

—Você está tão equivocado! — Margot explodiu.

— Ah. Então você é lésbica.

— Não! Se eu soubesse que aquela noite de comida chinesa havia sido minha última chance de transar com você, Trevor, eu teria jogado o *mu shu* fora, levantado a saia e pulado em cima de você.

—Verdade? — Trevor perguntou, sorrindo pela primeira vez desde que entrara em seu apartamento.

—Verdade — disse Margot, sentindo um peso enorme ser subitamente tirado de seus ombros.

— Então você me acha legal — Trevor disse ao deslizar a mão por cima do balcão e encontrar a dela. Ele correu o dedo indicador grosso e áspero por baixo da mão longa e magra dela. Levantou seus dedos individualmente e os deixou cair. Ela sentiu que deveria retirar a mão, mas era tão agradável, por um momento, ser a vencedora. Ela estava reparando como a mão dele era grande e como seus olhos eram suaves. Durante meses havia fantasiado sobre o que faria quando esse momento finalmente chegasse, como iria se desembrulhar e entregar para ele. Se ela deixasse cair a deslumbrante camisola no chão de sua cozinha e caminhasse até ele agora, Trevor descobriria que Margot já estava, particularmente, bastante molhada. Se ela fizesse amor com ele esta manhã, ele acreditaria que ela era passional, facilmente excitável e cheia de fogo.

— Não posso fazer isso, Trevor — disse Margot, de repente.

— Claro que pode — Trevor disse ao subir a mão por seu braço. Ele a tomou pelo cotovelo e a puxou para si. Atlanta Jane ficou próxima à linha de campo, em suas roupas de camurça, animando sua criadora.

— Eu teria feito amor com você... de maneiras que você mal poderia imaginar... mas você teve não só que transar com uma das secretárias, mas também foi apanhado e fez tudo feder por causa disso. Você está marcado no trabalho. As pessoas estão te observando. E você está completa e totalmente fora do meu alcance enquanto estiver trabalhando na Warwick. Não vou arruinar minhas chances de ser sócia por causa de sexo.

Ele olhou pela janela, estudando a vista que ela possuía do East River enquanto Margot estudava o rosto dele. Seu corpo ainda o queria. E seu corpo temia que os anos entre cinqüenta e sessenta fossem sua última chance de passar dez anos fazendo sexo realmente bom. Que, depois dos sessenta, ela perderia o interesse febril que havia definido seu apetite sexual desde os 35. Se ela pudesse encontrar um jeito de eliminar aquela antiqüíssima e irritante preocupação de que dormir com Trevor arruinaria sua reputação, poderia se atirar e dar um longo mergulho com ele antes que o sol se pusesse.

— Bem, acho que devo ir, então — disse Trevor. Ele colocou seu café sobre o balcão com um ruído e se dirigiu à porta.

— Ah, na pia — Margot instruiu.

— Perdão?

— Coloque sua xícara na pia e encha de água para que não fique pegajosa. E, então, se você quiser ir, pode ir. Embora, se partir agora, vou achar que você é um idiota.

Trevor fez uma pausa na pia. Olhou para suas mãos. Olhou para a vista. Estudou a água ao atingir sua xícara, espirrando pó de café turco por toda a pia branca de Margot. Finalmente, ele olhou para Margot e viu que ela estava sorrindo para ele.

— E se eu ficar? — ele perguntou.

— Bem — ela disse —, não tenho nenhum plano para hoje que não possa ser mudado.

— Você cozinha?

— Está brincando? Você acabou de consumir a total extensão do meu repertório culinário. Em todo caso, não vou cozinhar para você.

— Não, não. O que eu quis dizer foi: eu cozinho — Trevor disse. — Muito bem. Eu poderia descer e comprar uns ovos.

— Você vai preparar o café-da-manhã para mim?

— Se você quiser. Onde fica a melhor mercearia aqui perto?

— Você se senta — disse Margot. — Vou vestir um casaquinho e vou até a esquina. Ovos e o que mais?

— Suco, leite, qualquer coisa que você queira. Posso cozinhar qualquer coisa. Até um suflê, se preferir.

—Você sabe fritar ovos com a gema mole sem desmanchar?

— Hã, sim, claro.

— O.k., não se mexa — ela disse. — Vou correndo até a esquina e já volto.

Margot foi até o closet e tirou uma saia de algodão lilás e a linda blusinha que fazia conjunto. Escovou o cabelo, calçou mules lilás, colocou um colar simples de pérolas cujo tom se inclinava para o rosa e estava pronta para ir. Trevor se sentou no sofá para esperar.

—Você está adorável — ele disse.

— Obrigada — Margot respondeu, apertando o botão para chamar o elevador e se perguntando por que a mulher dele o havia largado. Ele pareceu satisfeito, por um momento, mas então algum pensamento ruim atravessou sua fronte e ele, de repente, soltou o corpo sobre as almofadas do sofá.

—Você está bem? — ela perguntou.

— Sim, claro — ele disse.

Enquanto ela esperava que o elevador se abrisse, Trevor gritou para ela, do outro lado do apartamento:

— Margot, é porque eu sou velho demais?

Margot riu àquele pensamento deliciosamente absurdo dele. Ainda rindo baixinho, ela saltou para dentro do elevador.

—Vou interpretar como não —Trevor gritou para ela conforme as portas do elevador se fecharam. Margot enfiou a chave de aparência estranha em sua fechadura pessoal e, enquanto o elevador descia, ela pensou com seus botões; será que perdi completamente a cabeça?

Quando o elevador chegou ao saguão e as portas se abriram, o vizinho de baixo de Margot estava pronto para entrar.

— Desculpe, Fritz, esqueci minha bolsa — Margot cantarolou ao girar a chave na direção oposta e voar de volta a seu apartamento. Durante toda a subida, ela se censurou por ser tão teimosa. Burra, ela pensou. Tem um homem sentado no meu apartamento com quem eu realmente quero fazer sexo. Esse mesmo homem está disposto a ser meu amigo sem transar e eu vou sair para comprar ovos! Dá para ser mais burra que isso?

Passando pelo quarto andar, Margot despiu a calcinha e a linda blusa. Tentou abrir o fecho do sutiã ao mesmo tempo que se sacudia para tirar a saia. Era impossível, já que o sutiã exigia maior atenção e não se soltava. Quando as portas se abriram em seu apartamento, ela pulou para fora, arrastando a saia pela ponta do dedão do pé.

Trevor, sentado, deprimido, no mesmo ponto do sofá, estava se perguntando quantos ovos teria que cozinhar antes que Margot concordasse em fazer amor com ele. Ele estava errado em pelo menos seis meses.

— Que se foda o trabalho — Margot disse ao correr quase nua para dentro do apartamento e atacá-lo no sofá. Seus braços o atingiram diretamente no peito e o empurraram contra as almofadas. Atlanta Jane teria ficado orgulhosa.

Trevor não via um sutiã de renda tão delicado havia muito tempo. Sua esposa tinha usado sutiãs esportivos de algodão sem graça, e Lux preferia cetim negro e vermelho. Ele amassou a renda branca do sutiã de Margot entre os seus dedos e fez a coisa pular de seu corpo em menos de um segundo. Sua calça larga de abrigo só estava presa a seus quadris por um cordão simples que Margot dominou em um instante. Ela a puxou para baixo até a calça ficar presa entre o sofá e os joelhos dele.

Margot montou no colo dele com um joelho de cada lado de seus quadris e uma das mãos em cada um de seus ombros. Ele já tinha uma ereção desde a primeira olhada no seio de Margot forçando contra o tecido de sua glamourosa e adulta camisola. Todos os sistemas estavam armados e travados, prontos para partir.

Então, Trevor parou. Tirou a mão do seio de Margot e a descansou no rosto dela. Ela inclinou a face em sua mão. Trevor puxou seu rosto para perto dele, até que ela pudesse sentir o calor de sua boca bem acima da dela. Ele parou ali por um momento, para deixar que ela tremesse. Ela lambeu os lábios.

Trevor olhou nos olhos de Margot e se maravilhou pelo fato de serem tão doces a essa proximidade. Um tanto inesperado, ele viu um pouco de medo escondido em seu desejo. Ele queria dizer a ela que jamais a machucaria, mas viu ali que já havia machucado.

— Isso pode ficar grande — Trevor sussurrou em vez de "sinto muito".

Por um momento, Margot se preocupou que ele estivesse fazendo uma piada estúpida sobre seu pênis, mas, em vez de prosseguir com vanglória sexual, Trevor a puxou para junto de si e a beijou longamente. Então, com Margot nos braços, ele se levantou e, dando um passo para fora da calça que agora estava enrolada em seus tornozelos, Trevor a carregou para o quarto.

Ele começou de leve, acariciando seus seios e a barriga. Ele afastou a mão dela quando ela tentou estimulá-lo em resposta. Quando a respiração dela ficou curta e levemente ofegante, Trevor, totalmente confiante de sua soberania na área da cunilíngua, deu início à sua campanha para garantir o amor eterno de Margot. Quando seus ofegos se transformaram em um gemido e o corpo dela tremeu em sua boca, Trevor puxou Margot para cima de si.

Pela primeira vez em muitos anos, Margot perdeu o controle. Ela não estava orquestrando. Não estava pensando. Não estava planejando seu próximo movimento. Conforme as ondas a atingiam uma e outra vez, Margot se agarrava a Trevor como o sobrevivente de um naufrágio agarrando-se a uma bóia salva-vidas. No meio de fazer amor com Trevor, ela poderia ter se lembrado de como haviam dançado bem juntos. Ela poderia ter filosofado que esse sentimento de conexão era a razão pela qual o sexo podia fazer uma mulher se apaixonar. Fosse ela capaz de pensar, Margot poderia ter produzido reflexões sem-fim. O mais perto que chegou de experimentar um pensamento inteligível naquela tarde, e durante a maior parte da semana, no entanto, era um sentimento parecido a fogos de artifício em seu cérebro ao gozar uma e outra vez.

Margot telefonou para o trabalho e avisou que não iria trabalhar pelo resto da semana por motivo de doença. E, de fato, ela ficou na cama durante quatro dias seguidos. No quinto dia, Margot e Trevor foram ao cinema. Na noite do sexto dia, Trevor perguntou se poderia deixar uma escova de dentes na casa dela. Margot, sem pensar duas vezes, disse que sim.

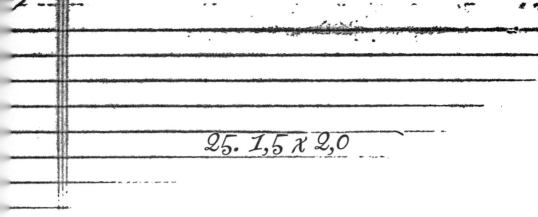

25. 1,5 x 2,0

— Atlanta Jane amoleceu — leu Margot — conforme o orgasmo se espalhou por sua barriga até a espinha. Como se dedos separassem suas vértebras, endireitando-as, a sensação foi subindo pela parte de trás de seu pescoço e se liberou através de meus lábios num gemido. Ela havia terminado. Pensou que ele também tivesse terminado, mas a umidade que escorria pelas pernas dos dois vinha totalmente dela.

Brooke anotou a palavra "meus?" em seu bloco para não se esquecer de mencionar o erro de digitação quando Margot terminasse de ler.

— Quando ele começara a fazer amor com ela na intensa luz do sol de sua cabana, ela tinha desejado se esconder, diminuir a luz ou encontrar um cobertor para cobrir os defeitos de seus seios, suas coxas, de sua pele como um todo. Ele tirou as roupas de camurça que cobriam o corpo dela e se maravilhou com ele. Se percebeu qualquer dano causado pelo tempo, aquilo não o deteve nem esfriou sua paixão.

"Durante dezessete dias, eles ficaram deitados sob os grossos cobertores de lã na cabana dela fazendo pouco mais que comer, conversar e fazer sexo. Eles eram tão parecidos e, surpreendentemente, combinavam tanto que às vezes a conversa era tão boa quanto o sexo. Na maior parte do tempo, nós estávamos ou rindo ou fazendo amor. E os rumores eram certos. Ele era um animal grande, grosso e selvagem. Na segunda-feira, Atlanta Jane tinha que retomar o trabalho de manter a cidade em segurança, mas ela o veria outra vez e outra e outra."

Margot baixou suas fichas de papel com um suspiro. Brooke tinha escrito várias notas sobre como melhorar a qualidade literária da história. Margot parecia tão satisfeita consigo mesma, porém, que Brooke decidiu guardar suas críticas.

— Ficou ótimo, Margot — Brooke disse calorosamente.

— Também gostei. Mas acho que houve alguns erros de pronomes — disse Aimee.

— Verdade? Não percebi nenhum — disse Margot.

— É, você cai para a primeira pessoa. Mas, fora isso, foi bastante divertido — Aimee respondeu.

— Então Atlanta Jane finalmente foi para a cama com Trevor, o Texas Ranger — observou Brooke.

— Sim — disse Margot —, ele passou lá em casa no sábado passado, bastante deprimido e patético, precisando de café e se oferecendo para preparar ovos de gema mole para mim.

— OH! — Aimee gritou de sua cama ao estabelecer a conexão entre fato e ficção. — É por isso que você queria ler seu texto antes que a Lux chegasse!

— Você está pensando em manter escondido dela? — Brooke perguntou.

— Não, não a realidade. Mas ela está atrasada e não parecia haver motivo para me vangloriar em ficção enquanto ela estivesse ouvindo — disse Margot. — Simplesmente vou contar a verdade da forma mais simples que puder.

— Onde está Lux? — Brooke perguntou.

— Ela prometeu passar na loja de revelações para pegar aquelas ampliações de 1,5 x 2,0 dos amantes tiradas no chá-de-bebê. Aquelas que você encomendou para mim — disse Aimee. — E você não vai acreditar no que ela concordou em me emprestar!

— O quê? — Brooke perguntou, contente e surpresa que Lux tivesse algo que Aimee pudesse querer emprestado.

— Parece que o pai dela é um fã doentio de ficção científica — disse Aimee.

— Faz sentido — disse Margot.

— Ele tem em sua coleção um episódio de *Howdy Doody* de 1954 no qual William Shatner faz o papel de Ranger Bob.

—William Shatner em *Howdy Doody*? — disse Brooke.

— Sim. Você vai assistir. E uma versão de 1958 de *Os Irmãos Karamazov* com Yule Brenner — disse Aimee, a voz cheia de animação.

— *Os Irmãos Karamazov* com William Shatner? — Brooke perguntou.

— E com Yule Brenner — confirmou Aimee. — Depois, vamos encerrar com uma produção independente de Robert Burnett, *Free Enterprise.*

— E o *Jornada nas Estrelas* — acrescentou Brooke.

— Bem, é claro, todos os episódios de *Jornada nas Estrelas* — confirmou Aimee. — Como eu poderia fazer um Festival William Shatner sem *Jornada nas Estrelas*?

— Aimee, você é uma completa *nerd* em termos de entretenimento — anunciou Margot.

— Ei, as idas ao banheiro são os pontos altos do meu dia. — Aimee riu. — Isso e o fato de ter colocado algumas das minhas fotos no eBay.

— Está brincando!

— Era uma das coisas que sempre pensei em fazer se tivesse tempo algum dia e vejam vocês o que eu tenho agora: tempo.

—Vendeu alguma coisa?

—Vendi.

— Sério?

—Algumas das antigas vão indo bem e as fotos do chá-de-bebê são bastante populares. Ganhei US$5.600 e mais uns trocados.

Brooke revolvia aquela idéia em silêncio em sua cabeça. Tentando imaginar a casa de leilão virtual se tornando a galeria sempre disponível que ela tanto desejava. O mero pensamento fez sua temperatura subir.

As três mulheres ergueram os olhos ao barulho da porta da frente se abrindo.

— Meu Jesus Cristinho, Brooke! — Lux gritou da sala da frente. — Quando você disse um e meio por dois, pensei que fossem centímetros! Esse troço é enorme!

O *Clube do Conto Erótico*   **251**

Brooke saiu de um pulo do quarto e chamou Lux:

— Ei, Lux, estamos no...

Brooke parou de repente à visão de Lux.

— Ahhhhh... — Brooke gaguejou.

Lux estava à sua frente, transformada. Mocassins azuis, calça de sarja cáqui, camiseta de algodão azul com gola de Peter Pan e um cardigã vermelho. Tricotado à mão. Pérolas. Dos pés ao queixo, ela era uma colegial a caminho da aula de inglês. Do queixo para cima, era a mesma ruiva excessivamente maquiada, Lux do Queens.

— Oh, meu Deus — Brooke disse finalmente. — Bill te levou para fazer compras.

— Ele é um monstro. Experimente isso. Experimente aquilo. Vista isso. Prove aquilo. Ele acha que eu sou tipo a "Barbie Vai à Universidade" ou algo do estilo. Ele, tipo assim, me fez dizer a ele todos os títulos de todos os livros que eu já li, né, e, o.k., e daí ele fez a secretária dele digitar uma lista de todos os livros que ele acha que eu já deveria ter lido. O.k., isso foi uma coisa, né, e eu pensei que aquilo era meio estranho, mas daí, à tarde, né, todos aqueles livros começaram a ser entregues na casa dele.

— Ele é um pouco exagerado — disse Brooke.

— Um pouco! Ele me comprou seis dessas camisas! SEIS! Seis dessas camisas feias e sem graça que me fazem parecer um... ah, porra.

— Um o quê?

— Nada.

— O quê? — perguntou Brooke.

Lux percebera que as camisas a faziam parecer um pouco como um menino. Ela não quis dizer mais nada para não magoar Brooke.

— Essas roupas me fazem parecer idiota — disse Lux.

— É, fazem sim — Brooke admitiu. — Venha mostrar para Aimee. Ela está precisando dar umas risadas.

Quando Lux entrou no quarto, Aimee riu. Margot riu.

— Você parece um daqueles livros infantis no qual se troca diferentes cabeças em cada corpo — observou Margot.

Embora a transformação de Lux fosse extremamente divertida, tudo que Aimee podia ver era a enorme fotografia que ela arrastava atrás de si.

— Minha fotografia! — ofegou Aimee.

— Está maravilhosa! — disse Brooke.

— Mas eu pedi para você encomendar umas fotos de 1,5 x 2,0! — disse Aimee.

— Isto é 1,5 x 2,0 — disse Brooke com um brilho de travessura no olhar. — Olha só, a vagina dele foi embora. Você tem uma grande parede vazia que precisa de algo nu para decorá-la. Sua foto fica incrível neste tamanho e, de qualquer forma, é um presente meu. Espero que você goste.

— Eu adorei — Aimee se entusiasmou. — Você poderia pendurá-la aqui? Quero olhar para ela todos os dias.

— É claro — disse Brooke. Aimee encarou sua foto como se fosse um filho amado que ficou adulto de repente. Os amantes de Aimee eram tão melhores que o choque de valores do dedo na vagina da "obra de arte" dele. Meu trabalho é bom, pensou Aimee. Por que não fui grande assim todo esse tempo?

Quando Brooke estava pendurando a fotografia, seu celular tocou. Se tivesse visto o número piscando no visor, não teria atendido.

—Aqui é a Brooke. Oh. Oi... Sim. Fiz...Vou... Eu disse que vou e eu vou. Até que é uma boa idéia, mas é que não tenho muita certeza... Sim... Sim, eu sei que disse que queria, mas tenho que pensar um pouco. Olha, estou no meio de uma coisa e tenho que desligar... É... SIM, eu vou pensar mais um pouco no assunto...Também te amo...Diga olá para a sua mãe.

Brooke ajustou a fotografia na parede onde Aimee a pudesse ver. Ela olhou para o corpo inchado de Aimee, suspirou, endireitou seu suéter e se sentou.

— Bill quer se casar e ter um filho.

Aimee e Margot olharam para ela, esperando mais informações que um simples anúncio.

— Eu não sei. Simplesmente não sei — Brooke respondeu. — Amo Bill. Mas acho que ele é, bem, acho que ele é gay.

— Gay! — Aimee gritou. — Bill "Melhor-Transa-da-sua-Vida" Simpson não pode ser gay.

— Eu sei — disse Brooke —, também acho difícil de acreditar, e fiquei chocada quando Lux disse...

— Me desculpe, eu deveria ter dado um tiro na minha boca.

— Não, ei, tudo bem — disse Brooke. — É que continuo pensando em todos esses momentos passados e, além disso, por causa de nossa vida sexual que, bem, atualmente empalidece em comparação à sua antiga glória. Se é que você me entende.

— Não faço a menor idéia do que você está falando — admitiu Lux.

— É Viagra ou nada — disse Brooke.

— Ele é tão jovem — disse Margot.

— Exatamente o que quero dizer — disse Brooke.

— Bem, e o que ele diz sobre isso? — perguntou Aimee.

— Ele diz que não é homossexual. Me jurou que, na hora do vamos ver, ele é um caçador-da-xoxota-perdida e não um pirata-que-gosta-de-pau.

— O Excelentíssimo Bill Simpson realmente usou a expressão "Pirata-que-gosta-de-pau"? — perguntou Aimee.

— Não — disse Brooke —, estou obviamente parafraseando para efeito de entretenimento. Se ele está apaixonado por uma mulher, se não está transando com outros homens, isso automaticamente faz dele um heterossexual?

— Si... não — Margot disse. — Ele está transando com a dita mulher? É claro que se ele se sente atraído por homens, mas insiste em transar com mulheres, isso faz dele um...

— Psicossexual — sugeriu Lux.

— Sim — disse Brooke. — Bem, ele disse que não é gay. Certamente não é efeminado. Ele diz que me ama e que quer a mim.

Brooke ficou quieta e pensou a respeito daquilo.

— Quanto realmente importa? Se ele é gay, não vou me casar com ele, mas ainda o amo. Se ele realmente quer um homem, não vou dormir mais com ele porque fere meus sentimentos. Se ele é quem é, o.k., ainda sou amiga dele. Mas não posso ser o corpo atrás do qual ele se esconde. Não é doentio sentir desejos, mas quando você os esconde, eles se tornam doentios, e não quero isso perto de mim. É a mentira que é feia.

— Você está absolutamente certa. Honestidade é tudo — disse Margot ao girar todo seu corpo em direção a Lux. — Escute, Lux, tenho passado bastante tempo com Trevor e você estava coberta de razão, ele é realmente bem-dotado. Pretendo vê-lo novamente. Espero que você não esteja magoada e que você e eu ainda possamos ser amigas.

Lux não respondeu. Conforme a surpresa foi perdendo efeito, ela ficou ali sentada, quieta, pensando. A despeito de sua criação psicodélica, Lux era uma mulher intensamente lógica. Não era, no entanto, muito boa em executar várias tarefas ao mesmo tempo. Era incapaz de falar naquele momento porque estava ocupada se concentrando num problema complexo, cheio de fórmulas de probabilidade. Lux pesou em silêncio a probabilidade de uma amizade com Margot contra o valor de um relacionamento com Trevor. Margot ganhou.

— Tudo bem — disse Lux, baixinho. Aimee olhava para o teto, e Brooke analisava suas cutículas.

— Não, sério, tudo bem — disse Lux. — Ele é um cara legal. Putz, você o conheceu antes mesmo de eu vê-lo pela primeira vez. Espero que dê certo entre vocês. Sério. Então, escutem, vocês já leram? Porque se a Brooke já terminou de falar sobre piratas e xoxotas, eu escrevi um texto sobre perder minha virgindade que queria muito ler para vocês.

— Parece bom — disse Aimee, aliviada de que o momento de vida tivesse passado e que estivessem voltando à arte. — Com quem você perdeu a virgindade?

— Carlos — disse Lux. — E você?

— George Freeman, último ano do secundário, noite da formatura. Eu estava loucamente apaixonada por ele havia vários meses.

O *Clube do Conto Erótico* 255

— Perdi a minha com Bill — Brooke disse tristemente. — Aos dezesseis no Ritz-Carlton. Ele fez sexo oral em mim e eu gozei. Fala sério, quem goza quando perde a virgindade?

— Os meninos — disseram Aimee e Margot ao mesmo tempo.

— Mas eu não escrevi sobre o Carlos — disse Lux com melancolia. — Escrevi sobre como eu gostaria que tivesse sido, não como foi realmente.

— Uuuuu! — disse Margot —, eu gostaria de reescrever aquele momento.

— O.k., então, lá vai — Lux disse ao desenrolar seu manuscrito. As mulheres se acomodaram e Lux começou a ler:

— *Tá, a primeira coisa, então, é que estou apaixonada por um cara mais velho. Não tipo vinte anos mais velho, só uns cinco anos mais velho. E não tenho mais quatorze anos. Tenho no mínimo dezesseis. E esse cara, ele já fez sexo antes. E ele me ama. Então nós concordamos em fazer. E conversamos sobre o assunto. Não é que simplesmente acontece porque ele planeja como me pegar sozinha. Então, um dia...*

— Durante o dia? — Aimee perguntou.

— Ah, é. Eu gostaria de perder durante o dia. Porque aí, tipo assim, todo mundo está sóbrio, há luz e não estou cansada — Lux disse antes de voltar a ler.

— *Então, um dia, ele me leva a um hotel. Um lugar legal onde os lençóis vêm com o quarto, e nós caminhamos pelo saguão e entramos no elevador, e então subimos para o quarto que ele alugou. Ele destranca a porta e nós entramos. Começamos a nos beijar. E ele tira minha roupa devagar. E eu posso ver a ele e a mim no espelho em frente à cama, o que é bem legal. Mas ele não olha no espelho. Ele só está olhando para a verdadeira eu. Então, eu estou nua, mas ele ainda está vestido. E ele começa a me beijar e tocar meus seios e lamber os mamilos e então desce para o meu umbigo. E daí ele tira a camisa. E daí nós deitamos juntos na cama. E ele faz sexo oral em mim, e continua fazendo sexo oral porque ele gosta, não só porque ele acha que tem que fazer para eu chupar o pau dele depois.*

Ele continua fazendo até eu ficar muito, muito molhada. Ensopada, e estou na
cama e meu corpo está quase dando saltos porque quero ele dentro de mim.

"E isso é importante. Eu realmente quero que ele esteja dentro de mim. Não
é como uma coisa que eu tenho que fazer pra que tudo o mais dê certo. Não quero
ele dentro de mim porque eu acho que ele vai gostar mais de mim assim. Ou por-
que eu não tenho a energia suficiente para agüentar ele pedindo e os maus-tratos
se eu não deixar. Não quero deixar que ele entre em mim por causa do que aqui-
lo poderia acarretar para mim. Só quero ele para mim, porque gosto da sensação
que dá.

"Mas essa é a primeira vez e eu sei que vai doer. Ele me diz que vai fazer e
daí coloca a ponta do pingulim dele só na entradinha, bem na parte carnosa,
macia. E ele esfrega pra frente e pra trás ali. E ele me pergunta se eu quero um
pouco mais. E aquilo me excita, quer dizer, o fato de ele perguntar. E ele diz que
sim e mais um pouco entra e começa a doer, mas eu quero que aconteça. E ele tam-
bém está ficando maluco, não sou só eu. E daí ele força para dentro e dói muito,
mas eu também fiz parte da dor. E daí nós desembestamos como dois cavalos de
corrida. E eu sou parte daquilo, não uma garota olhando do lado de fora, esperan-
do que transar com ele vá consertar tudo. Fim."

As mulheres permaneceram quietas, pensando em todas as coisas no
sexo que não tinham a ver com sexo.

— Então? — Lux perguntou. — O que vocês acharam? Eu escrevi
exatamente do jeito que pensei. E daí eu risquei todos os "tá" e "né" e as
outras coisas, e daí passei a limpo. Faz diferença quando se tira todas essas
coisas, certo?

— Faz sim — concordou Brooke.

— Mas você manteve a honestidade — disse Margot. — Isso é bom.
Lux sorriu.

— Então — Lux perguntou —, como você reescreveria a sua virgindade?

Era um grande tema e elas conversaram até o sol se pôr nas amplas
janelas. Então, Brooke começou a puxar sua bolsa e tirar o celular.

—Vou telefonar para o Bill. Acho que vou à casa dele, sentar na mesa
da cozinha e ter uma longa conversa com ele.

O *Clube do Conto Erótico* **257**

—Vou sair para correr mais tarde — Margot anunciou enquanto se dirigiam para a porta do quarto de Aimee. — Lux, quer vir correr comigo?

— Só se tiver alguém perseguindo a gente.

Lux de repente se deu conta de que, mais uma vez, não tinha um lugar aonde ir. Ela deixara as coisas dela na casa de Bill e se voltasse para lá iria interromper a noite íntima de intensa discussão de Brooke. Ela poderia ir para sua casa no Queens e tentar evitar ficar doidona por tabela, mas aquilo era uma tarefa impossível. Lux decidiu que compraria um caderno novo e um lápis afiado e se estacionaria na biblioteca pública até que a chutassem de lá. Quando Lux começou a se despedir, Aimee a chamou de sua cama:

— Ei, Lux, quer dizer, pensei que você fosse ficar por aqui e assistir ao *Howdy Doody* comigo.

Lux ficou momentaneamente espantada. Tinha certeza de que a voz viera da cama de Aimee, mas aquilo era simplesmente impossível. Talvez fosse uma alucinação auditiva. Afinal, Aimee a odiava.

—Você está surda, Lux? — Aimee perguntou quando Lux não respondeu. —Você quer ficar por aqui e fazer alguma coisa?

— Ah, sim, claro. Eu adoraria — disse Lux, que já tinha visto aquele episódio em particular de *Howdy Doody* pelo menos um milhão de vezes antes.

Descendo no elevador, Margot e Brooke falaram sobre Aimee e Lux. E, quando Lux se acomodou no quarto, ela e Aimee começaram a falar sobre Brooke e Margot:

— Então, você acha que Brooke deveria se casar com um cara que não quer transar com ela?

— Existem situações piores, tais como entrar com um pedido de divórcio quando se está grávida.

— Pois é, e como está indo esse assunto?

— Bem, telefonei para Tóquio. E telefonei para a agente dele. E ambos concordam que ele recebeu os papéis. Os papéis preliminares não dizem nada, a não ser que pedi o divórcio. Supostamente, ele deveria responder que recebeu minha petição.

— E?

— Nem uma palavra. Ouvi uma mensagem na secretária eletrônica que não tinha nada a ver com a realidade. Ele quer saber quando será o parto. Nenhuma menção quanto ao fato de eu achá-lo um filho-da-puta inútil que quero ver fora da minha vida. Se bem que como é que alguém responde a esse tipo de informação?

Lux e Aimee riram. Lux estava pegando o jeito como Aimee usava o sarcasmo e a ironia. Sua descoberta da palavra "sardônica" a deixara mais à vontade para conversar com Aimee. Aimee contou a Lux sobre os dias de vinho e rosas no começo de seu casamento, quão feliz ela havia sido e quão apaixonada. Lux contou a Aimee que seu irmão em Utah havia se casado com uma mulher que só tinha um braço e que eles pareciam muito felizes juntos. Elas conversaram e conversaram enquanto a noite foi ficando fria e silenciosa.

— Fala sério! — Foi a resposta sem ar de Lux quando Aimee admitiu que achava que Lux poderia ter talento de verdade como escritora.

— Oh, meu Deus! — Aimee ofegou quando Lux recontou a história completa da noite em que aceitou cinqüenta dólares para fazer boquete em um estranho porque achava que precisava desesperadamente do dinheiro para comprar um vestido para o baile de formatura.

— Dá para acreditar? Eu estava, tipo assim, tão apavorada, aterrorizada de medo de perder aquele imbecil que fiz tudo que tinha que fazer para estar mais bonita que a minha amiga num baile. Um baile da escola. E, de certa maneira, não foi tão ruim quanto eu pensei que seria. Quer dizer, o cara era meio novo e era limpinho, e não me bateu e não me machucou, mas havia essa maldade na forma como ele me tocava que magoou meus sentimentos.

Lux nunca havia contado aquela história a ninguém. Certamente não a Jonella. Nem mesmo para a tia Pul-ta. E ali estava ela, contando para uma mulher que nem mesmo gostava muito dela. Talvez por isso fosse tão tranqüilo, pelo fato de que Aimee já pensasse mal de Lux e, portanto, aquilo não iria piorar a situação. Deixe que ela me chame de puta, pensou Lux. Nós já passamos por isso antes.

— Então, depois daquela noite eu simplesmente tinha que me afastar, você sabe, me separar da minha família, porque acho que havia maconha e cerveja demais. E eu sei que era só maconha e cerveja porque era, tipo assim, o tempo inteiro e estava afetando meus pensamentos e, tipo, eu estava perdendo, eu não era, quer dizer, eu não era capaz de raciocinar as coisas do jeito certo. Então tive que me afastar deles. Por sorte, eles nunca perceberam, porque eles me amam e os magoaria pensar que eu não podia mais ficar com eles.

Aimee ficou quieta por um tempo e, então, disse:

— Eu sinto muito mesmo.

— Cacete, não foi culpa sua.

— Não, por... Hã, pelo que eu sinto muito? Não sei. Sinto por você ter sido magoada, acho.

— Bem, ninguém me obrigou a fazer isso. Eu me sentia mal, como se uma coisa trágica tivesse acontecido comigo e, depois, me sentia, tipo, envergonhada por ter feito uma coisa tão asquerosa. O bom foi que comecei a escovar meus dentes muito mais.

— Sério?

— Ah, é, durante meses depois eu fiquei, tipo, totalmente obcecada com a higiene oral.

— Você tem histórias ótimas, Lux.

— Você acha?

— Ah, acho.

— Porque, para mim, minha vida parece um erro idiota após o outro.

— Bem, sim. A minha também. Mas não todos os dias.

Essa idéia, de que alguém tão puro e bem-sucedido quanto Aimee também tivesse erros e desejos, criou raiz em Lux e começou a crescer conforme elas conversavam. Elas falaram sobre imóveis. Falaram sobre trabalho. Falaram sobre roupas. Falaram sobre sexo. Falaram sobre filmes e falaram sobre suas mães. Falaram até Aimee começar a murmurar e, depois que ela dormiu, Lux continuou falando sozinha.

Quando o sol estava se levantando, Lux tomou uma ducha rápida. Lavou toda a maquiagem do rosto e prendeu o cabelo molhado com uma das fivelas de Aimee. Então, saiu sozinha e foi à procura de café e algo para o desjejum. Descendo a avenida, assobiando, Lux viu sua imagem na vitrine de uma loja. Parecia cansada por ter passado a noite acordada. Seu cabelo escorrido e o rosto limpo e bonito foram um choque para ela, e as roupas que usava eram realmente idiotas, mas ainda assim, naquela manhã, Lux se sentia melhor do que havia se sentido em todos os anos de sua vida.

26. Pirata ou Caçador

BROOKE SENTIU QUE ESTAVA ficando cada vez mais pálida e, de repente, não pôde mais agüentar o peso do próprio corpo. Deixou-se desmoronar na poltrona de couro bordô do escritório de Bill.

— Sinto muito, Brooke, mas é verdade — disse Bill e, então, reiterou o fato frio e duro que havia feito com que o sangue fugisse do rosto de Brooke e que a força abandonasse suas pernas. — Desde que você foi embora, não pensei em mais nada, a não ser em como poderíamos fazer essa relação funcionar. Preciso mudar quem sou. E, finalmente, percebi. Não sou homossexual. Não sou heterossexual. Sou apenas assexuado. O sexo simplesmente não é mais tão importante para mim.

— Bill — disse Brooke —, ou você está morto ou está mentindo. Você ainda é jovem, saudável e sexy. Como pode dizer que sexo não é importante para você?

— Não vale a pena, para mim — disse Bill.

— Às vezes, quando me masturbo, penso em você nu para me excitar — Brooke admitiu. — Não é possível ser tão bonito assim e estar tão morto. Talvez você deva pedir demissão do emprego e voltar a morar em Paris.

—Você irá comigo?

Brooke pensou naquilo por um momento.

—Você quer que eu me mude para Paris com você por causa da sua vida sexual? — ela perguntou.

— Não posso viver sem você — ele disse e, então, virou-se quando as lágrimas de repente caíram de seus cílios claros, pingando em seu drinque com um minúsculo "plinc" que apenas Bill podia ouvir. Ele largou seu uísque arruinado na janela, confiante de que a criada o encontraria ali dentro da próxima hora e o levaria de volta à cozinha.

— Você está doente? — Brooke perguntou. — Talvez haja um urologista melhor.

— Estou bem — disse Bill indo até o armário, a mão direita pegando outro copo alto de cristal enquanto, ao mesmo tempo, a esquerda levantava a garrafa de uísque e servia. — Não há nada errado comigo. Fiz um exame médico completo ontem. Tudo funciona. Estou no auge da saúde. Nenhuma doença genética. Se tivermos um bebê agora, terei mais ou menos sessenta anos quando ele ou ela se formar no secundário, e terei tempo de sobra para ser pai. Acho que serei um excelente pai. E você, uma excelente... oh!

Com o uísque na mão, Bill se virou para Brooke e a encontrou sentada, nua, em sua poltrona de couro bordô. Suas pernas estavam cruzadas nos tornozelos, e ela ainda bebericava o cabernet que ele lhe havia servido.

— Ah, sabe — começou Bill ao desviar o olhar —, eu tinha imaginado que, se tivéssemos um filho, faríamos essa parte num consultório médico.

— Não, sinto muito — Brooke disse ao descruzar os tornozelos e voltar a cruzá-los, recatada a despeito de sua nudez —, não tenho nenhuma fantasia com consultórios médicos.

Brooke começou a brincar distraidamente com seu mamilo, como se fosse um botão de um de seus suéteres de cashmere. Bill continuou inabalado. Sem interesse. Sem ereção. O mais próximo que chegou da respiração acelerada foi um suspiro profundo e triste.

— Não quero fazer sexo, Brooke. Sexo, quando muito, só serve para definir minha solidão — disse Bill, sem deixar que um traço sequer de tristeza permeasse sua voz. — Prefiro simplesmente descartá-lo da minha vida.

Brooke encheu os pulmões de ar e, então, expirou lentamente. Abaixou-se e apanhou sua calcinha do tapete onde a havia enfiado rapidamente sob o sofá. Seguiram-se o sutiã, a calça e depois a camisa. Ao vestir novamente a jaqueta, disse-lhe que ele tinha um problema sério e que esse problema, em particular, não poderia mais ser também dela.

— É porque a sua amiga Lux disse que sou gay — ele disse, sem maldade.

— Não — disse Brooke —, é porque eu mereço mais que isso. Tenho quarenta anos. Tenho uma vida ótima e quero um filho. Estava pensando em fazer isso sozinha, mas aqui está você. Bonito, inteligente, carinhoso. Você me ama e acho que daria um excelente pai, a não ser pelo fato de você ser realmente estranho no que diz respeito a sexo. Você tem que ser tranqüilo com relação a sexo para haver equilíbrio. E certamente não quero esse tipo de autodesprezo perto do meu filho. E, para dizer a verdade, Bill, acho que tampouco quero perto de mim.

Em sua pressa para tirar toda a roupa antes que Bill se virasse, Brooke havia empurrado um de seus sapatos um pouco demais para debaixo do sofá. Teve que deitar no chão e tatear em meio ao pó para encontrá-lo.

— Precisa de ajuda? — Bill perguntou.

— Peguei — disse Brooke.

— Então, tudo bem — Bill disse, como se encontrar o sapato fosse o único problema que eles tivessem. Brooke, de repente, percebeu a freqüência com que Bill usava a negação como mecanismo de defesa. Algo profundo e horrível havia acabado de acontecer. Sua melhor amiga e amante de longa data, Brooke, tinha acabado de lhe dizer que não podia mais amá-lo. Mas Bill optou por vivenciar aquilo no nível mais superficial. Brooke sentiu uma grande dor por seu velho amigo.

Bill a observou enquanto calçava o delicado sapato em seu pé lindo e longilíneo.

— Hã, então comprei uma mesa para a festa da anemia falciforme no mês que vem. Nós nos divertimos muito no ano passado. Você irá comigo?

A anemia falciforme dava festas ótimas, boa comida, música excelente. Atraía um grupo interessante de patrocinadores, inclusive gente das artes. No ano anterior, eles haviam ficado quase até às quatro da manhã e, então, continuaram a festa na casa de um produtor da indústria fonográfica.

— Não posso — disse Brooke. — Não vou ser parte de como você tortura a si mesmo.

— Brooke, eu te amo tanto — disse Bill, mesmo quando ela estava escorregando de suas mãos.

—Você mentiu para mim durante vinte anos.

— Não, eu pensei que iria passar.

Eles ficaram ali, em meio a todo o mogno escuro e brilhante que Bill herdara de sua família. Ficaram ali tempo suficiente para que a luz da janela se movesse pelo tapete e se refletisse em um dos antigos troféus de golfe de prata esterlina de seu pai. Refletiu uma luz dura nos olhos de Brooke e a lembrou de que era hora de ir.

— Eu sinto muito — disse Bill, quase num suspiro, mas ela ouviu. Brooke encontrou sua bolsa no sofá e se dirigiu à porta.

— Amigos? — Bill gritou quando ela o deixava.

— Não posso mudar isso — disse Brooke. — Mas me dê um ou dois meses antes de me ligar.

Brooke saiu sozinha atravessando as enormes portas duplas. Decidiu descer pela escada, em vez de tomar o elevador. Elas começavam quase industriais, em termos de design, mas passavam à grandiosidade do mármore pesado ao chegar ao saguão. No entanto, havia escada nas duas extremidades, o que Brooke achava reconfortante. Ela acenou para o porteiro e saiu para a rua. Ficou por um momento parada em frente ao prédio do apartamento de Bill e, então, decidiu descer a Quinta Avenida até o parque.

27. A Corda Véi Precisa Trabalhar

LUX KERCHEW FITZPATRICK caminhou pela Broadway procurando por um *bagel* e um café. Talvez levasse um *bagel* com café para Aimee. Talvez Bill telefonasse para dizer que tinha achado um ótimo emprego para ela, alguma coisa com um salário razoável para que ela pudesse ir poupando até ter dinheiro suficiente para outra aquisição imobiliária com pagamento à vista. Talvez tudo fosse ficar bem, a despeito da forma como havia começado.

Lux entrou num café perto da universidade. Parecia apropriadamente acessível, então ela foi até o balcão e fez o pedido.

—Você está na minha aula de psicologia, certo? — disse o caixa ao cobrar seu pedido.

— Não — disse Lux.

— Sério? Bem, então vi sua dublê na NYU.

A mão de Lux foi imediatamente para o decote de sua camisa para verificar se havia alguma coisa que ele pudesse estar vendo ali. Se seu seio tivesse pulado para fora do sutiã, estaria explicado por que esse garoto estava olhando para ela. Do jeito que ela estava, sem maquiagem, spray de cabelo ou qualquer brilho, vestida com aquelas roupas sem graça e sem cor, Lux não podia imaginar nenhuma outra razão para que o garoto fosse tão amigável.

—Você quer leite nesses cafés? — ele perguntou.

— Hã, não são cappuccino? Quer dizer, já leva leite, certo? — disse Lux, incerta de si mesma e da receita do cappuccino.

— Ah, é, claro. Desculpe. É que, ah, você se parece tanto com essa outra garota. Da minha aula de psicologia. O nome dela é Monica, acho.

— Oh. Meu nome é Lux.

— Uau. Deve ter sido bem complicado no primário.

— Por quê?

— Bem, porque rima com... bem, com um monte de coisas.

Lux riu alto. Não pela idéia de que seu nome pudesse ser usado para brincadeiras de mau gosto, mas porque o garoto tinha ficado tão vermelho com aquilo. Ela olhou nos olhos dele e viu que não eram realmente castanhos, mas marrons com grandes manchas verdes.

— Que nada — disse Lux —, eu tinha irmãos mais velhos e um namorado brigão. Ninguém falava besteira para mim. Quer dizer, além dos meus irmãos e do tal namorado.

— Ele ainda está na área? Quero dizer, o namorado brigão?

— O nariz dele cresceu — disse Lux.

A frase escapou da boca de Lux. Imediatamente, ela desejou não ter falado. Deduzira que seu comentário sobre o estado metafórico do nariz do ex-namorado seria o fim do interesse desse novo pretendente. No passado, os caras que tentavam dar em cima dela eram geralmente atraídos por seus lábios e desestimulados pelo que saísse deles.

— Acho que isso acontece muito depois do secundário — disse o garoto do café, parecendo realmente solidário. — Quer dizer, nunca pensei que terminaria fazendo cappuccinos, mas a escola é muito mais cara do que eu pensava. Então, estou trabalhando meio período, o que é um saco, mas é o melhor que posso fazer. E você?

Lux estava pronta para mentir. Estava planejando dizer a ele que havia parado com a escola por alguns semestres, mas que estava pronta para voltar no outono. Ela gostava de quem ele achava que ela era, mas antes de começar a reinventar a si mesma, uma mulher de cabelos escuros e avental branco veio dos fundos do café.

— Charlie! — sua chefe gritou, indicando a longa fila de clientes se formando atrás de Lux.

Charlie se ruborizou novamente, e Lux deu um passo para o lado para deixá-lo anotar o pedido da mulher retraída que esperava pacientemente atrás dela. Ela ficou de lado, terminou de tomar seu cappuccino e começou a tomar o que havia comprado para Aimee. Ficou enrolando, esperando que houvesse uma pausa na fila para que pudesse falar com ele de novo, mas o lugar continuava se enchendo de gente. Todas as mesas estavam ocupadas e não demorou muito para que Lux se sentisse tola esperando ali, paquerando um balconista chamado Charlie. Seu celular tocou, dando-lhe mais uns minutos. Ela ficou perto da porta com o telefone no ouvido, escutando Jonella explicar o futuro financeiro das duas.

— Nós poderíamos trabalhar juntas — Jonella estava dizendo.

— Não sei não, Jonella — respondeu Lux.

— Amiga, se você não está interessada em dinheiro fácil, não vou te obrigar. Mas venha logo pra cá. Vou ver esse emprego e tem umas coisas que preciso que você faça.

Charlie estava olhando para o outro lado, anotando um pedido. Um segundo depois, ele estava atendendo uma mesa. Será que pararia algum dia para olhar para ela? Ela se sentiu estúpida; então, dando as costas para o café, Lux seguiu pela rua, tomou o metrô e voltou para o Queens para ajudar Jonella a resolver sua crise financeira.

— Sua louca! — Jonella gritou, quando Lux novamente rejeitou sua proposta de futuro brilhante para as duas. — Deveríamos ser strippers! É perfeito demais para a gente! Poderíamos fazer isso juntas. Quer dizer, não juntas no palco, porque daí teríamos que dividir as gorjetas, mas tipo trabalhar na mesma boate, na mesma hora.

— Sei lá — suspirou Lux. — Tenho esperança de que esse cara gay apareça com um emprego de escritório para mim.

— Não, garota, nós temos que fazer isso — insistiu Jonella.

— Não acho que seja adequado para mim. Não acho que queira ir nessa direção.

— Do que você tá falando? Que direção é essa que você vai? Vai sair de férias? Com que dinheiro, garota? Fazer striptease dá uma grana preta. Garotas como nós precisam de grana.

— Não, não tô a fim.

Jonella achou que Lux era uma idiota e que não conseguia ver a total dimensão da coisa. Pensou que, quando Lux visse os benefícios de ser stripper, iria querer entrar na jogada.

— Bem, então venha comigo — Jonella disse gentilmente. — Você vem segurar minha mão, que da primeira vez deve ser um pouco assustador. A Jonella aqui vai lá, dá o chute inicial, ganha umas verdinhas e você vai atrás de mim quando estiver pronta, meu bem.

Jonella, ponto positivo para ela, já havia pesquisado bastante antes de se candidatar ao emprego que queria. Descobriu, conversando com uma das garotas que trabalhavam no Tip Top Club, que o striptease, no caso, já não incluía o tentador ato de tirar a roupa. Na verdade, a garota simplesmente aparecia nua no palco e dançava. E, naquela mesma tarde, na audição aberta, foi exatamente isso que Jonella fez. Não passou no primeiro corte.

— Me diz com quem eu tenho que trepar para tirar a roupa por aqui? — exigiu Jonella. Lux havia ido com ela, para dar apoio moral. Segurou sua mão e também suas roupas. Lux achou que sua velha amiga tinha feito um ótimo trabalho, rodando nua pelo palco, mas o gerente não concordou com tal avaliação.

— Escute — o gerente disse, com amabilidade, ao dar as más notícias a Jonella —, uma gorda véi como você tem que fazer mais que chacoalhar as coisa pelo palco. Volte hoje à noite pra ver meu show, você vai ver o que as minhas garotas fazem.

Demorou uns minutos para que Lux entendesse que o "véi" no sotaque pesado do gerente queria dizer "velha". Jonella, assim como Lux, não passava dos 23 anos.

— Você não é velha, amiga — Lux sussurrou pra Jonella no camarim do clube de striptease. Jonella dispensou o comentário com um gesto da mão ao vestir suas roupas. Ela não estava nem aí se um gerente de clube de striptease achava que era gorda ou velha. Só queria o dinheiro.

Naquela noite, Jonella e Lux voltaram ao clube para ver o que as strippers realmente faziam, em vez de tirar a roupa. O gerente se lembrou delas e as dispensou de pagar a consumação mínima de dois drinques. A atmosfera no bar era jovial e a audiência, mista. Jonella observou o palco com séria concentração, enquanto mulheres seminuas preenchiam os intervalos de não-striptease com truques elaborados e atléticos que incluíam se arremessar do palco em direção à platéia e agarrar-se no poste que havia no centro da pista de dança.

Uma mulher se pendurou de cabeça para baixo no poste, com os pés para cima. Então, chacoalhou os ombros para que seus peitos balançassem. A penúltima dançarina era uma garota extremamente bonita, jovem, com grandes seios e que não fez nada além de dançar nua. A última a se apresentar, o fechamento da noite, era uma morena robusta e cheia de cicatrizes que parecia ter uns quarenta anos de idade. Ela ficou de cabeça para baixo e soprou fumaça de cigarro pela vagina. Recebeu uma imensa salva de palmas e tanto os homens quanto as mulheres da platéia a encheram de notas amassadas e suadas de um dólar.

Enquanto Lux assistia ao desfile contínuo de mulheres nuas colhendo suas folhinhas de dinheiro, tentou imaginar o que Charlie, o Garoto do Café, diria sobre uma stripper cujo nome rimava com um palavrão. Será que um cara que se ruborizava daquele jeito entenderia o quanto ela queria comprar um segundo apartamento? Será que ela deveria se importar com o que um cara como aquele seria capaz de entender? No fim, era a voz séria da tia Pul-ta que soava mais alto. "Faça aquilo que te fizer feliz", fora sempre o conselho misterioso da tia Pul-ta.

— Tenho que trabalhar a força do meu tronco — Jonella disse, puxando Lux para fora do clube de striptease e em direção ao metrô. — E preciso comprar um par daqueles sapatos. Aquelas garotas tinham uns sapatos incríveis. Onde será que se compram sapatos daqueles?

— Podemos procurar na net — Lux disse a ela quando seguiam de metrô para casa.

— Que net? — Jonella perguntou.

— Internet. Vamos pesquisar no Google e procurar sapatos para strippers.

Jonella não fazia a menor idéia do que Lux estava falando, mas aquilo era normal. Pelo tom da voz de Lux, parecia que ela estava planejando ajudar Jonella a encontrar sapatos de stripper e que até tinha uma idéia de onde começar a procurar. Aquilo era suficiente para Jonella, então ela sorriu e assentiu com a cabeça.

Lux pensou que, depois daquela rejeição, Jonella fosse esquecer a idéia de fazer striptease, mas, na manhã seguinte, Jonella apareceu na casa da mãe de Lux mais cedo que o normal. Insistiu que Lux começasse a ajudá-la a procurar os sapatos de stripper.

— Me leva até a net — disse Jonella alegremente, pulando na cama de Lux.

— O.k. Temos que ir à biblioteca pública — Lux disse, sonolenta.

— Eles têm sapatos de stripper na biblioteca?

— Têm.

Sentada em frente ao computador da biblioteca, Lux rapidamente acessou o Google, escreveu "Sapatos para strippers" e obteve mais de dez páginas de empresas com websites que os vendiam.

— Ei, faz aquilo de novo e veja o que aparece como sapatos baratos de stripper — Jonella sugeriu, inclinando-se sobre o ombro de Lux.

"Sapatos para strippers com desconto" só fez surgir três resultados. Lux escolheu o primeiro website e abriu, mostrando a Jonella o que havia disponível no tamanho dela. Jonella escolheu dois pares que lhe pareceram bons, e elas fecharam a compra.

—Você tem cartão de crédito? — Lux perguntou.

— Garota, não tenho nem conta no banco.

Lux pensou no assunto por um momento e decidiu arrumar encrenca.

— Hã, oi, Brooke. É a Lux — ela disse ao celular. Ela explicou a situação, que nem ela nem Jonella tinham cartão de crédito e que Lux prometia que a pagaria logo. Brooke ficou contente em ajudar e, rolando de sua cama até o computador, encontrou o website e completou a

O Clube do Conto Erótico **271**

transação das moças. Inclusive, comprou um par de sapatos para si mesma.

— Então — Brooke perguntou, preguiçosamente —, para que você precisa de sapatos de stripper?

Quando Lux contou a Brooke que Jonella estava tentando convencê-la a ser uma stripper, Brooke, de repente, gritou ao telefone:

— Não! Não faça isso! Onde você está? Na biblioteca pública? Qual delas? Não saia daí!

— Por quê? — Lux perguntou.

— Porque estou indo para aí nesse minuto!

Lux nunca tinha ouvido Brooke gritar antes. Sua voz estava surpreendentemente alta e continha um certo rosnado. Jonella disse que a biblioteca lhe dava calafrios e que ela não ia esperar ali o dia inteiro para se encontrar com uma perua que morava no outro lado do rio. Jonella já havia conseguido seus sapatos e queria fazer outras coisas com seu dia. No fim, Brooke concordou em se encontrar com Lux na casa de Aimee.

— Margot! — Brooke gritou quando Margot atendeu o telefone.

— Olá para você também — disse Margot. Ela havia acabado de voltar da academia.

— Largue tudo que estiver fazendo — disse Brooke —, vamos fazer uma intervenção.

— Para quem? — Margot perguntou, pensando se Brooke estaria brincando.

— Aquela tal de Jonella está tentando convencer Lux a virar stripper.

Margot largou seu *latte* na pia e correu para a porta.

— Mas eu poderia perder tudo! — Lux gritou para suas amigas.

Aimee, Brooke e Margot lhe disseram mais uma vez, em termos explícitos, que ela não deveria sequer considerar a possibilidade de se tornar stripper.

— É um passo atrás — disse Aimee.

— Certo! Número um: fazer striptease vai te deixar se sentindo como um pedaço de carne — Margot começou a enumerar as desvantagens de ser stripper. —Você acabou de adquirir controle sobre si mesma; não vá se perder para um bando de estranhos cobiçosos. Número dois: esse emprego vai te expor a pessoas e coisas que não serão boas para você. Número três: você terá que gastar um dinheirão nas fantasias e, portanto, número quatro: não vai te dar a renda que você pensa que vai. Cinco: Jonella é uma idiota. Seis: esse tipo de emprego vai te atrapalhar para conseguir empregos melhores. Sete: é trabalho noturno. Trabalho noturno é um saco. Oito: vai...

—Vai fazer você se sentir péssima! — interrompeu Brooke. — E o que você está com tanto medo de perder que estaria disposta a se tornar stripper?

—Todo o meu dinheiro — disse Lux. — Recebo três mil por mês de um apartamento. Se o inquilino der para trás, fico sem nada, além de ter que pagar mil dólares de manutenção. Dá para acreditar? Mil dólares por mês!

— Quanto é o aluguel do apartamento? — Margot perguntou. Estava confusa sobre como Lux poderia estar ganhando três mil limpos por mês com um apartamento de 93 m².

— Quatro mil — disse Lux.

— E a manutenção custa mil? — Brooke perguntou.

— É — disse Lux.

— Então, quanto é a hipoteca? — Aimee perguntou.

— Bem, nada — disse Lux. — Eu paguei à vista. É meu.

No loft ao lado, o vizinho de Aimee parou e se perguntou por um momento o que poderia estar acontecendo na casa de Aimee para que aquelas garotas gritassem tão alto.

— Você tem um apartamento quitado e está preocupada com dinheiro! — exclamou Margot.

— Eu não sei o que significa "quitado", mas estou dizendo que paguei à vista.

— Lux — disse Aimee —, pegue dinheiro emprestado pelo apartamento. Compre mais dois. More em um e alugue o outro.

O *Clube do Conto Erótico*   **273**

— Mas eu não tenho dinheiro suficiente para comprar dois apartamentos.

— Você tem crédito mais do que suficiente para dar entrada em dois apartamentos — disse Brooke. — E os dois aluguéis cobrirão as três hipotecas e ainda sobrará um pouco para você.

— Lux — disse Aimee —, está na hora de você viver.

Elas dedicaram o resto da tarde a acalmar as incertezas de Lux com relação a dívidas e hipotecas. Brooke procurou nos jornais descartados ao redor da cama de Aimee até encontrar a seção de imóveis. Verificaram apartamentos específicos à venda na área e circularam vários para visitar depois. Devido à insistência delas, Lux se matriculou num curso para adquirir uma licença de corretora de imóveis.

— Tá bom! Tá bom! Vocês têm razão. Quer dizer, mesmo que eu não a use, deveria saber quais são as regras, certo? — disse Lux.

— Certo — suas amigas entusiasticamente concordaram.

Algumas semanas depois, precisamente quando Lux estava fazendo uma oferta em alguns apartamentos no mesmo prédio, Jonella telefonou.

— Ei, Lux — Jonella disse ao telefone —, você pode me emprestar uma grana?

— Pensei que você estava ganhando uma fortuna no clube.

— É, mas gasto um monte também.

— Jesus, Jonella! No que você gasta tanto?

— Vai se foder, Lux, gastei duzentos naquela fantasia para a primeira apresentação. E o resto em bebida e outras merdas para ficar embalada a noite inteira.

— Sério? — disse Lux.

— Foda-se. Striptease é divertido, mas não sei para onde vai a grana. E garotas como a gente precisam de grana, tá? E o lance é que, no momento, eu tô sem grana e fico ridícula nas roupas que comprei. Vamos sair, garota. Só eu e você, como a gente costumava fazer.

— Na-na-ni-na-não — disse Lux. — Não posso. Tenho aula e estou estudando para uma prova importante.

— Que saco, garota. Então, posso ir aí pegar uma grana com você?

— Para quê?

— Bem, eu não tenho que estudar pra nenhuma prova. Só porque você é burra, eu tenho que me ferrar?

Enquanto Lux analisava a lógica de Jonella, respondeu que não. Jonella achava que Lux era orgulhosa demais para fazer striptease. Deduziu que Lux ainda estava recebendo dinheiro do "Pau Velho" e acreditava que deveria dividir um pouco com ela. Então, Jonella pediu novamente, desta vez de forma não tão gentil. Lux ia receber o aluguel de seu primeiro apartamento, mas aquele dinheiro já estava reservado para o futuro. Tinha uma história em comum com Jonella, mas o futuro seguiria um caminho diferente. Lux cortou Jonella:

— Garota, simplesmente não dá — disse Lux. — Estou economizando para uma coisa importante. Uma coisa para mim.

Jonella ficou furiosa. Soltou os cachorros. Xingou. Ameaçou, mas Lux não lhe daria nem mais um centavo. Lux não saía para dançar, fazer compras e tomar todas; por que deveria pagar a conta da festa de Jonella?

— É para o futuro — Lux disse a ela.

— Que se foda o futuro — gritou Jonella — e que se foda você também. Nunca mais vou te ajudar. E não somos mais amigas, Senhorita Lux Fucks!

O antigo apelido machucou, principalmente vindo de Jonella, que havia sido sua protetora, batendo em qualquer pessoa menor que ela que pegasse falando aquele nome feio. Jonella tinha sido sua compatriota, sua co-conspiradora, sua comadre. Por que ela tá falando merda pra mim?, Lux se perguntou. Será que ela não vê que as coisas estão melhorando pro meu lado?

— Garota, você anda dando uns tapas? — Lux perguntou, questionando se Jonella estava usando alguma droga.

— Ei — Jonella gritou, cuspindo um pouco de saliva espumosa no bocal do telefone público de onde falava —, você não é minha dona!

Você me deve. E o Carlos também. Agora ele tem o trabalho de pintor de casas, ele me deve! Você me deve, Lux Fucks!

Os dedos gelados de uma adolescência feia apertaram com força a alma de Lux. Ela esfregou a testa, ansiosa para voltar aos estudos. Queria telefonar para Brooke e falar sobre os apartamentos para os quais tinha feito oferta. Aimee disse que alugaria um deles, se Lux comprasse os dois. Margot queria ajudar a escolher a tinta e as pias para o imóvel menor, que estava mais danificado. Enquanto Jonella continuava explicando em linguagem mais alta e ofensiva por que e o que Lux devia a ela, sua voz foi ficando cada vez mais baixa e suas palavras cada vez mais indefinidas.

O mundo da Senhorita Lux Fucks parecia tão distante do amanhã cheio de luz e verdade que esperava por Lux. Essa luz brilhante que vinha em sua direção a partir dos livros e investimentos estava aliviando alguns dos ferimentos antigos. Ela queria compartilhar aquela Lux com Jonella. Queria dizer-lhe que havia uma maneira melhor de abrir seu próprio caminho. Lux começou a explicar esse mundo novo, da melhor forma que o entendia, mas Jonella já havia desligado.

28. Alexandra Grace

— OS MAMILOS DE ANNIE *estavam ficando duros e forçavam o tecido fino de seu traje de banho. Ela disse a si mesma que era o ar frio percorrendo seu maiô molhado que os deixava daquele jeito, e não um reflexo dos sete meses anteriores sem sexo. Annie olhou em volta do bar para todos aqueles jovens tesudos sorrindo para ela. O vento soprou sobre a umidade e, por um momento, Annie desejou ter trazido um xale ou uma camiseta para se cobrir, embora aquilo fosse estragar o efeito das últimas cinco semanas na academia.*

— Tá bom — disse Aimee. — Agora que estou lendo em voz alta, percebo que é uma completa e absoluta fantasia. Faz quatro meses que nem sequer consigo ver meus dedos do pé, quem dirá tocá-los. Me sinto tola. Não posso ler. Vai você, Brooke. Eu terminei.

— Não, não. Leia, Aimee — disse Brooke.

— Está bom — disse Lux.

— Não posso. Eu me descrevi bonita — Aimee disse. — Que ver-gonha.

Margot abriu a boca para falar, mas Aimee, prevendo o que Margot iria dizer, a deteve:

— Eu sei, eu sei — disse Aimee —, mas eu quero ser bonita do jeito que faz com que um homem queira me tocar, não apenas no sentido da beleza-da-alegria-que-vem-de-dentro.

Brooke tentou interromper com um pensamento, mas Aimee estava com a corda toda:

— Sim, sim, você tem razão, as duas coisas são boas, eu sei. O.k., vou apenas ler o que escrevi.

Aimee mudou de posição no sofá e começou a ler:

— *Suas amigas estavam rindo dela. Todas haviam conseguido caras ótimos no instante em que desceram da van que as levara do aeroporto até o resort, mas Annie estava enferrujada. Mal podia se lembrar do que era um "rala-e-rola". Será que era de comer? Talvez fosse algo que perdera no divórcio. Todos juravam que a piscina estava quente. Annie só tinha que prender a respiração e mergulhar.*

Aimee apertou um botão e a tela seguinte de seu laptop surgiu. Ela continuou a ler:

— *O cara louro de cabelo encaracolado parecia meigo e simpático. Annie deu um passo em direção ao bar e sentiu uma mão tocar-lhe o braço.*

"'Annie Singleton?', ele perguntou. A voz era agradável, os olhos, azuis e o rosto, familiar. Quando ela assentiu, ele disse: 'Acho que estudamos juntos no secundário.'"

— Estão vendo? Acho que estou procurando algo novo, porém familiar — disse Aimee, criticando e psicanalisando a si mesma.

— Dá para você simplesmente ler? — Brooke disse.

— *As vinte horas seguintes foram uma montanha-russa de conversas, lembranças e reflexões filosóficas sobre o que teria acontecido com as insuportáveis garotas populares da escola e se elas realmente mereciam ter tanto azar. Quando eles seguiram o caminho até a cabana dele, ao amanhecer, ela ainda vestia o mesmo maiô que tinha usado ao caminhar até o bar naquela tarde. Com a ajuda dele, ela o tirou na banheira de hidromassagem. A água e as mãos dele estavam quentes, e ambas cobriam cada centímetro de seu corpo. Ele pulou para fora da banheira quente sem usar os degraus, erguendo-a pelo braço. Então apostaram corrida até os lençóis.*

Aimee repentinamente abaixou a tela de seu laptop.

— E daí, é claro, eles transam — disse Aimee de um jeito que indicava que terminara de ler sua história.

— Mas nós gostaríamos de ouvir *como* eles transam — Margot pediu educadamente.

— Não sei. Eu teria escrito essa parte, mas esqueci como é — disse Aimee. — Tem alguma coisa a ver com um pênis, certo?

— Sim, e se ele estiver indo em direção à sua orelha, tem alguma coisa errada — sugeriu Margot.

Aimee estava sentada direito, no sofá, entre Margot e Brooke. Ela se sentia um pouco zonza, mas feliz em estar finalmente ereta. Quando o bebê atingiu o peso de aproximadamente dois quilos e meio, o médico deu por encerrado seu repouso. Aimee se surpreendeu ao ter dificuldade para manter o equilíbrio e achou ainda mais estranho que em parte ela sentisse falta do silêncio de seu cativeiro. Até agora, ela só havia se aventurado fora do apartamento uma vez, no dia anterior, para uma curta caminhada até o elevador para receber o delivery de comida chinesa. Seguindo-se àquela excursão, tinha voltado à sala de estar e adormecera no sofá.

No meio da noite, seu quase ex-marido telefonara para dizer que tinha recebido e assinado os papéis do divórcio. Ele não contestaria o pedido. Não a obrigaria a ir ao tribunal para lavar a roupa suja em público. Prometeu pagar qualquer valor de pensão alimentícia para o bebê que ela e o juiz achassem conveniente. Depois que os papéis fossem protocolados, o divórcio sairia dentro de aproximadamente seis semanas. Aimee disse um "obrigada" bem baixinho. No silêncio que se seguiu, ela escutou um toque de música asiática desafinada e um fundo de vozes diurnas. A manhã dele era a noite dela.

— Aimee — ele disse —, você está bem?

— Estou. O bebê deve nascer em uma semana e meia. Ela também é sua filhinha, e você pode estar presente no parto, se quiser.

— Uma semana e meia? Vou ver se consigo um vôo.

Não havia muito a dizer depois daquilo. Onde um dia existira tanta paixão, agora só havia o silêncio.

— Vou voltar a dormir agora — disse Aimee —, meu grupo de escritoras se reunirá aqui amanhã.

— Então tá — ele disse e, depois de despedidas educadas, eles desligaram.

O *Clube do Conto Erótico* **279**

* * *

Aimee acordou na manhã seguinte com uma inexplicável necessidade de limpar a casa. Quando suas amigas chegaram, por volta da hora do almoço, a encontraram de quatro, esfregando o forno. Quando sugeriram que ela parasse, Aimee prometeu que só iria terminar os banheiros e que daí estaria tudo pronto. Em vez de censurá-la, Brooke, Lux e Margot colocaram suas próprias luvas de borracha e fizeram uma rápida faxina no amplo apartamento. A porcelana lustrosa e as pilhas de roupas limpas e dobradas trouxeram uma sensação de paz para Aimee. Quando tudo estava em ordem, ela pôde se unir às amigas no sofá e ouvir as fantasias das outras mulheres. Não achou estranho que estivesse se sentindo tão em paz.

— Então, Brooke — perguntou Margot —, você gostaria de ler seu texto em seguida?

— Não escrevi nada — disse Brooke. — Estou momentaneamente perplexa com relação a sexo. Escreve-se P-E-R-P-L-E-X-A, Lux.

— E o que significa? — Lux perguntou, anotando a palavra em seu caderno.

— Mais ou menos o que parece — disse Brooke, enquanto Aimee se remexia, incômoda, no sofá.

— Parece com dor de barriga — disse Lux.

— Na verdade, quer dizer "confusa" — disse Margot.

Lux não ficou contente ao ouvir que alguém pudesse chegar à idade madura de Brooke e ainda se sentir confusa com relação a sexo. Desejou saber algumas palavras de conforto para dizer à amiga.

— Hã, eu almocei com seu amigo Bill há alguns dias — disse Lux.

— Como ele está? — Brooke perguntou com um toque de gelo na voz.

— Bem. Ele gostaria que você retornasse os telefonemas dele.

— Ele já começou a terapia?

— Se você está se referindo ao psicólogo, não. Mas ele anda saindo muito com aquele amigo do pai dele, Miles Rudolph, ou algo assim.

— Miles Randolph! — exclamou Brooke. — Miles é velho demais para o Bill!

— Na-na-ni-na-não! — disse Lux, sacudindo as mãos e rindo da explosão súbita, passional e protetora de Brooke. — O velho foi um amigo do pai dele. Ele só anda conversando com o cara sobre uns lances e tal. O namorado do Bill é mais jovem, tem uns 35. Bonito, mas ele, tipo assim, ganharia fácil o prêmio de "homossexual mais sem graça do mundo".

— Bill tem um namorado! — ofegou Brooke.

— Xiiiiiiiii — disse Lux, espantada que sua tentativa de animar Brooke tivesse dado tão errado. Porém, já que tinha ido tão longe, achou melhor contar a história toda. — Sim. Tem. Eu passei na casa dele para devolver uns livros e o cara estava lá, no apartamento de Bill. E eles estavam de roupão de banho às quatro da tarde e ficou bem claro que haviam estado nus até havia bem pouco tempo. Bill parecia feliz, no entanto. Me apresentou o cara como seu amigo. Acho que o nome dele é Bannister. Ele estava vestindo o roupão e meias pretas. Meias sociais. Tenho quase certeza que ele transou com aquelas meias, porque você não veste as meias de novo depois de uma tarde de sexo, né? Enfim, esse tal de Bannister é quase tão interessante quanto um poste. Tem esse sotaque inglês e...

— Alistair Warton-Smythe! — arquejou Brooke.

— Isso, esse mesmo. — Lux riu. — Bannister Warthog-Smith. Alto, magro, louro. Meio parecido com você, Brooke. Quer dizer, se você fosse o homossexual mais sem graça de Nova York.

Brooke olhou de Margot para Lux e de volta a Margot. Não tinha certeza se queria rir ou chorar. Margot tentou forçar a balança para a primeira opção.

— Oh, minha nossa! Brooke! Que sorte você tem! — disse Margot.

Brooke e Lux se viraram para olhar para Margot. Nenhuma das duas conseguia imaginar como é que o novo namorado empolado de Bill podia traduzir-se em boa sorte para Brooke.

— Você acabou de evitar a entrega de vinte dolorosos anos da sua vida a um homem que prefere outros homens — explicou Margot.

— Outros homens sem graça. — Lux gargalhou.

— É — Brooke disse, sorrindo só um pouco. — É, acho que vocês têm razão. Acabei de ganhar vinte anos de felicidade.

Aimee estava sentada em silêncio no sofá. Estava escutando, mas se sentia muito distante, como se outra música estivesse tocando só para ela.

— Então, Margot — Brooke perguntou —, você gostaria de ler seu texto a seguir?

— O.k., mas eu escrevi sobre o meu vibrador.

— E qual é o problema nisso? — disse Brooke.

— Certas pessoas ressaltaram para mim que meu apego ao mecânico irá arruinar a relação com um homem de verdade. Mas, ei, tenho cinquenta anos. Não bebo nem fumo. Acho que deveria ter um vício prazeroso como todo mundo nesta cidade. E estou ensinando Trevor a operá-lo.

Aimee se levantou de repente e andou até o banheiro. Sentou-se no vaso sanitário e checou a calcinha. Então, ficou sentada ali por um momento, no silêncio de sua porcelana brilhante, e se perguntou como é que iria fazer aquilo sozinha.

Margot esperou que Aimee voltasse do banheiro. Quando ela veio, ficou parada ali, olhando para suas amigas. Não se sentou.

— Acabei de perder meu tampão de muco — Aimee anunciou.

— Oh, meu Deus! — disse Margot. — O que isso significa?

— Se romper a bolsa d'água, nós teremos o bebê aqui no apartamento — disse Lux levantando da cadeira. — Jonella teve o parto quase todo em casa. O tampão de muco saiu quando ela estava dançando num clube e nós não sabíamos que aquilo significava que tínhamos que parar. Daí, quando chegamos em casa e a bolsa estourou, o bebê começou a sair.

— Não queremos que isso aconteça — disse Margot com firmeza.

— Estou emocionada de verdade — Aimee disse baixinho.

— Então, o que fazemos? — Brooke perguntou.

— O.k., o.k., já planejei tudo. Eu, ah, eu sei, ah — Aimee gaguejou, vacilou e não conseguia se lembrar do que fazer. Então teve um exagerado ataque de riso e não conseguia parar de rir. Margot assumiu o controle:

— Tudo bem — disse Margot —, vamos para o hospital. Lux pega a mala. Margot liga para o serviço de motorista, depois para o hospital e depois para a mãe de Aimee. Brooke ajuda Aimee a descer até a rua.

Todas ficaram paradas por um momento, impressionadas com a organização de Margot. Margot não sabia por que elas não estavam executando suas instruções tão claras.

— Vamos logo com isso, meninas! — Margot disse animadamente, sem qualquer traço do pânico que estava sentindo.

Graças ao excelente planejamento de Margot, o carro estava estacionando junto ao meio-fio quando Brooke e Aimee atravessaram o saguão do prédio. Lux deu uma última checada no apartamento para garantir que tudo que deveria estar desligado estivesse, que as chaves de casa estivessem nas bolsas e os celulares nos bolsos certos. Ela as alcançou quando saíam para a rua.

— Você está bem? — Aimee perguntou a Margot ao entrarem no carro.

— Bem, bem — disse Margot.

— Está tremendo. — Aimee riu. — Eu é que vou ter o bebê, e você está tremendo.

— Estou emocionada — disse Margot. — E um pouco nervosa. Ai, meu Deus! Finalmente chegou a hora!

Lux apertou a mão de Margot para tentar acalmá-la. A idéia de que Aimee estivesse bem e que Margot precisasse ser tranqüilizada fez Lux rir. Foi contagioso e, de repente, o banco traseiro do carro se sacudia num riso emocionado e nervoso. Quando o carro chegou ao pronto-socorro do hospital, três das quatro mulheres rolaram para fora do sedã como se fossem garotas bêbadas na frente de uma boate. Aimee rolou como se fosse uma baleia encalhada em Coney Island. As luzes fluorescentes e o silêncio do hospital rapidamente as deixaram sóbrias.

Elas recuperaram o bom senso e ajudaram Aimee a entrar no pronto-socorro.

Após um rápido exame pélvico, Aimee foi internada no hospital. Quando o médico atendente anunciou que Aimee estava com três centímetros de dilatação e que iria transferi-la para a maternidade, Margot passou do tremor à fala. Quando as mulheres alcançaram a cadeira de rodas de Aimee na sala de partos, Margot deu uma descrição detalhada da decoração do quarto e dos benefícios que ele incluía para Brooke, Lux e Aimee.

— Ai, meu Deus, Pai do céu, olha só, Aims, é uma banheira de hidromassagem. Igualzinha à da sua história. Que útil, né? Apesar de que eu não sei quando você vai ter tempo de usá-la. E o papel de parede é de um bom gosto surpreendente para um hospital. Que interessante! É como um charmoso quarto de hotel.

— Tem frigobar? — Brooke perguntou.

Conforme a enfermeira a acomodava na cama, Aimee começou a sentir uma pressão vindo de dentro de sua pélvis.

— É a sensação de quando vou ficar menstruada. Não é tão ruim, certo? — Aimee perguntou. — Certo?

Brooke e Margot olharam uma para a outra, então olharam para Aimee antes de declarar num uníssono animador:

— Certo!

Lux, que já havia passado por aquilo com Jonella, ofereceu conselhos mais práticos:

— Sabe — disse Lux —, quando você está em casa, se quiser gritar "merda" ou "buceta" ou "puta que pariu o caralho do gato" ou qualquer outra coisa, você pode berrar tão alto quanto quiser; mas, quando você está no hospital, eles vêm dizer que você está incomodando as outras mães, se gritar muito alto ou se ficar muito surtada.

— Bom saber — Aimee disse e, embora não pudesse imaginar que fosse querer um dia gritar ou xingar tão alto, acrescentou: — Obrigada, Lux.

E então veio a primeira contração profunda.

— Puta que pariu! — Aimee gritou de repente com a voz cheia de terror. Quando a contração cedeu, uma enfermeira de testa enrugada espiou para dentro do quarto. Olhou feio para Aimee. A enfermeira resmungona fechou a porta da sala de parto de Aimee numa tentativa de proteger as demais mulheres de sua boca suja.

—Viu só? — disse Lux.

— Eu, eu, eu acho que preciso de uma anestesia epidural — disse Aimee com um leve pânico na voz. — E se puderem me dar o mais rápido possível, seria muito, muito bom.

Lux saiu correndo no corredor para procurar o anestesista. Aimee berrou mais alto, porém usando menos palavrões, ao longo de várias contrações intensas. Ela apertou a mão de Brooke com força e praticou os exercícios de respiração que haviam aprendido no curso de Lamaze. Os exercícios não diminuíam a intensidade da dor, mas a distraíam, principalmente quando Margot, respirando junto com Aimee e Brooke, se hiperventilou e precisou sentar. Elas ainda estavam rindo daquilo quando o anestesista chegou e a epidural fez efeito.

— Oh, graças a Deus! — disse Aimee quando suas pernas adormeceram.

— O que a gente faz agora? — Brooke perguntou.

— Espera — disse Lux.

Durante seis horas, Margot, Brooke e Lux ficaram sentadas com Aimee observando o gráfico de suas contrações no monitor.

— Uau! Essa foi uma monstro! — disse Brooke quando a contração chegou quase no alto do monitor.

— Doeu? — perguntou Lux.

— Não senti nada — disse Aimee. — Não consigo sentir nada abaixo do peito.

— Então, que nome vamos dar a esse bebê? — Brooke perguntou.

— Gosto do nome "Grace" — disse Lux. — Era o nome que eu sempre adotava quando brincava que era outra pessoa.

O *Clube do Conto Erótico*   **285**

— Que tal "Terça-feira"? — sugeriu Brooke.

— Na-na-ni-na-não — censurou Lux. — Um nome não é uma brincadeira.

— Por um tempo eu gostei muito de "Lily" — disse Aimee —, ou talvez "Dália".

— Nomes de flores são legais — Margot disse ao fazer rapidamente uma lista de nomes de flores: — Que tal Lília? Também existe Rosa, Petúnia. Oh, não, Petúnia não. Pode ser Violeta, Margarida, Jasmim, Malva, Amarílis, Gardênia, Verbena, Acácia, Açucena, Tília, Camélia, Verônica, Angélica, Íris, Flora, bem, essa é a fada madrinha da *Bela Adormecida*. Também Liz, Magnólia, Lavanda, Hortênsia, Melissa.

— Chega! — Aimee gritou. — Vou dar à bebê o nome de "Alexandra". Decidi ontem à noite.

— Alexandra é muito bonito — Brooke disse carinhosamente.

— O que vocês acham do nome "Alexandra Grace"? — perguntou Aimee às pessoas que realmente importavam para ela.

— Eu gosto — disse Lux, e todas concordaram.

— Como estamos indo por aqui? — a enfermeira perguntou de forma incisiva ao entrar no quarto. Ela foi até a cama e checou o progresso de Aimee.

— Eu me sinto bem — disse Aimee. — Na verdade, não sinto absolutamente nada. Totalmente adormecida do peito aos dedos dos pés.

— Minha nossa! — disse a enfermeira. — Você já está com seis de dilatação. Está pronta para empurrar. Olha só, vou buscar o doutor e daí nós vamos empurrar, empurrar e empurrar como se estivéssemos tentando fazer cocô.

— Excelente, exceto que não faço a menor idéia de onde se localiza meu ânus, no momento — disse Aimee, indicando a anestesia intravenosa.

— Oh! — disse a enfermeira e saiu correndo para encontrar o anestesista.

★ ★ ★

Quando a médica de Aimee entrou no quarto a passos largos, ainda tinha as marcas de travesseiro no rosto.

— Que horas são? — perguntou Brooke.

— Três da manhã — disse a médica, e em seguida: — Quem são vocês?

— Estas são as minhas melhores amigas — disse Aimee, indicando Margot, Brooke e Lux.

— Ah — disse a médica —, uma tribo de mulheres. Isso é bom. Você vai precisar do apoio delas. Então, a epidural foi interrompida. Diga-me, você já consegue sentir suas nádegas?

Aimee assentiu. Ela podia sentir as nádegas e mais um monte de coisas. A dor estava voltando a seu corpo em grandes ondas.

— Você — a médica disse apontando para Margot. — Preciso que esfregue as pernas dela. Elas estão um pouco frias e rígidas por causa da anestesia.

— Sim, senhora — disse Margot, entrando em ação.

— Quem é a parceira das aulas de Lamaze? — a enfermeira perguntou.

— Sou eu — disse Brooke.

— Ótimo, você fica à direita da mamãe. E você — a enfermeira disse, apontando para Lux — fica à esquerda. Vamos erguer a cama para que ela fique sentada. Então, vamos fazer força para empurrar.

— Como você está se sentindo, Aimee? — perguntou a médica por cima do ruído da cama que se movia. Um espelho desceu do teto para que Aimee pudesse ver seu bebê quando nascesse. A médica calçou as luvas sobre suas mãos manicuradas e se posicionou entre as pernas de Aimee.

— Se você estiver pronta — disse a médica —, vamos empurrar contando até dez. Se conseguir chegar até quinze é melhor, mas quero que empurre pelo menos até dez.

— Vamos lá, Aimee, você pode nos dar quinze — Margot a animou de seu posto aos pés da cama.

O Clube do Conto Erótico **287**

Quando chegaram ao onze, Lux, Brooke e Margot se uniram ao coro da contagem. Animada, Aimee empurrou com força.

— Dezoito, dezenove, vinte, 21 — suas amigas cantaram e, com seus gritos de líder de torcida, Aimee encontrou forças para empurrar até chegar ao trinta. O bebê era pequeno, e o corpo de Aimee estava ensaiando sua liberação havia vários meses. No entanto, com o que pareceu a Aimee uma quantidade inimaginável de dor e tempo, Alexandra Grace veio ao mundo.

Ela era rosada e úmida, com lábios cheios e a cabeça coberta pelos cachos de Aimee. Quando Aimee cortou o cordão que fisicamente a unia ao seu bebê, sentiu um profundo ímpeto de amor e paixão por aquela criatura que era, finalmente, uma pessoa em separado. Margot segurou Alexandra enquanto davam os pontos para consertar o estrago no corpo de Aimee. Embora, segundo sua própria lista bem definida, fosse o trabalho de Margot dar os telefonemas, ela não queria largar a bebê. Brooke telefonou para a família de Aimee para dar a boa notícia. Telefonou para Tóquio e deixou uma mensagem educada, ainda que ofegante, na secretária eletrônica dele.

Finalmente, a médica tirou Alexandra Grace de Margot e a entregou para Aimee. Aimee prendeu a respiração ao tomar nos braços três quilos de bebê e cobertor. Como se soubesse que havia chegado em casa, Alexandra se virou para a mãe, abriu os olhos escuros e a observou com um olhar profundo e pensativo. O amor apertou o peito de Aimee como se fosse um ataque de asma e, então, cresceu dentro dela, mudando tantas coisas que ela própria era praticamente uma nova pessoa. Aimee voltou a respirar e, com o primeiro alento, fez uma promessa silenciosa de abrir mão de sua própria vida para proteger aquela menininha.

Horas depois, descansando calmamente em seu quarto com um pacotinho macio e rosado de bebê adormecido sobre o peito, Aimee ficou surpresa com a quantidade de estrago e ferimentos em sua pélvis e vagina, por dentro e por fora. O parto, de acordo com os padrões, havia sido fácil e, no entanto, quando Aimee se levantou para ir ao banheiro, precisou da ajuda de Lux para caminhar.

— Sou um campo de batalha. — Aimee suspirou quando Brooke se sentou ao lado dela e perguntou como estava se sentindo.

— Claro, querida, mas agora a guerra acabou — Brooke lhe disse.

— Você acha? — Aimee perguntou.

— É claro — disse Brooke —, agora você só tem que ser mãe.

— Acho que eu deveria me casar com o seu amigo Bill — disse Aimee.

— Por quê? — perguntou Brooke.

— Eu também nunca mais quero fazer sexo. — Aimee riu. Enquanto elas estavam rindo, uma enfermeira esbaforida entrou correndo com o nariz enfiado numa planilha.

—Você precisa de informações sobre a circuncisão? — a enfermeira perguntou.

—Tive uma menina — disse Aimee.

— Oh, desculpe. Não é uma decisão que terá que tomar hoje, então — disse a enfermeira ao sair correndo à procura dos meninos.

Aimee subitamente pensou em todas as decisões que teria que tomar por sua menininha sem pai. Em sua vida urbana, aquela primeira promessa provavelmente nunca seria levada ao extremo. Nunca lhe exigiriam que desse a própria vida, mas quantas vezes teria que deixar sua vida e seus desejos de lado para atender às necessidades da bebê? Seria tão difícil atender àquelas necessidades constantes quanto realizar um antigo sacrifício heróico. Sou tão egoísta, pensou Aimee. Sou crítica demais e estou tão sozinha. Como vou conseguir dar conta de tudo? Como vou arcar financeiramente com isso?

As mãozinhas de Alexandra, com suas fantasmagóricas unhas brancas na forma exata das unhas da avó de Aimee, estavam curvadas ao redor do dedo mindinho de Aimee. Comparada a Aimee, a nova mãozinha de Alexandra parecia bastante morena, até mesmo amarelada. Será que amarelo era a cor certa? O que aconteceu com o rosado perfeito de algumas horas atrás? Será que ela odiaria seu cabelo crespo? Será que iria querer furar as orelhas? Se apaixonaria por um garoto mau e ficaria com o coração partido? Os olhos de Aimee se encheram de lágrimas ao pensar que o dedinho deformado de Lux um dia fora tão perfeito e novo quanto o de Alexandra.

— Aí vem a médica — disse Brooke. — Acho que está na hora da alta.

— Tão cedo? — Aimee murmurou, preocupada em como iria dar conta de tudo sozinha. E se acontecesse alguma coisa? E se ela quisesse tomar um banho? Em um segundo, os médicos estavam em cima dela.

Sua médica se aproximou da cama, flanqueada pelo pediatra designado para cuidar de Alexandra.

— Temos que levar a bebê. Agora mesmo — disse a médica de Aimee.

— A-a-a-aonde? — Aimee perguntou, chocada com a seriedade silenciosa deles.

— UTI — disse o pediatra ao tomar Alexandra Grace, adormecida, dos braços de Aimee. Segurando Alexandra próximo de seu corpo, o pediatra correu para a porta. A médica de Aimee saiu logo atrás dele.

— No meio do corredor vire à direita e depois à esquerda. Vista-se e encontre conosco lá — disse a médica de Aimee, pegando rapidamente a planilha da bebê e seguindo o pediatra até a Unidade de Terapia Intensiva Neonatal.

Aimee ofegou como um peixe fora d'água. Um segundo atrás ela estava preocupada sobre como iria conseguir tomar banho.

— Lux — Margot ordenou —, corra por este corredor e siga aqueles médicos. É um hospital grande. Assegure-se de saber exatamente aonde levaram nossa bebê. Brooke, pegue as roupas de Aimee. Se não puder encontrá-las, tem um roupão no banheiro. Aimee, vou puxar seu soro para o lado da cama e ajudá-la a se levantar.

As mulheres entraram em ação e, dentro de três minutos, Aimee entrava cambaleando na UTI. No fundo daquela repartição, Alexandra Grace se encontrava deitada num berço de vidro sob o que parecia ser um cruzamento entre lâmpada de bronzeamento e aquecedor de batatas fritas. Ela estava despida até a cintura e tinha até mesmo minúsculos óculos de sol presos com fita adesiva sobre os olhos.

— Icterícia — disse o pediatra. — Pegamos no segundo exame de sangue. Podemos tratar. Desculpe se te assustamos, mas se espalha depressa, então tivemos que agir com rapidez.

A explicação continuou, mas Aimee não entendia nem uma palavra. Dezoito horas de vida e já havia problemas. Brooke ouviu com atenção a explicação dos médicos de como as lâmpadas eliminariam as toxinas do sangue que o pequeno fígado de Alexandra ainda não conseguia processar. Eles haviam diagnosticado cedo e havia pouca ou nenhuma chance de dano permanente. Em 36 horas, Alexandra Grace estaria rosada, perfeita e pronta para ir para casa.

— E o que nós devemos fazer até lá? — Brooke perguntou.

Por um momento, o pediatra olhou para ela sem expressão, não entendendo quem era o "nós" a que essa mulher estava se referindo. Então, ele entendeu; aquelas quatro mulheres eram a família.

— Vocês deveriam se assegurar de que a mamãe tenha o máximo de descanso e nutrição possível — disse o pediatra.

— Tá bom, podemos fazer isso — Lux disse.

Aimee estava calada quando a acomodaram novamente em sua cama. Como se desperta de um transe, ela virou para suas amigas e disse:

— Ela vai ficar bem.

— Claro que vai — Brooke disse carinhosamente e, então, Aimee começou a chorar.

As primeiras lágrimas foram como o descarregar de uma nuvem, acompanhadas da exalação dos temores reprimidos de Aimee. Aquelas chuvas leves foram seguidas pela artilharia pesada do enorme agradecimento de Aimee por ter amigas tão boas. Quando Aimee assoou o nariz no lenço de papel colorido do hospital, ela realmente queria expressar toda a sua gratidão pelo fato de que aquelas mulheres fantásticas, cada qual com seus próprios desejos e necessidades, houvessem se referido à sua filhinha como "nossa bebê".

E quando suas amigas responderam agarrando tufos de papel higiênico para limpar o ranho de seu rosto, elas realmente queriam dizer que sempre estariam a seu lado e da bebê, mesmo quando ela cuspir em nossos terninhos caros de lã, mesmo quando ela tiver treze anos e estourar nossa conta de celular contando coisas insignificantes sobre o menino que está paquerando. Estaremos presentes para trocar fraldas, para fazê-la desistir de colocar um piercing no nariz. Estaremos a postos para explicar a ela que a mamãe realmente a ama e que é por isso que ela tem que voltar para casa às nove, mesmo que as outras meninas possam ficar na rua até as onze. E quando elas juntaram os lenços sujos e o papel higiênico e jogaram no lixo sem sentir nojo de toda aquela meleca, estavam na verdade fazendo a mais séria de todas as promessas: de que seriam babás de graça.

—Vai ficar tudo bem, Aimee — disse Lux e, com aquilo, ela queria dizer nós vamos estar a seu lado quando ela for bebê e quando for uma menininha. Vamos estar a seu lado para ajudá-la a se transformar numa mulher.

— É, vai ficar tudo bem — Aimee concordou e acreditou naquilo com todo o seu coração.

Comida de hospital estava fora de cogitação. Margot fez uma pesquisa sobre o restaurante favorito de cada uma e, então, telefonou para aquele de que gostava mais e acrescentou uma garrafa de champanhe ao pedido. Dentro de uma hora, os membros do Clube do Conto Erótico erguiam seus copos de plástico no ar.

— Quero fazer um brinde — disse Brooke. — À xaninha de Aimee. Que possa se curar rapidamente e ficar boa.

—Tintim — concordou Margot, como uma francesa.

— A Alexandra Grace — disse Aimee —, e a nós.

ANOS DEPOIS

— *Ele correu as mãos pelos lados do meu corpo. Uma mão se moveu e foi para a parte baixa da minha coluna, e a outra se acomodou sobre o meu seio. Eu suspirei e encontrei os botões da calça dele, tirando-a enquanto nos beijávamos.*

Lux parou de ler de repente, quando a porta se abriu.

— Mãe! — disse Alexandra Grace. — Quando a Rosie faz faxina, ela esconde todas as minhas coisas. Não consigo achar as minhas meias legais.

— O que são meias legais? — Brooke perguntou.

— Meias com estampas legais — Margot informou. — Ela gosta daquelas que têm estampas de batons e de bolsas chiques.

— E a Rosie as esconde quando faz a limpeza! — Alexandra reclamou para suas tias, do outro lado da porta fechada.

— Quando nós terminarmos — prometeu Lux —, vamos todas te ajudar a encontrar suas meias legais, o.k.?

— Hummm — Alexandra pensou a respeito —, o.k.

Alexandra se sentou no chão para esperar que suas mulheres favoritas terminassem o que quer que estivessem fazendo.

— Vá brincar — sua mãe lhe ordenou.

— Mas eu quero ver o que que vocês estão fazendo aí dentro — disse Alexandra.

— Depois nós te contamos tudo — disse a tia Margot.

— Quando você for mais velha — disse a tia Brooke.

— Quando você estiver preparada — prometeu a tia Lux —, poderá entrar para o nosso clube.

Fim

Impresso no Brasil pelo
Sistema Cameron da Divisão Gráfica da
DISTRIBUIDORA RECORD DE SERVIÇOS DE IMPRENSA S.A.
Rua Argentina 171 – Rio de Janeiro, RJ – 20921-380 – Tel.: 2585-2000